Cette édition contient pour la 1ère fois la Correspondance avec Mme de Riccoboni et les Pièces fugitives. H. Dufief de Saint-Paul en a signalé deux exemplaires dans le Bulletin du Bibliophile (1927, p. 537-543 ; 1928, p. 111-134), sous le n° 12 : 1°) un exemplaire en 4 vol. dans une demi-rel. maroquin qui était sa propriété ; — 2°) un exemplaire en un vol, demi-rel. anc., conservé à la Bibliothèque municipale de Nantes. On a signalé depuis deux autres exemplaires :

3°) l'exemplaire acquis par la B.n. à l'Hôtel Drouot le 21 nov. 1949 (Rés. p. Y2 2025 1-2), en 2 vol., rel. anc.

4°) un exempl. en 4 vol. dans une rel. anc., appartenant à M. Georges Védier, professeur de français aux États-Unis, qui me l'a communiqué le 2 juillet 1951 et qui devrait le proposer à la Direction des Bibliothèques.

Dans le <u>Bull. du Bibliophile</u>, Ducup de Saint-Paul signale que le bandeau de la 1ère partie du roman, et le cul de lampe de la p. 41 du t. I ne sont pas les mêmes dans son exemplaire que dans celui de Nantes. Il y aurait donc eu deux tirages. Il semble que l'ex. de la B. n. soit identique à celui de M. Ducup de Saint-Paul, et il est identique à celui de M. Védier. Mais dans l'ex. de M. Ducup, les <u>pièces fugitives</u> sont reliées à la fin du t. IV, au lieu que dans l'ex. de la B. n. et dans celui de M. Védier, elles sont reliées après l'<u>Avertissement de l'éditeur</u>

J. Guignard.

3. VII. 51.

N° 30.296

Vente Hôtel Drouot
21 Novembre 1949
Fr. 51.000

LES LIAISONS

DANGEREUSES,

O U

LETTRES

RECUEILLIES *dans une Société, & publiées*
pour l'instruction de quelques autres.

Par M. C..... DE L...

NOUVELLE *Edition, augmentée d'une Correspondance*
de l'Auteur avec Mde. RICCOBONI *, & de*
ses Pieces Fugitives.

TOME PREMIER.

M. DCC. LXXXVII.

AVERTISSEMENT
DU LIBRAIRE.

LES Editions de cet Ouvrage ont été tellement multipliées jufqu'à ce jour, que nous n'aurions pas entrepris celle-ci, fi le hafard ne nous avoit procuré des moyens d'en affurer le débit, de préférence à toute autre : & cela fans recourir ni au papier vélin, ni aux caracteres de Baskerville, ni même au petit format; toutes chofes qui, comme on fait, & comme il eft prouvé par nos livres de vente, ajoutent infiniment au mérite des ouvrages.

Cette Edition eft non-feulement à l'ufage des perfonnes qui lifent les livres qu'elles achetent ; mais elle convient, plus particuliérement encore, à toutes celles qui font bien aifes de

a

juger un ouvrage fans fe donner la peine de le lire, & ce font celles-là que nous avons eues particuliérement en vue dans notre entreprife. C'eft pour elles que nous publions une correfpondance où on trouve raffem-blé, dans un très-petit efpace, à-peu-près tout ce qui s'eft dit & peut fe dire, pour & contre le roman que nous réimprimons : Enforte que cha-cun pourra choifir le jugement qu'il lui conviendra d'en porter, & qu'il trouvera fous fa main toutes les rai-fons à l'appui de ce jugement, fans être obligé de les chercher dans l'ou-vrage ; ce qui eft affurément plus commode & plus fûr.

On nous a affuré que cette corref-pondance avoit réellement exifté entre Madame Riccoboni & M. C. de L., & nous le croyons ainfi. En effet, quelle autre que le charmant Auteur de Catesby, eut pu mettre autant de grace dans fa critique, & quel autre que l'Auteur du roman, eut pu mettre autant de zele dans sa défense ? Il nous a paru que, de part & d'autre, les raisonnemens étoient vifs & pressés; & il nous semble que cette corres-pondance auroit pu tenir un rang distingué parmi les ouvrages polémi-ques, si, malheureusement, les deux Adversaires n'avoient oublié de se dire des injures. Cette négligence nous fait croire que ces lettres n'avoient point été destinées à voir le jour.

Nous ne croyons devoir aucun compte au Public sur la maniere dont ces lettres nous sont parvenues : nous lui dirons seulement qu'elles nous ont été remises avec quelques poésies fugi-tives de l'Auteur du roman. Comme quelques unes de ces poésies n'ont point encore été imprimées, & que les autres ne le sont que d'une ma-niere fautive, & éparses dans diffé-rens recueils, nous avons pensé que quelques personnes seroient bien aises de les trouver raffemblées ici : d'autant que le prix de l'ouvrage n'en fera point augmenté. Nous nous bornons à demander la préférence.

PRÉFACE
DU RÉDACTEUR.

CET Ouvrage, ou plutôt ce Recueil, que le Public trouvera peut-être encore trop volumineux, ne contient pourtant que le plus petit nombre des lettres qui compofoient la totalité de la correfpondance dont il eft extrait. Chargé de la mettre en ordre par les perfonnes à qui elle étoit parvenue, & que je favois dans l'intention de la publier, je n'ai demandé, pour prix de mes foins, que la permiffion d'élaguer tout ce qui me paroîtroit inutile ; & j'ai tâché de ne con-ferver en effet que les lettres qui m'ont paru néceffaires, foit à l'intelligence des événe-mens, foit au développement des caracte-res. Si l'on ajoute à ce léger travail, celui de replacer par ordre les lettres que j'ai laiffé fubfifter, ordre pour lequel j'ai même pref-que toujours fuivi celui des dates, & enfin

a 3

quelques notes courtes & rares, & qui, pour
la plupart, n'ont d'autre objet que d'indiquer
la fource de quelques citations, ou de moti-
ver quelques-uns des retranchemens que je
me fuis permis, on faura toute la part que
j'ai eue à cet Ouvrage. Ma miffion ne s'éten-
doit pas plus loin (1).

J'avois propofé des changemens plus con-
fidérables, & prefque tous relatifs à la pureté
de diction ou de ftyle, contre laquelle on
trouvera beaucoup de fautes. J'aurois défiré
auffi être autorifé à couper quelques lettres
trop longues, & dont plufieurs traitent fépa-
rément, & prefque fans tranfition, d'objets
tout-à-fait étrangers l'un à l'autre. Ce travail, qui n'a pas été accepté, n'auroit pas
fuffi fans doute pour donner du mérite à
l'Ouvrage, mais en auroit au moins ôté une
partie des défauts

On m'a objecté que c'étoient les lettres
mêmes qu'on vouloit faire connoître, & non
pas feulement un Ouvrage fait d'après ces
lettres; qu'il feroit autant contre la vraifem-

---

(1) Je dois prévenir auffi que j'ai fupprimé ou changé
tous les noms des perfonnes dont il eft queftion dans
ces lettres; & que fi, dans le nombre de ceux que je leur
ai fubftitués, il s'en trouvoit qui appartinffent à quelqu'un,
ce feroit feulement une erreur de ma part, & dont il ne
faudroit tirer aucune conféquence.

blance que contre la vérité, que de huit à dix perfonnes qui ont concouru à cette cor-refpondance, toutes euffent écrit avec une égale pureté. Et fur ce que j'ai repréfenté que loin de-là, il n'y en avoit au contraire aucune qui n'eût fait des fautes graves, & qu'on ne manqueroit pas de critiquer, on m'a répondu que tout Lecteur raifonnable s'atten-droit fûrement à trouver des fautes dans un recueil de lettres de quelques Particuliers, puifque dans tous ceux publiés jufqu'ici de différens Auteurs eftimés, & même de quel-ques Académiciens, on n'en trouvoit aucun totalement à l'abri de ce reproche. Ces rai-fons ne m'ont pas perfuadé, & je les ai trou-vées, comme je les trouve encore, plus faciles à donner qu'à recevoir; mais je n'étois pas le maître, & je me fuis foumis. Seulement je me fuis réfervé de protefter contre, & de déclarer que ce n'étoit pas mon avis; ce que je fais en ce moment.

Quant au mérite que cet Ouvrage peut avoir, peut-être ne m'appartient-il pas de m'en expliquer, mon opinion ne devant ni ne pouvant influer fur celle de perfonne. Ce-pendant ceux qui, avant de commencer une lecture, font bien aifes de favoir à-peu-près fur quoi compter, ceux-là, dis-je, peuvent continuer : les autres feront mieux de paffer tout de fuite à l'Ouvrage même ; ils en favent affez.

Ce que je puis dire d'abord, c'eft que fi mon avis a été, comme j'en conviens, de faire paroître ces lettres, je fuis pourtant bien loin d'en efpérer le fuccès : & qu'on ne prenne pas cette fincérité de ma part pour la modeftie jouée d'un Auteur ; car je déclare avec la même franchife, que fi ce Recueil ne m'avoit pas paru digne d'être offert au Public, je ne m'en ferois pas occupé. Tâchons de concilier cette apparente contradiction.

Le mérite d'un Ouvrage fe compofe de fon utilité ou de fon agrément, & même de tous deux, quand il en eft fufceptible : mais le fuccès, qui ne prouve pas toujours le mérite, tient fouvent davantage au choix du fujet qu'à fon exécution, à l'enfemble des objets qu'il préfente, qu'à la maniere dont ils font traités. Or ce Recueil contenant, comme fon titre l'annonce, les lettres de toute une fociété, il y regne une diverfité d'intérêts qui affoiblit celui du Lecteur. De plus, prefque tous les fentimens qu'on y exprime, étant feints ou diffimulés, ne peuvent même exciter qu'un intérêt de curiofité toujours bien au-deffous de celui de fentiment ; qui, fur-tout, porte moins à l'indulgence, & laiffe d'autant plus appercevoir les fautes qui s'y trouvent dans les détails, que ceux-ci s'opposent sans cesse au seul desir qu'on veuille satisfaire.

Ces défauts sont peut-être rachetés, en partie, par une qualité qui tient de même à la nature de l'Ouvrage, c'est la variété des styles; mérite qu'un Auteur atteint difficilement, mais qui se présentoit ici de lui-même, & qui sauve au moins l'ennui de l'uniformité. Plusieurs personnes pourront compter encore pour quelque chose un assez grand nombre d'observations, ou nouvelles, ou peu connues, & qui se trouvent éparses dans ces lettres. C'est aussi là, je crois, tout ce qu'on y peut espérer d'agrémens, en les jugeant même avec la plus grande faveur.

L'utilité de l'Ouvrage, qui peut-être sera encore plus contestée, me paroît pourtant plus facile à établir. Il me semble au moins que c'est rendre un service aux mœurs, que de dévoiler les moyens qu'emploient ceux qui en ont de mauvaises pour corrompre ceux qui en ont de bonnes, & je crois que ces lettres pourront concourir efficacement à ce but. On y trouvera aussi la preuve & l'exemple de deux vérités importantes qu'on pourroit croire méconnues, en voyant combien peu elles sont pratiquées : l'une, que toute femme qui consent à recevoir dans sa

société un homme fans mœurs, finit par en
devenir la victime ; l'autre, que toute mere
eft au moins imprudente, qui fouffre qu'une
autre qu'elle ait la confiance de fa fille. Les
jeunes gens de l'un & de l'autre fexe, pourroient encore y apprendre que l'amitié que
les perfonnes de mauvaifes mœurs paroiffent
leur accorder fi facilement, n'eft jamais qu'un
piege dangereux, & auffi fatal à leur bón-
heur qu'à leur vertu. Cependant l'abus, toujours fi près du bien, me paroît ici trop à
craindre ; &, loin de confeiller cette lecture
à la jeuneffe, il me paroît très-important
d'éloigner d'elle toutes celles de ce genre.
L'époque où celle-ci peut ceffer d'être dangereufe & devenir utile, me paroît avoir
été très-bien faifie, pour fon fexe, par une
bonne mere qui non-feulement a de l'efprit,
mais qui a du bon efprit. « Je croirois, me
difoit-elle, après avoir lu le manufcrit de
cette Correfpondance, » rendre un vrai
» fervice à ma fille, en lui donnant ce livre
» le jour de fon mariage. « Si toutes les
meres de famille en penfent ainfi, je me féli-
citerai éternellement de l'avoir publié.

Mais, en partant encore de cette fuppo-
fition favorable, il me femble toujours que
ce Recueil doit plaire à peu de monde. Les
hommes & les femmes dépravés auront intérêt à décrier un Ouvrage qui peut leur

nuire ; & , comme ils ne manquent pas d'adreſſe, peut-être auront-ils celle de mettre dans leur parti les Rigoriſtes, alarmés par le tableau des mauvaiſes mœurs qu'on n'a pas craint de préſenter.

Les prétendus Eſprits-forts ne s'intéreſſe-ront point à une femme dévote, que par cela même ils regarderont comme une fem-melette, tandis que les dévots ſe fâcheront de voir ſuccomber la vertu, & ſe plain-dront que la Religion ſe montre avec trop peu de puiſſance.

D'un autre côté, les perſonnes d'un goût délicat ſeront dégoûtées par le ſtyle trop ſim-ple & trop fautif de pluſieurs de ces lettres, tandis que le commun des Lecteurs, ſéduit par l'idée que tout ce qui eſt imprimé eſt le fruit d'un travail, croira voir dans quelques autres la maniere peinée d'un Auteur qui ſe montre derriere le perſonnage qu'il fait parler.

Enfin, on dira peut-être aſſez généralement que chaque choſe ne vaut qu'à ſa place ; & que ſi d'ordinaire le ſtyle trop châtié des Auteurs ôte en effet de la grace aux lettres de ſociété, les négligences de celles-ci de-viennent de véritables fautes, & les rendent inſupportables, quand on les livre à l'im-preſſion.

J'avoue avec ſincérité que tous ces repro-ches peuvent être fondés : je crois auſſi qu'il

me feroit poffible d'y répondre, & même
fans excéder la longueur d'une Préface. Mais
on doit fentir que pour qu'il fût néceffaire
de répondre à tout, il faudroit que l'Ouvrage
ne pût répondre à rien ; & que fi j'en avois
jugé ainfi, j'aurois fupprimé à - la - fois la
Préface & le Livre.

AVERTISSEMENT

DE L'ÉDITEUR.

Nous croyons devoir prévenir le Public, que, malgré le titre de cet Ouvrage, & ce qu'en dit le Rédacteur dans sa Préface, nous ne garantissons pas l'authenticité de ce Recueil, & que nous avons même de fortes raisons de penser que ce n'est qu'un Roman.

Il nous semble de plus que l'Auteur, qui paroît pourtant avoir cherché la vraisemblance, l'a détruite lui-même, & bien mal-adroitement, par

l'époque où il a placé les événemens qu'il publie. En effet,
plusieurs des personnages qu'il
met en scene, ont de si mauvaises mœurs, qu'il est impossible de supposer qu'ils aient
vécu dans notre siecle; dans ce
siecle de philosophie, où les
lumieres, répandues de toutes
parts, ont rendu, comme chacun sait, tous les hommes si
honnêtes, & toutes les femmes
si modestes & si réservées.

Notre avis est donc que si
les aventures rapportées dans
cet Ouvrage ont un fonds de
vérité, elles n'ont pu arriver

que dans d'autres lieux , ou dans d'autres temps ; & nous blâmons beaucoup l'Auteur , qui , féduit apparemment par l'efpoir d'intéreffer davantage en fe rapprochant plus de fon fiecle & de fon pays , a ofé faire paroître fous notre coftume & avec nos ufages , des mœurs qui nous font fi étrangeres.

Pour préferver au moins , autant qu'il eft en nous , le Lecteur trop crédule de toute furprife à ce fujet , nous appuierons notre opinion d'un raifonnement que nous lui propofons avec confiance , parce qu'il nous paroît victorieux & fans réplique ; c'eft que fans doute les mêmes caufes ne manqueroient pas de produire les mêmes effets, & que cependant nous ne voyons point aujourd'hui de Demoifelle avec foixante mille livres de rente, fe faire Religieufe, ni de Préfidente jeune & jolie, mourir de chagrin.

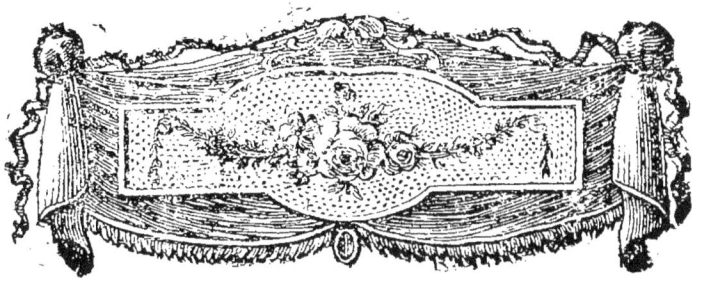

PIÈCES FUGITIVES,

LES SOUVENIRS,

Épître à Églé.

Eglé, vous ne voulez donc pas
Que, pour un cœur senfible & tendre,
Du plaifir que l'on a pu prendre,
Le fouvenir ait des appas ?
De cette erreur je vois la caufe ;
Auprès de vous à chaque inftant,
Le plaifir renaît plus touchant;
Le paffé paroît peu de chofe
A qui peut jouir du préfent.
Moi que l'ennui fouvent accable,
Et qui ne peux, ainfi que vous,
Paffer d'un moment agréable
A des momens encor plus doux,
J'ai dû chercher dans ce fyftême

Quelque remede à ma langueur ;
Hé ! Quand ce feroit une erreur,
Le souvenir de ce qu'on aime
Est au moins l'ombre du bonheur.

Voyez cette jeune bérgere
Que son amant vient de quitter :
Son premier soin est d'écarter
Tout ce qui pourroit la distraire ;
Le souvenir de son berger
Est le plaisir qu'elle préfere,
Et suffit pour la consoler.

Soumise encore à sa puissance ;
Et racontant, avec candeur,
Le trouble de sa conscience
Et les feux qui brûlent son cœur ;
La dévote & sensible Hortense,
Aux genoux de son directeur,
Pour obtenir quelque indulgence ,
Des fautes qu'à sa révérence ,
Sa bouche vient de confier,
Veut bien en faire pénitence,
Mais ne veut pas les oublier.

Lorsque la vieillesse pesante
Est enfin prête à nous saisir ,
Au moment où sa main tremblante
Nous touche & flétrit le plaisir ,
Dans une erreur qui nous enchante
On veut encor s'entretenir,
On en parle, l'ame est contente ,
On jouit par le souvenir.

Le souvenir nous récompense
Des maux qu'amour nous fait souffrir ;
Il nous console dans l'absence ;
Il embellit , par sa présence ,

L'objet qui fait nous attendrir;
Il fait réveiller le defir,
Sans nous porter à l'inconftance :
C'eft l'enfant chéri du plaifir
Et le pere de l'efpérance.

Sur-tout j'aime à me rappeller
Une flamme, toujours chérie,
Dont mon cœur fe plaît à brûler;
Et fi, par mes feux attendrie,
Un jour, au gré de mon envie,
Je parvenois à vous toucher,
Églé, duffiez-vous vous fâcher,
Je ne l'oublierois de ma vie.

EPITRE

A MARGOT.

POURQUOI craindrois-je de le dire?
C'eft Margot qui fixe mon goût :
Oui, Margot ! cela vous fait rire ?
Que fait le nom ? la chofe eft tout.
Margot n'a pas, de la naiffance
Les titres vains & faftueux;
Ainfi que fes humbles ayeux,
Elle eft encor dans l'indigence;
Et pour l'efprit, quoiqu'amoureux;

S'il faut dire ce que j'en pènfe ,
A fes propos les plus heureux ,
Je préférerois fon filence :
Mais Margot a de fi beaux yeux ,
Qu'un feul de fes regards vaut mieux
Que fortune , efprit & naiffance.
Quoi ! dans ce monde fingulier ,
Trifte jouet d'une chimere ,
Pour apprendre qui doit me plaire ,
Irai-je confulter d'*Hozier* ?
Non , l'aimable enfant de Cythere
Craint peu de fe méfallier ;
Souvent , pour l'amoureux myftere ,
Ce Dieu , dans fes goûts roturiers ,
Donne le pas à la Bergere ,
Sur la Dame aux feize quartiers.
Eh ! qui fait ce qu'à ma Maîtreffe
Garde l'avenir incertain ?
Margot , encor dans fa jeuneffe ,
N'eft qu'à fa premiere foibleffe ,
Laiffez-là devenir Catin ,
Bientôt , peut-être , le deftin
La fera Marquife ou Comteffe ;
Joli minois , cœur libertin ,
Font bien des titres de Nobleffe.
Margot eft pauvre , j'en conviens :
Qu'a-t-elle befoin de richeffe ?
Doux appas & vive tendreffe ,
Tréfors d'amour ce font les fiens.
Des autres biens , qu'a-t-on à faire ?
Source de peine & d'embarras ,
Qui veut en jouir , les altere ,
Qui les garde , n'en jouit pas.
Ainfi , malgré l'erreur commune ,

Margot me prouve chaque jour,
Que sans naissance & sans fortune,
On peut être heureux en amour.
Reste l'esprit.... J'entends d'avance
Nos beaux diseurs, docteurs subtils,
Se récrier: quoi! diront-ils,
Point d'esprit! quelle jouissance!
Que deviendront les doux propos,
Les bons contes, les jeux de mots,
Dont un amant, avec adresse,
Se sert auprès de sa Maîtresse,
Pour charmer l'ennui du repos?
Si l'on est réduit à se taire,
Quand tout est fait, que peut-on faire?
Ah! les Beaux Esprits ne sont pas
Grands Docteurs en cette science:
Mais voyez le bel embarras!
Quand tout est fait, on recommence.
Et même sans recommencer,
Il est un plaisir plus facile,
Et que l'on goûte sans penser:
C'est le sommeil, repos utile
Et pour les sens & pour le cœur,
Et préférable à la langueur
De cette tendresse importune,
Qui, n'abondant qu'en beaux discours,
Jure cent fois d'aimer toujours,
Et ne le prouve jamais qu'une.
O! toi, dont je porte les fers,
Doux objet d'un tendre délire!
Le temps que j'emploie à t'écrire,
Est sans doute un temps que je perds?
Jamais tu ne liras ces vers,
Margot, car tu ne sais pas lire:

Mais pardonne un ancien travers.
De penser, la triste habitude
M'obsede encore malgré moi,
Et je fais mon unique étude,
Au moins, de ne penser qu'à toi.
A mes côtés, viens prendre place ;
Le plaisir attend ton retour ;
Viens, & je troque, dans ce jour,
Les lauriers ingrats du Parnasse,
Contre les myrtes de l'Amour.

LE BON CHOIX.

DES Beaux-Esprits je hais la vanité ;
Les rabaisser est œuvre méritoire ;
Ils ont besoin de plus d'humilité,
Et c'est pour eux que j'écris cette histoire.
De leurs talens quelle est l'utilité ?
En tirent-ils plaisir, profit ou gloire ?
Non ; & pourquoi s'en feroient-ils accroire ?
J'en ai tant vu supplantés par des sots !
Soit à la Ville, à la Cour, à l'Armée,
Les gens d'esprit n'ont jamais les bons lots :
Les sots ont tout, même la renommée.
D'en raconter le pourquoi, le comment,
Ce n'est mon fait : je dirai seulement,
Comme en amour, ainsi qu'en toute affaire,
Les Beaux-Esprits souvent perdent leurs soins,
Tandis qu'un sot a le talent de plaire.
Ne m'en étonne, & le blâme encor moins :
Car, après tout, dans l'amoureux mystere,

Le bien parler ne vaut pas le bien faire.
Vous saurez donc qu'en un même logis,
Vivoient ensemble & comme bons amis,
Deux jeunes gens; l'un avoit nom Pamphile;
Pour son esprit renommé dans la Ville,
Faisant bouquets, contes & madrigaux,
Et tous les mois loué dans les journaux.
L'autre n'avoit pareille destinée;
Vrai sans-souci, ne s'occupant de rien,
Il dormoit tard, buvoit & mangeoit bien,
Puis digéroit pour finir la journée :
Tant que vivant de la sorte inconnu,
Jusques à nous son nom n'est pas venu.
Plusieurs croiront que cela m'embarrasse;
Mais pour si peu je ne m'étonne pas.
Un nom se perd, un autre le remplace :
J'en connois tant, dont en semblable cas,
Un nom d'emprunt a soutenu la race.
A mon Héros enfin s'il faut un nom,
D'autorité je le nomme Cléon.
Ainsi nommé, tout ce qui m'est utile,
C'est que Cléon soit ami de Pamphile :
Au demeurant, tous deux jeunes & frais,
Bons compagnons, & passablement faits.
Au même temps, vint habiter encore,
Sous même toît la charmante Isidore,
Brune piquante, à l'air vif & fripon,
Et dont les yeux à-la-fois font éclore
Et les desirs & l'espoir du pardon.
Il en faut moins pour tenter la jeunesse;
Aussi bientôt, voilà que nos amis
Sont tous les deux chez leur voisine admis.
Ce n'est d'abord que simple politesse,
Et jusques-là les succès sont égaux :

a 3

Mais le defir, fous le nom de tendreffe
Des deux amis fit bientôt deux rivaux.
Hé ! mais, dira quelque critique auftere,
S'ils font rivaux, comment font-ils amis ?
Rien n'eft plus fimple, en voici le myftere.
Pamphile avoit, en Héros littéraire,
Pour fon rival un fouverain mépris ;
Tel concurrent n'étoit pas une affaire,
Permis à lui de difputer le prix.
Cléon, modefte autant que débonnaire ;
Refpeƈoit fort Meffieurs les Beaux-Efprits,
Et le refpeƈ étouffe la colere :
Ainfi tous deux, par un motif contraire,
Etoient rivaux, & non pas ennemis.
Tous les fuccès font d'abord pour Pamphile ;
Son doux parler, fon langage facile,
Charment l'oreille & captivent le cœur ;
En l'écoutant, la beauté plus docile,
Blâme en fecret fon injufte rigueur.
C'étoit d'abord louange enchantereffe,
Qu'accompagnoient des regards éloquens ;
Il traite enfuite avec délicateffe,
Dans fes propos, le bonheur des Amans ;
Puis il s'enflamme, & fes difcours brûlans,
Des doux plaifirs peignent l'heureufe ivreffe.
A tout cela, que difoit fon rival ?
Rien, ou deux mots qu'encor il plaçoit mal.
Ainfi paffoient les rapides journées
Entre Ifidore, & Pamphile, & Cléon,
Lorfque l'Amour, ou bien l'occafion,
De tous les trois changea les deftinées.
C'étoit l'été, de plus c'étoit le foir ;
A la chaleur cherchant à fe fouftraire,
Notre Beauté, tranquille & folitaire,

Prenant le frais, rêvoit dans son boudoir,
Son abandon, sa toilette légere,
Tous deux sans art, augmentoient ses appas,
Ainsi Vénus, pour enchanter la terre,
Se laissoit voir, & ne se paroit pas.
Nos deux amis qu'un même espoir amene,
Viennent tous deux, & tous deux sont reçus;
Pamphile encor s'empare de la scene,
Parlant le mieux, quoiqu'il parlât le plus.
A ses discours, l'Amour prêtoit encore
Un plus doux charme, un attrait plus flatteur:
En l'écoutant, la charmante Isidore,
D'un feu nouveau sent embrâser son cœur;
Il naît à peine & déjà la dévore.
Tout la trahit, jusqu'au soin qu'elle prend
Pour dérober ses secrettes pensées;
Sur ses beaux yeux ses paupieres baissées
Rendent encor son regard plus touchant;
Elle se taît: mais un soupir brûlant
Vient entr'ouvrir ses levres demi-closes;
Son teint de lys n'offre plus que des roses;
Avec effort son sein est agité;
De son maintien l'expressive mollesse
Marque l'instant d'une douce foiblesse;
Ainsi l'Albane eût peint la volupté.
Oh! de l'esprit puissance enchanteresse,
Dit-elle enfin! quel prestige flatteur,
A votre voix, fait naître le bonheur?
L'heureux talent! Sans doute vos ouvrages
Offrent aussi ces charmantes images!
Je veux les voir. Pour moi vous les lirez;
En les lisant, vous les embellirez.
Parlant ainsi, vous voyez que la belle
A son amant offroit l'occasion

a 5

De la revoir, d'être feul avec elle ;
Et d'éviter l'incommode Cléon.
Mais cet éloge a trop flatté Pamphile ;
Ivre de gloire, encor plus que d'amour ;
« Eh quoi ! mes vers ! Ah ! rien n'eft plus facile,
« Vous les verrez, & même dès ce jour ».
Il dit , & part. Son rival plus tranquille,
Le laiffe aller , & cherche à faire mieux.
Près d'Ifidore , il approche en filence ;
Il la voit belle , & la voit fans défenfe ;
Pour la féduire , un gefte audacieux,
En ce moment, lui tient lieu d'éloquence :
La belle crie , & fe plaint de l'offenfe ;
Sans s'étonner , l'Amant filencieux
La laiffe dire , & cependant s'avance ;
Si bien fait-il , malgré la réfiftance,
Qu'il trouve enfin la route de fon cœur,
Puis s'en empare & s'y place en vainqueur.
Ainfi placé , le temps ne dure guere :
Auffi tous deux oublioient aifément,
L'ami Pamphile ; il vit tout le myftere ,
Car par malheur il rentra brufquement.
Vous croyez tous qu'Ifidore eft confufe :
Vous vous trompez , & fans chercher d'excufe ,
Dans fon maintien regne la liberté.
Pamphile feul étoit déconcerté ;
Il favoit tout , & ne favoit que dire.
La belle enfin avec un doux fourire ,
Lui dit : mon cher, foyez de bonne foi ,
Vous aimez mieux vos ouvrages que moi ;
Soyez content , je promets de les lire ,
Même d'avance ici je les admire :
Mais apprenez que femme qui fe rend ,
Veut régner feule au cœur de fon Amant.

A mes dépens fi vous cherchez à rire,
Vous le pouvez, vous avez mon fecret :
Mais d'un couplet ou bien d'une fatyre,
Je vous préviens que je crains peu l'effet :
Car, entre nous, ce que vous pourrez dire,
Ne vaudra pas ce que Cléon a fait.

Sur cette queftion propofée dans un
Mercure :

Orofmane fut-il plus malheureux quand il fe
crut trahi par Zaïre, que, quand après
l'avoir tuée, il l'eut reconnue innocente ?

QUAND Orofmane furieux,
Dans un accès de jaloufie,
Se fut paffé la fantaifie
De tuer l'objet de fes feux,
Je crois bien qu'il en fut honteux ;
Car, dans la bonne compagnie,
On rit d'un époux ombrageux :
Mais ce ne fut qu'un ridicule
Que fe donna notre Héros,
Et s'il en perdit le repos,
Ce fut par excès de fcrupule.
　　On dit qu'il en eut tant d'ennui
Qu'il fe tua ; je veux le croire,
Mais n'en déplaife à fa mémoire,

a 6

Peu de gens feront comme lui ;
Car on peut dire, à notre gloire,
Que nous avons tous, aujourd'hui,
Une douceur bien méritoire
A fupporter les maux d'autrui.

    Mais quand dût fe trouver à plaindre
Notre héros ? ce fut alors
Que malgré fon rang, fes tréfors,
Et fes Eunuques, il put craindre
D'être trahi ; car, entre nous,
Pour un homme fier & jaloux,
Et tout homme l'eft à l'extrême,
N'eft – ce pas une vérité
Que voir mourir l'objet qu'on aime,
Vaut mieux que d'en être quitté ?

    Si vous doutez de ce fyftême,
Interrogez tous nos Sultans ;
De ces Meffieurs Paris abonde ;
On ne voit qu'eux dans le grand monde ;
Bien fcélérats, bien élégans,
Petits defpotes de tendreffe,
Un peu François par la foibleffe,
Mais bien Turcs par les fentimens.

    Au refte, à quoi devoit s'attendre
Ce fier Sultan ? mari jaloux
D'une Françoife vive & tendre,
Ignoroit-il que les verroux,
Et tous les foins que l'on peut prendre,
N'ont jamais garanti l'époux
Quand l'époufe a voulu fe rendre ?
Si l'on veut s'en mettre en courroux,
Et tout tuer ; fi l'homme fage
Ne fait pas s'armer de courage,
Et braver ce léger hafard ;

Maris, prenez tous un poignard,
Un peu plutôt, un peu plus tard,
Vous pourez tous en faire ufage.
    Oui, malgré les beaux fentimens,
Si bien exprimés par Voltaire;
Malgré les vœux & les fermens,
Et tout le langage ordinaire
Vain protocole des amans;
L'Himen n'a point de feux conftans:
Zaïre auroit été légere,
Et le Sultan, dans fa colere,
Ne s'eft trompé que fur le temps.

EPITRE

A LA MORT.

DIVINITÉ puiffante, & par-tout redoutée;
Sous qui femble gémir la nature attriftée;
Toi, dont le nom fuffit pour infpirer l'effroi,
O Mort! toi, qui régis fous une même loi,
Et l'efclave rampant, & le monarque augufte,
Et le foible, & le fort, & l'impie, & le jufte,
Déeffe, tes fujets fe plaindront-ils toujours?
Je n'imiterai point leurs frivoles difcours:
Tandis qu'autour de moi, dans ta marche rapide,
Brille, fans me frapper, ton acier homicide,
Réparateur des torts que les humains t'ont faits,
Ecoute-moi, je viens célébrer tes bienfaits.
    Quelle Divinité doit nous être plus chere?
Seule, du malheureux tu finis la mifere;

Envain fa voix plaintive, invoquant d'autres Dieux;
Exprime en longs fanglots fon défefpoir affreux :
Tous les Dieux reftent fourds, & complices du crime;
Ils femblent au malheur dévouer leur victime.
Seule, tu viens tarir la fource de fes pleurs :
Il trouve dans tes bras l'oubli de fes douleurs.

Que je chéris fur-tout ta faveur bienfaifante,
Quand bravant, fous ta faulx, la fortune inconftante;
Les mortels, enivrés de plaifirs & d'honneurs,
Evitent, par tes coups, la honte & les malheurs!
Spectateur des revers où le deftin nous livre,
Quel mortel fortuné peut defirer de vivre ?

Favori de la mort, toi, généreux Guerrier,
Qui court au-devant d'elle à l'afpect d'un laurier;
D'une couronne envain la gloire te décore :
Tremble, tu n'a rien fait, puifque tu vis encore.
A tant d'honneurs acquis, à ta célébrité,
La Mort peut feule, enfin, mettre un fceau refpecté.
Tu vis... demain, peut-être, un nouveau jour s'apprête;
Où tes lauriers flétris tomberont de ta tête.
Mille exemples fameux te l'ont dit avant moi;
Et Pompée, & Craffus, tous deux plus grands que toi,
Trahis dans leur efpoir, ont de leurs deftinées,
Vu finir avant eux les brillantes journées.

Toi qui, loin des Guerriers arrêtant tes regards,
Cherches d'autres fuccès fous d'autres étendards,
Eleve d'Apollon, vois, au haut du Parnaffe,
Tes maîtres, qui jaloux de la premiere place,
Ont tous, pour l'obtenir, affronté les hafards.
Les lauriers d'Apollon valent bien ceux de Mars !
De tant de concurrens, il en fut peu, fans doute,
Dignes de parcourir cette brillante route :
Mais parmi ceux-là même, en eft-il dont la mort,
En les frappant plutôt, n'eût embelli le fort ?

Corneille, qui long-temps fut, à fi jufte titre,
Du Parnaffe François & la gloire & l'arbitre,
Lui qui fût s'élever fans guide & fans appui,
Créateur d'un talent inconnu jufqu'à lui,
Corneille a trop vécu. Suréna, Pulchérie,
Tant de foibles enfans d'une mufe flétrie,
Accufent le deftin, qui laiffa, dans fon cours,
Eteindre ce beau feu qui dût briller toujours.

Par fon exemple inftruit, fon émule plus fage,
A, des mêmes talens, mieux fu régler l'ufage.
La mufe de Racine a comblé tous nos vœux :
Racine en eft plus grand, en fut-il plus heureux ?
Hélas ! il fuccomba fous les traits de l'envie...
La gloire l'attendoit au terme de fa vie.

Plus malheureux encor, cet aimable Bernard,
Qui, chantant nos plaifirs, réunit avec art
Les charmes de l'amour & ceux de l'harmonie,
Survit à fa raifon, & pleure fon génie !

O ! vous qui prétendez à des deftins brillans,
Craignez, craignez fur-tout de vivre trop long-temps;
Envain fur votre tête un beau jour femble luire :
Succès, gloire, bonheur, le temps peut tout détruire.
Les Dieux mêmes les Dieux ont vu, fur leurs autels,
Se flétrir des lauriers qu'ils croyoient immortels.
Mais quittant les Palais, le Parnaffe & les temples,
Cherchons autour de nous de moins rares exemples.

Entens-tu, de ces voix, la confufe rumeur,
De l'oreille attriftée éternelle douleur ?
Reconnois, à ce bruit, la foule malheureufe,
Tour-à-tour médifante, ou dévote, ou joueufe,
De ces femmes, jadis fieres de leurs attraits,
Et dont les jours nombreux ont effacé les traits.

Céphife fuit leurs pas, en dévorant fes larmes;
Céphife qui, jadis, fi vaine de fes charmes,

Avec faste , à son char , enchaînoit mille amans ;
Pour en fixer un feul , prend des foins impuiffants.
Vainement fon efprit les raffemble autour d'elle :
Tout fuit , & fon miroir , cruellement fidele ,
Offre , pour tout fpectacle , à fes yeux confternés ;
La caufe des affronts qui lui font deftinés.

Mais que Thémire encore eft cent fois plus à plaindre !
Ses fens tumultueux ne peuvent fe contraindre ;
Et ce fpectre ambulant , dans fes folles ardeurs ,
S'en va , l'or à la main , mendier des faveurs.
Elle offre à l'indigent fa tendreffe importune :
L'indigent refte mort entre elle & fa fortune.

Toi qui de toutes deux as prolongé les jours ,
Pourquoi de tant d'affronts ne pas finir le cours ?
Ah ! Thémire & Céphife , au printemps de leur âge ;
Par leurs vaines frayeurs , t'ont fouvent fait outrage :
O ! Mort ! tu t'en fouviens en ces temps malheureux ,
Et ta feule vengeance eft d'exaucer leurs vœux.

Plus aifément féduit , quelquefois l'homme efpere
Parcourir jufqu'au bout une heureufe carriere ;
Et des mêmes defirs long-temps préoccupé ,
Plus heureux que la femme , eft plus tard détrompé :
Facile à prodiguer une feinte tendreffe ,
L'indigente beauté fourit à la vieilleffe :
Mais quel fera le fruit de ce pénible foin ?
De ces douces erreurs le terme n'eft pas loin ;
A peine il a goûté ces trompeufes amorces ,
La Nature en courroux lui refufe des forces ,
Et bientôt , confumé d'inutiles defirs ,
Vivant pour les douleurs , il eft mort aux plaifirs.

O ! tombeau defirable ! ô ! demeure tranquille !
Le malheur nous pourfuit : prête-nous un afyle.
A l'orage qui gronde , ô Mort ! dérobe-nous ;
Et préfervés par toi , nous bénirons tes coups.

Ah ! dis-moi donc pourquoi , dans ta rigueur extrême ;
Tu semblas oublier & Zélis , & moi-même ;
Zélis , unique objet de mes vives amours ,
Qui , seule , de ma vie embellissoit le cours ,
Et qui depuis, hélas ! trahissant ma tendresse ,
Aux plus cruels regrets a livré ma jeunesse ?
Ah ! lorsqu'à ses genoux , dans ses yeux caressans ,
J'ai de ses premiers feux , lu les premiers fermens ;
Quand, plus tendre , Zélis à son amour livrée ,
Réunissoit son ame à mon ame enivrée ;
Puisque tant de bonheur un jour devoit finir ,
Pourquoi, par le trépas , ne le point prévenir ?
Et cependant , ô Mort ! les yeux baignés de larmes ;
Pour me rejoindre à toi , j'essaie envain mes armes ,
L'image de Zélis retient encor mon bras ;
L'ingrate, malgré moi, m'enchaîne sur ses pas :
Comment pouvoir quitter le séjour qu'elle habite ?
Mais si reconnoissant l'erreur qui l'a séduite ,
De mes tourmens , Zélis , prenoit quelque pitié ;
Si son cœur retrouvoit sa premiere amitié ;
O Mort ! entends mes vœux ; & si dans ta mémoire ,
Tu gardes quelque place au Chantre de ta gloire ,
Accours , viens te mêler à nos embrassemens ,
Et par tes coups heureux , assure nos fermens.

A MADEMOISELLE ***.

DOIS-JE croire ce qu'on m'écrit?
Julie, est-il donc vrai? Quoi! malgré mon absence,
La gaieté n'a cessé d'animer ton esprit?
  Voilà quelle est ma récompense!
Ah! les absens ont tort, on me l'avoit bien dit.
Quoi! le jour d'un départ, passer son temps à rire!
  Pas l'ombre même du chagrin!
  Encor n'aurois-je eu rien à dire
  Si c'eût été le lendemain :
  L'étiquette eût été remplie;
Mais rire le jour même, est une perfidie.
  Je te croyois un si bon cœur!
  J'ai si souvent vu la douleur,
  Pour un rien, obscurcir tes charmes!
  Un chat, un chien, quelques oiseaux,
  Te causoient de vives allarmes;
  De la foule des animaux
  A qui tes yeux donnent des larmes,
  Dis, par quelle fatalité,
  Ton amant seul se voit-il excepté?
  Je pourrois bien, ô! ma Julie,
  De *la Suze* suivant les pas,
  Te faire ici quelque élégie
  Qu'à coup-sûr tu ne lirois pas :
  Mais je prends un parti plus sage;
  Et sans me plaindre davantage,
Avec toi, volontiers, je demeure d'accord
Que rire va si bien à l'air de ton visage,
  Qu'en riant, tu n'as jamais tort.

A MADEMOISELLE ***.

Jeune Aglaé, la nature indulgente,
En te formant te prodigua fes dons ;
Tu reçus d'elle efprit, grace touchante,
Et doux attraits qu'en toi nous adorons ;
Mais avoir eu tant de biens en partage,
Ce n'eft affez fi l'on n'en fait jouir ;
L'art de jouir eft le talent du fage ;
Sans ce talent, le plaifir eft l'image
D'un feu folet qu'on voit s'évanouir.
Daigne permettre à ma mufe fincere,
Quelques confeils que difte l'amitié ;
Ce fentiment a des droits pour te plaire,
C'eft de l'amour la plus belle moitié.
   Déja trois fois l'aurore a vu tes larmes,
Depuis le jour où, quittant tes appas,
Ton jeune amant a fui d'entre tes bras
Et t'a laiffée en proie à tes allarmes ;
C'eft trop pleurer : pour l'honneur de tes charmes,
A cet amant tu dois un fucceffeur,
Choifis donc vîte & nomme ton vainqueur.
Le vain defir de paroître fidelle
Peut-il valoir le plaifir de changer ?
Non, non, crois-moi, tu dois te partager,
Sans l'inconftance, à quoi fert d'être belle ?
   Qu'une coquette étant fur le retour,
S'attache un fot, le garde par prudence,
Et veuille encor de fa fauffe conftance,

Par vanité , faire honneur à l'amour ;
Je lui pardonne , & je ris en silence.
Mais qu'à ton âge , au printemps de tes jours ;
De cent rivaux trahissant l'espérance ,
Tu fasses vœu de regretter toujours
Le même amant, en dépit de l'absence ,
Pour ce tort-là je n'ai point d'indulgence.

   Vois ce ruisseau dont le rapide cours
Baigne , en fuyant, l'un & l'autre rivage,
Qu'il soit pour toi l'image des amours.
Pour l'arrêter dans sa course volage ,
Envain les fleurs semblent le caresser,
D'un droit égal, chacune à son passage
Peut en jouir , mais non pas le fixer.
Prends-le pour guide , & te laisses séduire
A chaque instant par un plaisir nouveau ;
A nous tromper l'amour saura t'instruire ,
Et sur nos yeux il mettra son bandeau.
   Mais à pleurer peut-être on t'encourage :
On t'aura dit que , dans ces premiers temps,
Si jeune encor, pour l'honneur de ton âge,
Tu dois au moins feindre des feux constans :
Vas ! l'on te trompe , & ce monde est plus sage ;
Il ne croit plus au regret des absens ,
Et moins encore aux veuves de vingt ans.

A Mlle DE SIVRY, qui, à l'âge
de douze ans, fait le grec & le latin,
& fait de très-jolis vers.

A L'âge où l'on fait des poupées,
Vous compofez des vers charmans ;
Tandis que, dans des jeux d'enfans,
Vos compagnes défoccupées
Perdent leur efprit & leur temps,
Vous cultivez tous les talens,
Et déjà votre renommée,
Redoutable aux Auteurs du temps,
Fait craindre à leur troupe allarmée
Une rivale de douze ans.
   Nulle étude n'eft étrangere
A votre efprit, à votre goût ;
Et fi vous traitez de chimere
Ces récits où brille, fur-tout,
Un revenant, une fociere,
Cependant vous favez vous plaire
Aux contes à dormir debout,
Mais vous les lifez dans Homere.
   Vous raffemblez les agrémens
De tous les lieux, de tous les âges ;
Vous avez tous les fentimens,
Tous les tons, & tous les langages ;
Tour-à-tour vous plaifez aux fages
Et vous amufez les enfans.

L'efprit vous donne des années ;
Il a fu hâter vos beaux jofrs :
De vos brillantes deftinées,
Il faura ralentir le cours ;
Et, par lui, vous ferez toujours,
Dans les époques fortunées,
Et des talens & des amours.
Croyez à cet heureux préfage.
C'eft l'exemple qui m'encourage
A vous promettre un fort fi doux :
Les neuf déités du Permeffe
Ne connurent, ainfi que vous,
Ni l'enfance ni la vieilleffe.

CHANSON.

Envain d'une cruelle abfence,
J'efpérois charmer la rigueur ;
Je ne trouve, éloigné d'Hortenfe,
Que les foucis, que la langueur.
Envain de la plus belle aurore
Le doux éclat brille à mes yeux ;
Loin de la beauté qu'on adore,
On ne voit point de jours heureux.

Aux fleurs que le zéphir careffe
Si je trouve quelques appas,
Bientôt je dis, avec trifteffe,
Hortenfe ne les verra pas :

De Flore, alors, les plus doux charmes
N'excitent plus que mes regrets,
Et les foucis, & les allarmes
Changent les rofes en cyprès.

Souvent dans un fombre bocage,
J'évite la chaleur du jour ;
Mais bientôt je quitte un ombrage
Qui n'eft plus utile à l'amour.
Ce n'eft plus ce bois folitaire,
Lieu charmant, temple des plaifirs,
Où mon Hortenfe, moins févere,
Venoit écouter mes foupirs.

Ramené par l'indifférence,
Je retrouve un monde brillant ;
Mais je n'y revois point Hortenfe,
Je foupire, & fors à l'inftant.
Cependant l'abfence cruelle
M'afflige & n'éteint pas mes feux ;
Qu'Hortenfe foit toujours fidelle,
Je me croirai toujours heureux.

AUTRE.

L'AMOUR lui-même a créé ma Bergere,
Mais un enfant à tout ne peut fonger ;
Trop occupé de la former pour plaire,
Il ne la fit point pour aimer.

Il lui donna beauté , grace touchante ;
Dons précieux faits pour être adorés ;
Mais elle n'eut qu'une ame indifférente ;
     Par qui ces dons font déparés.

De mille feux fon regard étincelle ,
Et de l'amour c'eft encore une erreur ;
Il les mit tous dans les yeux de la belle ;
     Et n'en garda point pour fon cœur.

Laiffe à fes yeux leur douceur naturelle ,
Et dans fon cœur , amour , place tes feux :
Glicere ainfi ne fera pas moins belle ,
     Et je ferai moins malheureux.

AUTRE.

Les quatre Parties du jour.

Toujours belle & toujours févere ;
Si Thémire a fu m'enflammer ,
C'eft moins par l'efpoir de lui plaire ,
Que par le bonheur de l'aimer ,
Toujours plus charmante & plus belle ;
Thémire m'offre à chaque inftant ,
L'attrait d'une beauté nouvelle ,
Sans que je devienne inconftant,

Au

I I.

Au matin, d'une jeune rofe
Thémire offre l'éclat flatteur ;
C'eft une fleur nouvelle éclofe ,
Elle ravit par fa fraîcheur.
Le coloris de la nature ,
Le fard que donne la pudeur,
Sont l'ornement de fa parure
Et l'interprête de fon cœur.

I I I.

A midi , lorfqu'elle s'aprête
A prendre de nouveaux atours,
C'eft Vénus , dans un jour de fête ;
Se jouant avec les amours :
Mais de cent parures nouvelles ,
Envain l'éclat eft emprunté ,
Tout ce qui pare les plus belles ,
Eft embelli par fa beauté.

I V.

Au milieu d'un monde agréable ,
Il faut la fuivre vers le foir ;
Elle eft toujours la plus aimable ,
Et n'a pas l'air de le favoir.
Dans fon efprit eft la fineffe ,
Et dans fon cœur le fentiment ,
On croit entendre la tendreffe
Folâtrer avec l'enjouement.

V.

De la nuit, la riante image
Devroit achever ce portrait ;
Par malheur Thémire eft trop fage ,
Et le tableau refte imparfait.

Mais si quelque jour, moins sévere,
Elle permet de le finir,
Qu'il soit tracé par le mystere,
Et gravé par le souvenir.

E N V O I.

Dès long-temps une erreur chérie,
Occupant mon cœur inquiet,
Offroit à mon ame attendrie,
L'image d'un objet parfait ;
Dans cette douce rêverie,
Je vous ai peinte trait pour trait ;
Et ce tableau de fantaisie ,
Par vous , est devenu portrait.

A U T R E.

I.

Lison revenoit au Village ;
C'étoit le soir ;
Elle crut voir sur son passage ;
Il faisoit noir,
Accourir le berger Silvandre ,
Lison eut peur ;
Elle ne vouloit pas l'attendre ;
C'est un malheur.
C'étoit le soir

Il faisoit noir ;
Lison eut peur ,
C'est un malheur.

I I.

Que pouvoit faire cette belle ,
C'étoit le soir ?
Silvandre court plus vite qu'elle ,
Il faisoit noir ;
Il la joint & soudain l'arrête ,
Lison eut peur ;
La peur la fit cheoir sur l'herbette
C'est un malheur.
C'étoit le soir ,
Il faisoit noir ,
Lison eut peur ,
C'est un malheur.

I I I.

Quand Lison fut ainsi tombée ,
C'étoit le soir ;
Le berger , à la dérobée ,
Il faisoit noir ,
Voulut ravir certaine rose ,
Lison eut peur ;
La peur ne sert pas à grand-chose ,
C'est un malheur.
C'étoit le soir ,
Il faisoit noir ,
Lison eut peur ,
C'est un malheur.

I V.

Personne n'étoit sur la route ,
C'étoit le soir ;

Bientôt Lifon n'y vit plus goute ;
Il faifoit noir :
Sa taille devint moins légere ,
Lifon eut peur ;
Neuf mois après elle fut mere ,
C'eft un malheur.
C'étoit le foir ,
Il faifoit noir ,
Lifon eut peur ,
C'eft un malheur.

LES LIAISONS
DANGEREUSES.

LETTRE Iere.

CECILE VOLANGES à SOPHIE CARNAY, aux Ursulines de....

TU vois, ma bonne amie, que je te tiens parole, & que les bonnets & les pompons ne prennent pas tout mon temps; il m'en restera toujours pour toi. J'ai pourtant vu plus de parures dans cette seule journée que dans les quatre ans que nous avons passés ensemble, & je crois que la superbe Tanville (1) aura plus de chagrin à ma premiere visite, où je compte bien la demander, qu'elle n'a cru nous en faire toutes les fois qu'elle est venue nous

_____

(1) Pensionnaire du même Couvent.

Ire, Partie   A

voir *in fiocchi*. Maman m'a confultée fur tout;
elle me traite beaucoup moins en penfionnaire
que par le paffé. J'ai une Femme-de-chambre
à moi ; j'ai une chambre & un cabinet dont
je difpofe, & je t'écris à un fecrétaire très-
joli, dont on m'a remis la clef, & où je peux
renfermer tout ce que je veux. Maman m'a
dit que je la verrois tous les jours à fon lever;
qu'il fuffifoit que je fuffe coiffée pour dîner,
parce que nous ferions toujours feules, &
qu'alors elle me diroit chaque jour l'heure où
je devrois l'aller joindre l'après midi. Le refte
du temps eft à ma difpofition, & j'ai ma harpe,
mon deffin, & des livres comme au Couvent;
fi ce n'eft que la Mere Perpétue n'eft pas là
pour me gronder, & qu'il ne tiendroit qu'à
moi d'être toujours à rien faire : mais comme
je n'ai pas ma Sophie pour caufer & pour rire,
j'aime autant m'occuper.

Il n'eft pas encore cinq heures ; je ne dois
aller retrouver Maman qu'à fept : voilà bien
du temps, fi j'avois quelque chofe à te dire !
Mais on ne m'a encore parlé de rien; & fans
les apprêts que je vois faire, & la quantité
d'Ouvrieres qui viennent toutes pour moi, je
croirois qu'on ne fonge pas à me marier, &
que c'eft un radotage de plus de la bonne Joféphine (1). Cependant Maman m'a tant dit

---

(1) Tourriere du Couvent.

qu'une demoifelle devoit refter au Couvent jufqu'à ce qu'elle fe mariât, que puifqu'elle m'en fait fortir, il faut bien que Joféphine ait raifon.

Il vient d'arrêter un carroffe à la porte, & Maman me fait dire de paffer chez elle tout de fuite. Si c'étoit le Monfieur ? Je ne fuis pas habillée. La main me tremble & le cœur me bat. J'ai demandé à la Femme-de-chambre fi elle favoit qui étoit chez ma mere : « Vraiment, » m'a-t-elle dit, c'eft M. C*** « Et elle rioit ! Oh ! je crois que c'eft lui. Je reviendrai fûrement te raconter ce qui fe fera paffé. Voilà toujours fon nom. Il ne faut pas fe faire attendre. Adieu, jufqu'à un petit moment.

Comme tu vas te moquer de la pauvre Cécile ! Oh ! j'ai été bien honteufe ! Mais tu y aurois été attrapée comme moi. En entrant chez Maman, j'ai vu un Monfieur en noir, debout auprès d'elle. Je l'ai falué du mieux que j'ai pu, & fuis reftée fans pouvoir bouger de ma place. Tu juges combien je l'examinois ! « Madame, a-t-il dit à ma mere, en » me faluant, voilà une charmante demoi- » felle, & je fens mieux que jamais le prix de » vos bontés ». A ce propos fi pofitif, il m'a pris un tremblement, tel que je ne pouvois me foutenir ; j'ai trouvé un fauteuil, & je m'y fuis affife, bien rouge & bien déconcertée. J'y étois à peine, que voilà cet homme à mes ge-

A 2

noux. Ta pauvre Cécile alors a perdu la tête; j'étois, comme a dit Maman, toute effarouchée. Je me suis levée en jetant un cri perçant; .... tiens, comme ce jour du tonnerre. Maman eſt partie d'un éclat de rire, en me diſant: » Eh bien! qu'avez-vous? Aſſeyez-vous, » & donnez votre pied à Monſieur «. En effet, ma chere amie, le Monſieur étoit un Cordonnier. Je ne peux te rendre combien j'ai été honteuſe: par bonheur il n'y avoit que Maman. Je crois que, quand je ſerai mariée, je ne me ſervirai plus de ce Cordonnier-là.

Conviens que nous voilà bien ſavantes! Adieu. Il eſt près de ſix heures, & ma Femme-de-chambre dit qu'il faut que je m'habille. Adieu, ma chere Sophie; je t'aime comme ſi j'étois encore au Couvent.

P. S. Je ne ſais par qui envoyer ma Lettre: ainſi j'attendrai que Joſéphine vienne.

Paris, ce 3 *Août* 17**.

LETTRE II.

La Marquiſe DE MERTEUIL au Vicomte DE VALMONT, au Château de...

REVENEZ, mon cher Vicomte, revenez; que faites-vous, que pouvez-vous faire, chez une vieille Tante dont tous les biens vous ſont fubftitués ? Partez fur le champ ; j'ai befoin de vous. Il m'eft venu une excellente idée , & je veux bien vous en confier l'exécution. Ce peu de mots devroit fuffire ; & , trop honoré de mon choix , vous devriez venir, avec empreffement , prendre mes ordres à genoux : mais vous abufez de mes bontés, même depuis que vous n'en ufez plus ; & dans l'alternative d'une haine éternelle ou d'une exceffive indulgence , votre bonheur veut que ma bonté l'emporte. Je veux donc bien vous inftruire de mes projets : mais jurez-moi qu'en fidele Chevalier , vous ne courrez aucune aventure que vous n'ayiez mis celle-ci à fin. Elle eft digne d'un Héros ; vous fervirez l'amour & la vengeance : ce fera enfin une *rouerie* (1) de plus à mettre dans vos Mémoires : oui, dans vos Mémoires ; car je veux qu'ils foient imprimés un jour , & je me charge de les écrire. Mais laiffons cela , & revenons à ce qui m'occupe.

Madame de Volanges marie fa fille : c'eft encore un fecret ; mais elle m'en a fait part hier. Et qui croyez-vous qu'elle ait choifi pour Gendre ? le Comte de Gercourt. Qui m'auroit dit que je deviendrois la coufine de Gercourt ? J'en fuis dans une fureur.... Eh bien !

---

(1) Ces mots *roué* & *rouerie*, dont heureufement la bonne compagnie commence à fe défaire , étoient fort en ufage à l'époque où ces Lettres ont été écrites.

A 3

vous ne devinez pas encore ? oh ! l'efprit lourd ! Lui avez-vous donc pardonné l'aventure de l'Intendante ? Et moi , n'ai-je pas encore plus à me plaindre de lui, monftre que vous êtes (1) ? Mais je m'appaife , & l'efpoir de me venger raſſérene mon ame.

Vous avez été ennuyé cent fois, ainfi que moi, de l'importance que met Gercourt à la femme qu'il aura , & de la fotte préfomption qui lui fait croire qu'il évitera le fort inévitable. Vous connoiſſez fes ridicules préventions pour les éducations cloîtrées, & fon préjugé, plus ridicule encore, en faveur de la retenue des blondes. En effet, je gagerois que, malgré les foixante mille livres de rente de la petite Volanges, il n'auroit jamais fait ce mariage, fi elle eût été brune, ou fi elle n'eût pas été élevée au Couvent. Prouvons-lui donc qu'il n'eft qu'un fot : il le fera fans doute un jour ; ce n'eft pas là ce qui m'embarraffe : mais le plaifant feroit qu'il débutât par-là. Comme nous nous amuferions le lendemain en l'entendant fe vanter ! car il fe vantera ; & puis, fi

_____

(1) Pour entendre ce paſſage , il faut favoir que le Comte de Gercourt avoit quitté la Marquife de Merteuil pour l'Intendante de***, qui lui avoit facrifié le Vicomte de Valmont, & que c'eft alors que la Marquife & le Vicomte s'attacherent l'un à l'autre. Comme cette aventure eft fort antérieure aux événemens dont il eft queftion dans ces Lettres , on a cru devoir en fupprimer toute la Correfpondance.

une fois vous formez cette petite fille, il y
aura bien du malheur si le Gercourt ne devient pas, comme un autre, la fable de Paris.

Au reste, l'Héroïne de ce nouveau Roman
mérite tous vos soins : elle est vraiment jolie ;
cela n'a que quinze ans ; c'est le bouton de
rose : gauche à la vérité ; comme on ne l'est
point, & nullement maniérée ; mais, vous
autres hommes, vous ne craignez pas cela :
de plus, un certain regard langoureux qui
promet beaucoup, en vérité : ajoutez-y que je
vous la recommande ; vous n'avez plus qu'à
me remercier & m'obéir.

Vous recevrez cette Lettre demain matin.
J'exige que demain, à sept heures du soir,
vous soyiez chez moi. Je ne recevrai personne
qu'à huit, pas même le régnant Chevalier :
il n'a pas assez de tête pour une aussi grande
affaire. Vous voyez que l'amour ne m'aveugle pas. A huit heures je vous rendrai votre
liberté, & vous reviendrez à dix, souper avec
le bel objet ; car la mere & la fille souperont
chez moi. Adieu. Il est midi passé ; bientôt je
ne m'occuperai plus de vous.

Paris, ce 4 Août 17**.

A 4

LETTRE III.

CECILE VOLANGES à SOPHIE CARNAY.

JE ne fais encore rien, ma bonne amie. Maman avoit hier beaucoup de monde à fouper.
Malgré l'intérêt que j'avois à examiner, les
hommes fur - tout, je me fuis fort ennuyée.
Hommes & femmes, tout le monde m'a beaucoup regardée ; & puis on fe parloit à l'oreille,
& je voyois bien qu'on parloit de moi ; cela
me faifoit rougir ; je ne pouvois m'en empêcher. Je l'aurois bien voulu ; car j'ai remarqué
que quand on regardoit les autres femmes,
elles ne rougiffoient pas ; ou bien c'eft le rouge
qu'elles mettent, qui empêche de voir celui
que l'embarras leur caufe ; car il doit être bien
difficile de ne pas rougir quand un homme
vous regarde fixement.

Ce qui m'inquiétoit le plus, étoit de ne pas
favoir ce qu'on penfoit fur mon compte. Je
crois avoir entendu pourtant deux ou trois
fois le mot de *jolie :* mais j'ai entendu bien dif-
tinctement celui de *gauche ;* & il faut que cela
foit bien vrai, car la femme qui le difoit eft
parente & amie de ma mere. Elle paroît même
avoir pris tout de fuite de l'amitié pour moi.

C'eft la feule perfonne qui m'ait un peu parlé dans la foirée. Nous fouperons demain chez elle.

J'ai encore entendu, après fouper, un homme que je fuis fûre qui parloit de moi, & qui difoit à un autre : « Il faut laiffer mûrir » cela, nous verrons cet hiver «. C'eft peut-être celui-là qui doit m'époufer; mais alors ce ne feroit donc que dans quatre mois! Je voudrois bien favoir ce qui en eft.

Voilà Joféphine, & elle me dit qu'elle eft preffée. Je veux pourtant te raconter encore une de mes *gaucheries*. Oh! je crois que cette dame a raifon!

Après le fouper on s'eft mis à jouer. Je me fuis placée auprès de Maman; je ne fais pas comment cela s'eft fait, mais je me fuis endormie prefque tout de fuite. Un grand éclat de rire m'a réveillée. Je ne fais fi l'on rioit de moi, mais je le crois. Maman m'a permis de me retirer, & elle m'a fait grand plaifir. Figure-toi qu'il étoit onze heures paffées! Adieu, ma chere Sophie; aime toujours bien ta Cécile. Je t'affure que le monde n'eft pas auffi amufant que nous l'imaginions.

*Paris, ce 4 Août, 17**,*

A 5

LETTRE IV.

Le Vicomte DE VALMONT à la Marquise DE MERTEUIL, à Paris.

Vos ordres font charmans ; votre façon de les donner eft plus aimable encore ; vous feriez chérir le defpotifme. Ce n'eft pas la premiere fois, comme vous favez, que je regrette de ne plus être votre efclave ; & tout *monftre* que vous dites que je fuis, je ne me rappelle jamais fans plaifir le temps où vous m'honoriez de noms plus doux. Souvent même je defire de les mériter de nouveau, & de finir par donner, avec vous, un exemple de conftance au monde. Mais de plus grands intérêts nous appellent ; conquérir eft notre deftin ; il faut le fuivre : peut-être au bout de la carriere nous rencontrerons-nous encore ; car, foit dit fans vous fâcher, ma très-belle Marquife, vous me fuivez au moins d'un pas égal ; & depuis que, nous féparant pour le bonheur du monde, nous prêchons la foi chacun de notre côté, il me femble que dans cette miffion d'amour, vous avez fait plus de profélytes que moi. Je connois votre zele, votre ardente ferveur ; & fi ce Dieu-là, comme l'au-

tre, nous juge fur nos œuvres, vous ferez
un jour la Patrone de quelque grande ville,
tandis que votre ami fera au plus un Saint de
village. Ce langage vous étonne, n'eſt-il pas
vrai ? Mais depuis huit jours, je n'en entends,
je n'en parle pas d'autre ; & c'eſt pour m'y
perfectionner, que je me vois forcé de vous
défobéir.

Ne vous fâchez pas, & écoutez-moi. Dé-
poſitaire de tous les fecrets de mon cœur, je
vais vous confier le plus grand projet que
j'aie jamais formé. Que me propofez-vous ?
de féduire une jeune fille qui n'a rien vu, ne
connoît rien ; qui, pour ainſi dire, me feroit
livrée fans défenfe ; qu'un premier hommage
ne manquera pas d'enivrer, & que la curiofité menera peut-être plus vîte que l'amour.
Vingt autres peuvent y réuſſir comme moi. Il
n'en eſt pas ainſi de l'entreprife qui m'occupe ;
fon fuccès m'affure autant de gloire que de
plaifir. L'amour, qui prépare ma couronne,
héfite lui-même entre le myrte & le laurier ;
ou plutôt il les réunira pour honorer mon
triomphe. Vous même, ma belle amie, vous
ferez faifie d'un faint refpect, & vous direz
avec enthoufiafme : » Voilà l'homme felon
» mon cœur ».

Vous connoiſſez la Préfidente Tourvel, fa
dévotion, fon amour conjugal, fes principes
aufteres. Voilà ce que j'attaque, voilà l'en-

A 6

nemi digne de moi ; voilà le but où je prétends atteindre ;

> Et si de l'obtenir je n'emporte le prix,
> J'aurai du moins l'honneur de l'avoir entrepris.

On peut citer de mauvais vers, quand ils sont d'un grand Poëte (1).

Vous saurez donc que le Président est en Bourgogne, à la suite d'un grand procès (j'espere lui en faire perdre un plus important). Son inconsolable moitié doit passer ici tout le temps de cet affligeant veuvage. Une Messe chaque jour, quelques visites aux Pauvres du canton, des prieres du matin & du soir, des promenades solitaires, de pieux entretiens avec ma vieille tante, & quelquefois un triste wisk, devoient être ses seules distractions. Je lui en prépare de plus efficaces. Mon bon Ange m'a conduit ici, pour son bonheur & pour le mien. Insensé ! je regrettois vingt-quatre heures que je sacrifiois à des égards d'usage ; combien on me puniroit, en me forçant de retourner à Paris ! Heureusement il faut être quatre pour joüer au wisk ; & comme il n'y a ici que le Curé du lieu, mon éternelle tante m'a beaucoup pressé de lui sacrifier quelques jours. Vous devinez que j'ai consenti. Vous n'imaginez pas combien elle me cajolle depuis ce

(1) La Fontaine.

moment, combien sur-tout elle est édifiée de me voir réguliérement à ses prieres & à sa Messe. Elle ne se doute pas de la Divinité que j'y adore.

Me voilà donc, depuis quatre jours, livré à une passion forte. Vous savez si je desire vivement, si je dévore les obstacles : mais ce que vous ignorez, c'est combien la solitude ajoute à l'ardeur du desir. Je n'ai plus qu'une idée; j'y pense le jour & j'y rêve la nuit. J'ai bien besoin d'avoir cette femme, pour me sauver du ridicule d'en être amoureux : car où ne mene pas un desir contrarié ? O délicieuse jouissance ! Je t'implore pour mon bonheur, & sur-tout pour mon repos. Que nous sommes heureux que les femmes se défendent si mal ! nous ne serions auprès d'elles que de timides esclaves. J'ai dans ce moment un sentiment de reconnoissance pour les femmes faciles, qui m'amene naturellement à vos pieds. Je m'y prosterne pour obtenir mon pardon, & j'y finis cette trop longue Lettre. Adieu, ma très-belle amie : sans rancune.

*Du Château de... 5 Août 17**.*

LETTRE V.

La Marquise DE MERTEUIL, au Vicomte DE VALMONT.

SAVEZ-VOUS, Vicomte, que votre Lettre est d'une insolence rare, & qu'il ne tiendroit qu'à moi de m'en fâcher ? mais elle m'a prouvé clairement que vous aviez perdu la tête, & cela seul vous a sauvé de mon indignation. Amie généreuse & sensible, j'oublie mon injure pour ne m'occuper que de votre danger; & quelque ennuyeux qu'il soit de raisonner, je cede au besoin que vous en avez dans ce moment.

Vous, avoir la Présidente Tourvel ! mais quel ridicule caprice ! Je reconnois bien là votre mauvaise tête, qui ne fait désirer que ce qu'elle croit ne pas pouvoir obtenir. Qu'est-ce donc que cette femme ? des traits réguliers, si vous voulez, mais nulle expression : passablement faite, mais sans graces : toujours mise à faire rire ! avec ses paquets de fichus sur la gorge, & son corps qui remonte au menton ! Je vous le dis en amie, il ne vous faudroit pas deux femmes comme celle-là, pour vous faire perdre toute votre considération. Rappellez-vous donc ce jour où elle quêtoit à Saint-Roch, & où vous me remerciâtes tant de vous avoir procuré ce spectacle. Je crois la voir encore, donnant la main à ce grand échalas en cheveux longs, prête à tomber à chaque pas, ayant toujours son panier de quatre aunes sur la tête de quelqu'un, & rougissant à chaque révérence. Qui vous eût dit alors, vous desirerez cette femme? Allons, Vicomte, rougissez vous-même, & revenez à vous. Je vous promets le secret.

Et puis, voyez donc les désagrémens qui vous attendent! quel rival avez-vous à combattre? un mari! Ne vous sentez-vous pas humilié à ce seul mot! Quelle honte si vous échouez! & même combien peu de gloire dans le succès! Je dis plus; n'en espérez aucun plaisir. En est-il avec les prudes? j'entends celles de bonne foi. Réservées au sein même du plaisir, elles ne vous offrent que des demi-jouissances. Cet entier abandon de soi-même, ce délire de la volupté où le plaisir s'épure par son excès, ces biens de l'amour, ne sont pas connus d'elles. Je vous le prédis; dans la plus heureuse supposition, votre Présidente croira avoir tout fait pour vous, en vous traitant comme son mari, & dans le tête-à-tête conjugal le plus tendre, on reste toujours deux. Ici c'est bien pis encore; votre prude est dévote, & de cette dévotion de bonne femme

qui condamne à une éternelle enfance. Peut-
être furmonterez-vous cet obftacle, mais ne
vous flattez pas de le détruire : vainqueur de
l'amour de Dieu, vous ne le ferez pas de la
peur du Diable ; & quand, tenant votre Maîtreffe dans vos bras, vous fentirez palpiter
fon cœur, ce fera de crainte & non d'amour.
Peut-être, fi vous euffiez connu cette femme
plutôt, en euffiez-vous pu faire quelque chofe;
mais cela a vingt-deux ans, & il y en a près
de deux qu'elle eft mariée. Croyez-moi, Vicomte, quand une femme s'eft *encroutée* à ce
point, il faut l'abandonner à fon fort ; ce ne
fera jamais qu'une *efpece*.

C'eft pourtant pour ce bel objet que vous
refufez de m'obéir, que vous vous enterrez
dans le tombeau de votre tante, & que vous
renoncez à l'aventure la plus délicieufe & la
plus faite pour vous faire honneur. Par quelle
fatalité faut-il donc que Gercourt garde toujours quelque avantage fur vous? Tenez, je
vous en parle fans humeur : mais, dans ce
moment, je fuis tentée de croire que vous ne
méritez pas votre réputation ; je fuis tentée
fur-tout de vous retirer ma confiance. Je ne
m'accoutumerai jamais à dire mes fecrets à
l'amant de M^{de}. de Tourvel.

Sachez pourtant que la petite Volanges a
déjà fait tourner une tête. Le jeune Danceny
en raffole. Il a chanté avec elle ; & en effet

elle chante mieux qu'à une Penſionnaire n'appartient. Ils doivent répéter beaucoup de
Duos, & je crois qu'elle ſe mettroit volontiers
à l'uniſſon : mais ce Danceny eſt un enfant
qui perdra ſon temps à faire l'amour, & ne
finira rien. La petite perſonne de ſon côté eſt
aſſez farouche ; &, à tout événement, cela
ſera toujours beaucoup moins plaiſant que
vous n'auriez pu le rendre : auſſi j'ai de l'humeur, & ſûrement je querellerai le Chevalier à ſon arrivée. Je lui conſeille d'être doux ;
car, dans ce moment, il ne m'en coûteroit
rien de rompre avec lui. Je ſuis ſûre que ſi
j'avois le bon eſprit de le quitter à préſent,
il en ſeroit au déſeſpoir ; & rien ne m'amuſe
comme un déſeſpoir amoureux. Il m'appel-
leroit perfide, & ce mot de perfide m'a toujours fait plaiſir ; c'eſt, après celui de cruelle,
le plus doux à l'oreille d'une femme, & il eſt
moins pénible à mériter. Sérieuſement, je vais
m'occuper de cette rupture. Voilà pourtant de
quoi vous êtes cauſe ! auſſi je le mets ſur votre
conſcience. Adieu. Recommandez-moi aux
prieres de votre Préſidente.

*Paris, ce 7 Août 17**.*

LETTRE VI.

Le Vicomte DE VALMONT à la Marquise DE
MERTEUIL.

IL n'eſt donc point de femme qui n'abuſe de
l'empire qu'elle a ſu prendre ! Et vous-même,
vous que je nommai ſi ſouvent mon indulgente
amie, vous ceſſez enfin de l'être, & vous ne
craignez pas de m'attaquer dans l'objet de
mes affections ! De quels traits vous oſez peindre M^de. de Tourvel ! . . . . quel homme n'eût
point payé de ſa vie cette inſolente audace ?
à quelle autre femme qu'à vous n'eût-elle pas
valu au moins une noirceur ? De grace, ne
me mettez plus à d'auſſi rudes épreuves ; je ne
répondrois pas de les ſoutenir. Au nom de
l'amitié, attendez que j'aie eu cette femme,
ſi vous voulez en médire. Ne ſavez-vous pas
que les plaiſirs, enfans de l'amour, ont ſeuls
le droit de détacher ſon bandeau ?

Mais que dis-je ? M^de. de Tourvel a-t-elle
beſoin d'illuſion ? non ; pour être adorable il
lui ſuffit d'être elle-même. Vous lui reprochez
de ſe mettre mal ; je le crois bien : toute parure lui nuit ; tout ce qui la cache la dépare.
C'eſt dans l'abandon du négligé qu'elle eſt

vraiment raviffante. Grace aux chaleurs ac-
cablantes que nous éprouvons, un déshabiller
de fimple toile me laiffe voir fa taille ronde &
fouple. Une feule mouffeline couvre fa gorge;
& mes regards furtifs, mais pénétrants, en ont
déjà faifi les formes enchantereffes. Sa figure,
dites-vous, n'a nulle expreffion. Et qu'expri-
meroit-elle, dans les momens où rien ne parle
à fon cœur? Non, fans doute, elle n'a point,
comme nos femmes coquettes, ce regard men-
teur qui féduit quelquefois, & nous trompe
toujours. Elle ne fait pas couvrir le vuide d'une
phrafe par un fourire étudié; & quoiqu'elle
ait les plus belles dents du monde, elle ne rit
que de ce qui l'amufe. Mais il faut voir comme,
dans les folâtres jeux, elle offre l'image d'une
gaieté naïve & franche! comme, auprès d'un
malheureux qu'elle s'empreffe de fecourir,
fon regard annonce la joie pure & la bonté
compatiffante! Il faut voir fur-tout, au moindre mot d'éloge ou de cajolerie, fe peindre,
fur fa figure célefte, ce touchant embarras
d'une modeftie qui n'eft point jouée!... Elle
eft prude & dévote, & de-là vous la jugez
froide & inanimée? Je penfe bien différem-
ment. Quelle étonnante fenfibilité ne faut-il
pas avoir pour la répandre jufques fur fon
mari, ou pour aimer toujours un être toujours
abfent? Quelle preuve plus forte pourriez-
vous defirer? J'ai fu pourtant m'en procurer
une autre.

J'ai dirigé fa promenade de maniere qu'il s'eft trouvé un foffé à franchir ; &, quoique fort lefte, elle eft encore plus timide : vous jugez bien qu'une prude craint de fauter le foffé (1) ! Il a fallu fe confier à moi. J'ai tenu dans mes bras cette femme modefte. Nos prépa-ratifs & le paffage de ma vieille Tante avoient fait rire aux éclats la folâtre Dévote : mais, dès que je me fuis emparé d'elle, par une adroite gaucherie, nos bras s'enlacerent mu-tuellement ; je preffai fon fein contre le mien ; &, dans ce court intervalle, je fentis fon cœur battre plus vîte. L'aimable rougeur vint colo-rer fon vifage, & fon modefte embarras m'ap-prit affez *que fon cœur avoit palpité d'amour, & non de crainte.* Ma Tante cependant s'y trompa comme vous, & fe mit à dire : » L'enfant a » eu peur «; mais la charmante candeur de l'enfant ne lui permit pas le menfonge, & elle répondit naïvement : « Oh non, mais.... «. Ce feul mot m'a éclairé. Dès ce moment, le doux efpoir a remplacé la cruelle inquiétude. J'aurai cette femme ; je l'enleverai au mari qui la pro-fane : j'oferai la ravir au Dieu même qu'elle adore. Quel délice d'être tour-à-tour l'objet & le vainqueur de fes remords ! Loin de moi

---

(1) On reconnoît ici le mauvais goût des Calembours, qui commençoit à prendre, & qui depuis a tant fait de progrès.

l'idée de détruire les préjugés qui l'affiegent ! ils ajouteront à mon bonheur & à ma gloire. Qu'elle croie à la vertu, mais qu'elle me la facrifie ; que fes fautes l'épouvantent fans pouvoir l'arrêter ; & , qu'agitée de mille terreurs, elle ne puiffe les oublier, les vaincre que dans mes bras. Qu'alors, j'y confens, elle me dife : » Je t'adore » ; elle feule, entre toutes les femmes, fera digne de prononcer ce mot. Je ferai vraiment le Dieu qu'elle aura préféré.

Soyons de bonne foi ; dans nos arrangemens, auffi froids que faciles, ce que nous appellons bonheur eft à peine un plaifir. Vous le dirai-je ? je croyois mon cœur flétri ; & ne me trouvant plus que des fens, je me plaignois d'une vieilleffe prématurée. M^{de}. de Tourvel m'a rendu les charmantes illufions de la jeuneffe. Auprès d'elle, je n'ai pas befoin de jouir pour être heureux. La feule chofe qui m'effraie, eft le temps que va me prendre cette aventure ; car je n'ofe rien donner au hafard. J'ai beau me rappeller mes heureufes témérités, je ne puis me réfoudre à les mettre en ufage. Pour que je fois vraiment heureux, il faut qu'elle fe donne ; & ce n'eft pas une petite affaire.

Je fuis fûre que vous admireriez ma prudence. Je n'ai pas encore prononcé le mot d'amour : mais déjà nous en fommes à ceux de confiance & d'intérêt. Pour la tromper le

moins poſſible , & ſur-tout pour prévenir l'effet des propos qui pourroient lui revenir , je
lui ai raconté moi-même, & comme en m'ac-
cuſant, quelques-uns de mes traits les plus connus. Vous ririez de voir avec quelle candeur
elle me prêche. Elle veut, dit-elle, me con-
vertir. Elle ne ſe doute pas encore de ce qu'il
lui en coutera pour le tenter. Elle eſt loin de
penſer qu'*en plaidant* , pour parler comme
elle , *pour les infortunées que j'ai perdues* , elle
parle d'avance dans ſa propre cauſe. Cette
idée me vint hier au milieu d'un de ſes ſer-
mons, & je ne pus me refuſer au plaiſir de
l'interrompre , pour l'aſſurer qu'elle parloit
comme un Prophete. Adieu, ma très-belle
amie. Vous voyez que je ne ſuis pas perdu
ſans reſſource.

P. S. A propos, ce pauvre Chevalier s'eſt-
il tué de déſeſpoir ? En vérité, vous êtes cent
fois plus mauvais ſujet que moi, & vous m'hu-
milieriez ſi j'avois de l'amour-propre.

Du Château de...., *ce* 9 *Août* 17**.

LETTRE VII.

CECILE VOLANGES à SOPHIE CARNAY. (1).

SI je ne t'ai rien dit de mon mariage, c'eſt que je ne ſuis pas plus inſtruite que le premier jour. Je m'accoutume à n'y plus penſer, & je me trouve aſſez bien de mon genre de vie. J'étudie beaucoup mon chant & ma harpe; il me ſemble que je les aime mieux depuis que je n'ai plus de Maître, ou plutôt c'eſt que j'en ai un meilleur. M. le Chevalier Danceny, ce Monſieur dont je t'ai parlé, & avec qui j'ai chanté chez Madame de Merteuil, a la complaiſance de venir ici tous les jours, & de chanter avec moi des heures entieres. Il eſt extrêmement aimable. Il chante comme un Ange, & compoſe de très-jolis airs, dont il fait auſſi les paroles. C'eſt bien dommage qu'il ſoit Chevalier de Malte! Il me ſemble que s'il ſe

---

(1) Pour ne pas abuſer de la patience du Lecteur, on ſupprime beaucoup de Lettres de cette correſpondance journaliere; on ne donne que celles qui ont paru néceſ-ſaires à l'intelligence des événemens de cette Société. C'eſt par le même motif qu'on ſupprime auſſi toutes les Lettres de Sophie Carnay, & pluſieurs de celles des autres Acteurs de ces aventures.

marioit, fa femme feroit bien heureufe.... Il a une douceur charmante. Il n'a jamais l'air de faire un compliment, & pourtant tout ce qu'il dit flatte. Il me reprend fans ceffe, tant fur la mufique que fur autre chofe : mais il mêle à fes critiques tant d'intérêt & de gaieté, qu'il eft impoffible de ne pas lui en favoir gré. Seulement, quand il vous regarde, il a l'air de vous dire quelque chofe d'obligeant. Il joint à tout cela d'être très-complaifant. Par exemple, hier, il étoit prié d'un grand concert; il a préféré de refter toute la foirée chez Maman. Cela m'a bien fait plaifir; car, quand il n'y eft pas, perfonne ne me parle, & je m'ennuie : au lieu que quand il y eft, nous chantons & nous caufons enfemble. Il a toujours quelque chofe à me dire. Lui & M^{de}. de Merteuil font les deux feules perfonnes que je trouve aimables. Mais, adieu, ma chere amie; j'ai promis que je faurois pour aujourd'hui une ariette dont l'accompagnement eft très-difficile, & je ne veux pas manquer de parole. Je vais me remettre à l'étude jufqu'à ce qu'il vienne.

*De.... ce 7 Août 17**.*

LETTRE VIII.

LETTRE VIII.

La Préfidente de TOURVEL à Mde. DE VOLANGES.

ON ne peut être plus fenfible que je le fuis, Madame, à la confiance que vous me té-moignez, ni prendre plus d'intérêt que moi à l'établiffement de Mlle. de Volanges. C'eft bien de toute mon ame que je lui fouhaite une fé-licité dont je ne doute pas qu'elle ne foit digne, & fur laquelle je m'en rapporte bien à votre prudence. Je ne connois point M. le Comte de Gercourt; mais, honoré de votre choix, je ne puis prendre de lui qu'une idée très-avan-tageufe. Je me borne, Madame, à fouhaiter à ce mariage un fuccès auffi heureux qu'au mien, qui eft pareillement votre ouvrage, & pour lequel chaque jour ajoute à ma recon-noiffance. Que le bonheur de Mlle. votre fille foit la récompenfe de celui que vous m'avez procuré; & puiffe la meilleure des amies être auffi la plus heureufe des meres!

Je fuis vraiment peinée de ne pouvoir vous offrir de vive voix l'hommage de ce vœu fin-cere, & faire, auffitôt que je le defirerois, connoiffance avec Mlle. de Volanges. Après avoir éprouvé vos bontés vraiment maternel-

Iere. Partie. B

les, j'ai droit d'efpérer d'elle l'amitié tendre
d'une fœur. Je vous prie, Madame, de vouloir bien la lui demander de ma part, en attendant que je me trouve à portée de la mériter.

Je compte rester à la campagne tout le
temps de l'abfence de M. de Tourvel. J'ai
pris ce temps pour jouir & profiter de la fociété de la refpectable Mᵈᵉ. de Rofemonde.
Cette femme eft toujours charmante : fon
grand âge ne lui fait rien perdre ; elle conferve toute fa mémoire & fa gaieté. Son corps
feul à quatre-vingt-quatre ans ; fon efprit n'en
a que vingt.

Notre retraite eft égayée par fon neveu le
Vicomte de Valmont, qui a bien voulu nous
facrifier quelques jours. Je ne le connoiffois
que de réputation, & elle me faifoit peu defirer de le connoître davantage : mais il me
femble qu'il vaut mieux qu'elle. Ici, où le
tourbillon du monde ne le gâte pas, il parle
raifon avec une facilité étonnante, & il s'accufe de fes torts avec une candeur rare. Il me
parle avec beaucoup de confiance, & je le
prêche avec beaucoup de févérité. Vous qui
le connoiffez, vous conviendrez que ce feroit
une belle converfion à faire : mais je ne doute
pas, malgré fes promeffes, que huit jours de
Paris ne lui faffent oublier tous mes fermons.
Le féjour qu'il fera ici fera au moins autant

de retranché fur fa conduite ordinaire; & je crois que, d'après fa façon de vivre, ce qu'il peut faire de mieux eft de ne rien faire du tout. Il fait que je fuis occupée à vous écrire, & il m'a chargée de vous préfenter fes refpectueux hommages. Recevez auffi le mien avec la bonté que je vous connois, & ne doutez jamais des fentiments finceres avec lefquels j'ai l'honneur d'être, &c.

*Du Château de...., ce 9 Août 17**.*

LETTRE IX.

Madame DE VOLANGES à la Préfidente DE TOURVEL.

JE n'ai jamais douté, ma jeune & belle amie, ni de l'amitié que vous avez pour moi, ni de l'intérêt fincere que vous prenez à tout ce qui me regarde. Ce n'eft pas pour éclaircir ce point, que j'efpére convenu à jamais entre nous, que je réponds à votre *Réponfe* : mais je ne crois pas pouvoir me difpenfer de caufer avec vous au fujet du Vicomte de Valmont.

Je ne m'attendois pas, je l'avoue, à trouver jamais ce nom-là dans vos Lettres. En effet, que peut-il y avoir de commun entre vous & lui ? Vous ne connoiffez pas cet hom-

me; où auriez-vous pris l'idée de l'ame d'un libertin? Vous me parlez de fa *rare candeur:*
oh! oui; la candeur de Valmont doit être en
effet très-rare. Encore plus faux & dangereux
qu'il n'eſt aimable & féduiſant, jamais, depuis fa plus grande jeuneſſe, il n'a fait un pas
ou dit une parole fans avoir un projet, & jamais il n'eut un projet qui ne fût mal-honnête
ou criminel. Mon amie, vous me connoiſſez;
vous ſavez fi des vertus que je tâche d'acquérir, l'indulgence n'eſt pas celle que je chéris le
plus. Auſſi, fi Valmont étoit entraîné par des
paſſions fougeuſes; fi, comme mille autres,
il étoit féduit par les erreurs de fon âge, en
blâmant fa conduite, je plaindrois fa perfonne, & j'attendrois, en filence, le temps où
un retour heureux lui rendroit l'eſtime des
gens honnêtes. Mais Valmont n'eſt pas cela :
fa conduite eſt le réfultat de fes principes. Il
fait calculer tout ce qu'un homme peut fe permettre d'horreurs fans fe compromettre; &
pour être cruel & méchant fans danger, il a
choiſi les femmes pour victimes. Je ne m'arrête pas à compter celles qu'il a féduites: mais
combien n'en a-t-il pas perdues?

Dans la vie fage & retirée que vous me-
nez, ces fcandaleufes aventures ne parvien-
nent pas jufqu'à vous. Je pourrois vous en raconter qui vous feroient frémir; mais vos regards, purs comme votre ame, feroient fouil-

lés par de femblables tableaux : fûre que Valmont ne fera jamais dangereux pour vous,
vous n'avez pas befoin de pareilles armes
pour vous défendre. La feule chofe que j'aie
à vous dire, c'eft que, de toutes les femmes
auxquelles il a rendu des foins, fuccès ou non,
il n'en eft point qui n'aient eu à s'en plaindre.
La feule Marquife de Merteuil fait exception
à cette regle générale ; feule elle a fu lui ré-
fifter & enchaîner fa méchanceté. J'avoue que
ce trait de fa vie eft celui qui lui fait le plus
d'honneur à mes yeux : auffi a-t-il fuffi pour
la juftifier pleinement aux yeux de tous, de
quelques inconféquences qu'on avoit à lui reprocher dans le début de fon veuvage (1).

Quoiqu'il en foit, ma belle amie, ce que
l'âge, l'expérience, & fur-tout l'amitié m'au-
torifent à vous repréfenter, c'eft qu'on commence à s'appercevoir dans le monde de l'abfence de Valmont ; & que fi on fait qu'il foit
refté quelque temps en tiers entre fa tante &
vous, votre réputation fera entre fes mains ;
malheur le plus grand qui puiffe arriver à une
femme. Je vous confeille donc d'engager fa
tante à ne pas le retenir davantage ; & s'il s'obftine à refter , je crois que vous ne devez pas

---

(1) L'erreur où eft Madame de Volanges, nous fait voir
qu'ainfi que les autres fcélérats , Valmont ne déceloit pas
fes complices.

héfiter à lui céder la place. Mais pourquoi reſ-
teroit-il ? que fait-il donc à cette campagne ? Si
vous faifiez épier ſes démarches, je fuis fûre
que vous découvririez qu'il n'a fait que prendre
un afyle plus commode, pour quelques noir-
ceurs qu'il médite dans les environs. Mais,
dans l'impoſſibilité de remédier au mal, con-
tentons-nous de nous en garantir.

Adieu, ma belle amie ; voilà le mariage de
ma fille un peu retardé. Le Comte de Gercourt, que nous attendions d'un jour à l'autre,
me mande que ſon Régiment paſſe en Corſe ;
& comme il y a encore des mouvemens de
guerre, il lui fera impoſſible de s'abſenter
avant l'hiver. Cela me contrarie ; mais cela
me fait eſpérer que nous aurons le plaiſir de
vous voir à la noce, & j'étois fâchée qu'elle
ſe fît ſans vous. Adieu ; je ſuis, ſans compliment comme ſans réſerve, entiérement à vous.

P. S. Rappellez-moi au ſouvenir de M^de
de Roſemonde, que j'aime toujours autant
qu'elle le mérite.

De.... ce 11 *Août* 17**.

L E T T R E X.

La Marquise DE MERTEUIL au Vicomte DE VALMONT.

ME boudez-vous, Vicomte ? ou bien êtes-vous mort ? ou, ce qui y reſſembleroit beau-coup, ne vivez-vous plus que pour votre Pré-ſidente ? Cette femme, qui vous a rendu *les illuſions de la jeuneſſe*, vous en rendra bien-tôt auſſi les ridicules préjugés. Déjà vous voilà timide & eſclave ; autant vaudroit être amou-reux. Vous renoncez *à vos heureuſes témérités.* Vous voilà donc vous conduiſant ſans princi-pes, & donnant tout au haſard, ou plutôt au caprice. Ne vous ſouvient-il plus que l'amour eſt, comme la médecine, *ſeulement l'art d'ai-der à la nature ?* Vous voyez que je vous bats avec vos armes : mais je n'en prendrai pas d'orgueil ; car c'eſt bien battre un homme à terre. *Il faut qu'elle ſe donne*, me dites-vous : eh ! ſans doute, il le faut ; auſſi ſe donnera-t-elle comme les autres, avec cette différence que ce ſera de mauvaiſe grace. Mais, pour qu'elle finiſſe par ſe donner, le vrai moyen eſt de commencer par la prendre. Que cette ridicule diſtinction eſt bien un vrai déraiſonne-

B 4

ment de l'amour ! Je dis l'amour ; car vous
êtes amoureux. Vous parler autrement, ce
feroit vous trahir ; ce feroit vous cacher votre mal. Dites-moi donc , amant langoureux,
ces femmes que vous avez eues, croyez-vous
les avoir violées? Mais quelqu'envie qu'on ait
de fe donner, quelque preffée que l'on en
foit, encore faut-il un prétexte ; & y en a-t-il
de plus commode pour nous, que celui qui
nous donne l'air de céder à la force? Pour
moi, je l'avoue, une des chofes qui me flat-
tent le plus, eft une attaque vive & bien faite,
où tout fe fuccede avec ordre, quoiqu'avec
rapidité ; qui ne nous met jamais dans ce pénible embarras de réparer nous-mêmes une
gaucherie dont, au contraire, nous aurions dû
profiter ; qui fait garder l'air de la violence
jufques dans les chofes que nous accordons,
& flatter avec adreffe nos deux paffions favorites, la gloire de la défenfe , & le plaifir de
la défaite. Je conviens que ce talent, plus rare
que l'on ne croit , m'a toujours fait plaifir
même alors qu'il ne m'a pas féduite, & que
quelquefois il m'eft arrivé de me rendre, uniquement comme récompenfe. Telle dans nos
anciens Tournois, la beauté donnoit le prix
de la valeur & de l'adreffe.

Mais vous, vous qui n'êtes plus vous, vous
vous conduifez comme fi vous aviez peur de
réuffir. Eh ! depuis quand voyagez-vous à pe-

tites journées, & par des chemins de traverse ?
Mon ami, quand on veut arriver, des chevaux de poste & la grande route ! Mais laiffons ce sujet, qui me donne d'autant plus d'humeur, qu'il me prive du plaisir de vous voir.
Au moins écrivez-moi plus souvent que vous
ne faites, & mettez-moi au courant de vos
progrès. Savez-vous que voilà près de quinze
jours que cette ridicule aventure vous occupe,
& que vous négligez tout le monde ?

À propos de négligence, vous ressemblez
aux gens qui envoient régulièrement savoir des
nouvelles de leurs amis malades, mais qui ne
se font jamais rendre la réponse. Vous finissez
votre derniere lettre par me demander si le
Chevalier est mort. Je ne réponds pas, &
vous ne vous en inquiétez pas davantage. Ne
savez-vous plus que mon amant est votre ami
né ? Mais rassurez-vous, il n'est point mort ;
ou s'il l'étoit, ce seroit de l'excès de sa joie.
Ce pauvre Chevalier, comme il est tendre !
comme il est fait pour l'amour ! comme il sait
sentir vivement ! la tête m'en tourne. Sérieu-
sement, le bonheur parfait qu'il trouve à être
aimé de moi, m'attache véritablement à lui.

Ce même jour où je vous écrivois que
j'allois travailler à notre rupture, combien je
le rendis heureux ! Je m'occupois pourtant tout
de bon des moyens de le désespérer, quand
on me l'annonça. Soit caprice ou raison, ja-

B 5

mais il ne me parut si bien. Je le reçus cependant avec humeur. Il espéroit passer deux heures avec moi, avant celle où ma porte seroit
ouverte à tout le monde : je lui dis que j'allois
sortir. Il me demanda où j'allois ; je refusai de
de le lui apprendre. Il insista ; *où vous ne serez*
pas, repris-je avec aigreur. Heureusement
pour lui, il resta pétrifié de cette réponse ;
car, s'il eût dit un mot, il s'ensuivoit imman-
quablement une scene qui eût amené la rupture que j'avois projettée. Etonnée de son
silence, je jettai les yeux sur lui sans autre
projet, je vous jure, que de voir la mine qu'il
faisoit. Je trouvai sur cette charmante figure,
cette tristesse à la fois profonde & tendre, à laquelle vous-même êtes convenu qu'il étoit
si difficile de résister. La même cause produisit le même effet ; je fus vaincue une seconde
fois. Dès ce moment, je ne m'occupai plus
que des moyens d'éviter qu'il pût me trouver
un tort. Je sors pour affaire, lui dis-je d'un
ton un peu plus doux, & même cette affaire
vous regarde : mais ne m'interrogez pas. Je
souperai chez moi ; revenez, & vous serez
instruit. Alors il retrouva la parole ; mais je
ne lui permis pas d'en faire usage. Je suis
très-pressée, continuai-je. Laissez-moi ; à ce
soir. Il baisa ma main & sortit.

Aussi-tôt, pour le dédommager, peut-être
pour me dédommager moi-même, je me dé-

cide à lui faire connoître ma petite maison
dont il ne se doutoit pas. J'appelle ma fidelle
Victoire. J'ai ma migraine ; je me couche pour
tous mes gens ; &, restée enfin seule avec *la
véritable*, tandis qu'elle se travestit en Laquais,
je fais une toilette de Femme-de-chambre.
Elle fait ensuite venir un fiacre à la porte de
mon jardin, & nous voilà parties. Arrivée
dans ce temple de l'amour, je choisis le des-
habiller le plus galant. Celui-ci est délicieux ;
il est de mon invention : il ne laisse rien voir,
& pourtant fait tout deviner. Je vous en promets un modele pour votre Présidente, quand
vous l'aurez rendue digne de le porter.

Après ces préparatifs, pendant que Victoire s'occupe des autres détails, je lis un chapitre du Sopha, une Lettre d'Héloïse, & deux
Contes de La Fontaine, pour recorder les différens tons que je voulois prendre. Cependant mon Chevalier arrive à ma porte, avec
l'empressement qu'il a toujours. Mon Suisse
la lui refuse, & lui apprend que je suis malade : premier incident. Il lui remet en même
temps un billet de moi, mais non de mon écriture, suivant ma prudente regle. Il l'ouvre,
& y trouve, de la main de Victoire : « A
» neuf heures précises, au Boulevard, devant
« les Cafés «. Il s'y rend ; & là, un petit Laquais qu'il ne connoît pas, qu'il croit au moins
ne pas connoître, car c'étoit toujours Victoire,

B 6

vient lui annoncer qu'il faut renvoyer fa voiture , & le fuivre. Toute cette marche roma-
nefque lui échauffoit la tête d'autant , & la
tête échauffée ne nuit à rien. Il arrive enfin ,
& la furprife & l'amour caufoient en lui un
véritable enchantement. Pour lui donner le
temps de fe remettre , nous nous promenons
un moment dans le bofquet ; puis je le ramene
vers la maifon. Il voit d'abord deux couverts
mis ; enfuite un lit fait. Nous paffons jufqu'au
boudoir , qui étoit dans toute fa parure. Là ,
moitié réflexion , moitié fentiment , je paffai
mes bras autour de lui , & me laiffai tomber
à fes genoux. « O mon ami ! lui dis-je , pour
« vouloir te ménager la furprife de ce mo-
» ment , je me reproche de t'avoir affligé par
» l'apparence de l'humeur ; d'avoir pu un
» inftant voiler mon cœur à tes regards. Par-
» donne-moi mes torts : je veux les expier à
» force d'amour «. Vous jugez de l'effet de ce
difcours *fentimental.* L'heureux Chevalier
me releva , & mon pardon fut fcellé fur cette
même Ottomane où vous & moi fcellâmes fi
gaiement , & de la même maniere , notre
éternelle rupture.

Comme nous avions fix heures à paffer enfemble , & que j'avois réfolu que tout ce
temps fût pour lui également délicieux , je
modérai fes tranfports , & l'aimable coquetterie vint remplacer la tendreffe. Je ne crois

pas avoir jamais mis tant de foin à plaire, ni
avoir été jamais auffi contente de moi. Après
le fouper, tour-à-tour enfant & raifonnable,
folâtre & fenfible, quelquefois même liber-
tine, je me plaifois à le confidérer comme un
Sultan au milieu de fon Serrail, dont j'étois
tour-à-tour les Favorites différentes. En effet,
fes hommages réitérés, quoique toujours reçus par la même femme, le furent toujours
par une Maîtreffe nouvelle.

Enfin, au point du jour, il fallut fe féparer;
&, quoiqu'il dit, quoiqu'il fît même pour me
prouver le contraire, il en avoit autant de befoin
que peu d'envie. Au moment où nous fortîmes, & pour dernier adieu, je pris la clef de
cet heureux féjour, & la lui remettant entre
les mains : « Je ne l'ai eue que pour vous, lui
» dis-je ; il eft jufte que vous en foyez maître :
» c'eft au Sacrificateur à difpofer du Temple ».
C'eft par cette adreffe que j'ai prévu les réflexions qu'auroit pu lui faire naître la propriété, toujours fufpecte, d'une petite maifon. Je le connois affez, pour être fûre qu'il
ne s'en fervira que pour moi ; & fi la fantaifie
me prenoit d'y aller fans lui, il me refte bien
une double clef. Il vouloit à toute fo ce prendre jour pour y revenir ; mais je l'aime trop
encore, pour vouloir l'ufer fi vîte. Il ne faut
fe permettre d'excès qu'avec les gens qu'on
veut quitter bientôt. Il ne fait pas cela, lui ;

mais, pour son bonheur, je le sais pour deux.

Je m'apperçois qu'il est trois heures du matin, & que j'ai écrit un volume, ayant le projet de n'écrire qu'un mot. Tel est le charme
de la confiante amitié ; c'est elle qui fait que
vous êtes toujours ce que j'aime le mieux :
mais, en vérité, le Chevalier est ce qui me
plaît davantage.

De.....ce 12 Août 17**.

L E T T R E XI.

*La Présidente DE TOURVEL à Madame DE
VOLANGES.*

VOTRE Lettre sévere m'auroit effrayée,
Madame, si, par bonheur, je n'avois trouvé
ici plus de motifs de sécurité que vous ne m'en
donnez de crainte. Ce redoutable M. de Valmont, qui doit être la terreur de toutes les
femmes, paroît avoir déposé ses armes meur-
trieres, avant d'entrer dans ce Château. Loin
d'y former des projets, il n'y a pas même
porté de prétentions ; & la qualité d'homme
aimable que ses ennemis même lui accordent,
disparoît presqu'ici, pour ne lui laisser que
celle de bon-enfant. C'est apparemment l'air
de la campagne qui a produit ce miracle. Ce
que je puis vous assurer, c'est qu'étant sans

cesse avec moi, paroissant même s'y plaire,
il ne lui est pas échappé un mot qui ressemble
à l'amour, pas une de ces phrases que tous
les hommes se permettent, sans avoir, comme
lui, ce qu'il faut pour les justifier. Jamais il
n'oblige à cette réserve, dans laquelle toute
femme qui se respecte est forcée de se ténir aujourd'hui, pour contenir les hommes qui l'en-
tourent. Il sait ne point abuser de la gaieté
qu'il inspire. Il est peut-être un peu louangeur;
mais c'est avec tant de délicatesse, qu'il ac-
coutumeroit la modestie même à l'éloge. Enfin, si j'avois un frere, je desirerois qu'il fût
tel que M. de Valmont se montre ici. Peut-
être beaucoup de femmes lui desireroient une
galanterie plus marquée; & j'avoue que je
lui sais un gré infini d'avoir su me juger assez
bien pour ne pas me confondre avec elles.

Ce portrait differe beaucoup sans doute de
celui que vous me faites; &, malgré cela,
tous deux peuvent être ressemblans en fixant
les époques. Lui-même convient d'avoir eu
beaucoup de torts, & on lui en aura bien aussi
prêté quelques-uns. Mais j'ai rencontré peu
d'hommes qui parlassent des femmes honnêtes avec plus de respect, je dirois presque
d'enthousiasme. Vous m'apprenez qu'au moins
sur cet objet il ne trompe pas. Sa conduite avec
M^{de}. de Merteuil en est une preuve. Il nous en
parle beaucoup; & c'est toujours avec tant

d'éloges & l'air d'un attachement fi vrai, que
j'ai cru, jufqu'à la réception de votre Lettre,
que ce qu'il appelloit amitié entre eux deux
étoit bien réellement de l'amour. Je m'accufe
de ce jugement téméraire, dans lequel j'ai
eu d'autant plus de tort, que lui-même a pris
fouvent le foin de la juftifier. J'avoue que je
ne regardois que comme fineffe, ce qui étoit
de fa part une honnête fincérité. Je ne fais;
mais il me femble que celui qui eft capable
d'une amitié auffi fuivie pour une femme auffi
eftimable, n'eft pas un libertin fans retour.
J'ignore au refte fi nous devons la conduite
fage qu'il tient ici, à quelques projets dans les
environs, comme vous le fuppofez. Il y a bien
quelques femmes aimables à la ronde; mais
il fort peu, excepté le matin, & alors il dit
qu'il va à la chaffe. Il eft vrai qu'il rapporte
rarement du gibier : mais il affure qu'il eft
mal-adroit à cet exercice. D'ailleurs ce qu'il
peut faire au dehors m'inquiete peu; & fi je
defirois le favoir, ce ne feroit que pour avoir
une raifon de plus de me rapprocher de votre
avis, ou de vous ramener au mien.

Sur ce que vous me propofez de travailler
à abréger le féjour que M. de Valmont compte
faire ici, il me paroît bien difficile d'ofer demander à fa tante de ne pas avoir fon neveu
chez elle, d'autant qu'elle l'aime beaucoup.
Je vous promets pourtant, mais feulement par

déférence & non par befoin, de faifir l'occafion de faire cette demande, foit à elle, foit
à lui-même. Quant à moi, M. de Tourvel eft
inftruit de mon projet de refter ici jufqu'à fon
retour, & il s'étonneroit, avec raifon, de la
légéreté qui m'en feroit changer.

Voilà, Madame, de bien longs éclairciffe-
ments : mais j'ai cru devoir à la vérité un té-
moignage avantageux à M. de Valmont, &
dont il me paroît avoir grand befoin auprès
de vous. Je n'en fuis pas moins fenfible à l'amitié qui a dicté vos confeils. C'eft à elle que
je dois auffi ce que vous me dites d'obligeant
à l'occafion du retard du mariage de Mlle. votre fille. Je vous en remercie bien fincérement :
mais, quelque plaifir que je me promette à
paffer ces momens avec vous, je les facrifie-
rois de bien bon cœur au defir de favoir Mlle.
de Volanges plutôt heureufe, fi pourtant elle
peut jamais l'être plus qu'auprès d'une mere
auffi digne de toute fa tendreffe & de fon refpect. Je partage avec elle ces deux fentiments
qui m'attachent à vous; & je vous prie d'en
recevoir l'affurance avec bonté.

J'ai l'honneur d'être, &c.

*De.... ce 13 Août 17**.*

LETTRE XII.

CECILE VOLANGES à la Marquise DE MERTEUIL.

MAMAN est incommodée, Madame; elle ne sortira point, & il faut que je lui tienne compagnie: ainsi, je n'aurai pas l'honneur de vous accompagner à l'Opéra. Je vous assure que je regrette bien plus de ne pas être avec vous, que le Spectacle. Je vous prie d'en être persuadée. Je vous aime tant! Voudriez-vous bien dire à M. le Chevalier Danceny que je n'ai point le Recueil dont il m'a parlé, & que s'il peut me l'apporter demain, il me fera grand plaisir? S'il vient aujourd'hui, on lui dira que nous n'y sommes pas; mais c'est que Maman ne veut recevoir personne. J'espere qu'elle se portera mieux demain.

J'ai l'honneur d'être, &c.

De.... ce 13 Août 17**.

LETTRE XIII.

La Marquise DE MERTEUIL à CECILE VOLANGES.

JE suis très-fâchée, ma belle, & d'être privée du plaisir de vous voir, , & de la cause
de cette privation. J'espere que cette occasion
se retrouvera. Je m'acquitterai de votre com-
mission auprès du Chevalier Danceny, qui
sera sûrement très-fâché de savoir votre
Maman malade. Si elle veut me recevoir
demain, j'irai lui tenir compagnie. Nous atta-
querons, elle & moi, le Chevalier de Belleroche (1) au piquet; &, en lui gagnant son
argent, nous aurons, pour surcroît de plaisir,
celui de vous entendre chanter avec votre
aimable Maître, à qui je le proposerai. Si cela
convient à votre Maman & à vous, je réponds de moi & de mes deux Chevaliers.
Adieu, ma belle; mes compliments à ma
chere M^{de}. de Volanges. Je vous embrasse
bien tendrement.

De.... ce 13 Août 17**.

---

(1) C'est le même dont il est question dans les Lettres
de M^{de}. de Merteuil.

LETTRE XIV.

CECILE VOLANGES à SOPHIE CARNAY.

JE ne t'ai pas écrit hier, ma chere Sophie : mais ce n'eſt pas le plaiſir qui en eſt cauſe ; je t'en aſſure bien. Maman étoit malade, & je ne l'ai pas quittée de la journée. Le ſoir, quand je me ſuis retirée, je n'avois de cœur à rien du tout ; & je me ſuis couchée bien vîte, pour m'aſſurer que la journée étoit finie : jamais je n'en avois paſſé de ſi longue. Ce n'eſt pas que je n'aime bien Maman ; mais je ne ſais pas ce que c'étoit. Je devois aller à l'Opéra avec M^{de}. de Merteuil ; le Chevalier Danceny devoit y être. Tu ſais bien que ce ſont les deux perſonnes que j'aime le mieux. Quand l'heure où j'aurois dû y être auſſi eſt arrivée, mon cœur s'eſt ſerré malgré moi. Je me déplaiſois à tout, & j'ai pleuré, pleuré, ſans pouvoir m'en empêcher. Heureuſement Maman étoit cou- chée, & ne pouvoit pas me voir. Je ſuis bien ſûre que le Chevalier Danceny aura été fâché auſſi ; mais il aura été diſtrait par le Spectacle & par tout le monde : c'eſt bien différent.

Par bonheur, Maman va mieux aujour-
d'hui; & Madame de Merteuil viendra avec
une autre perfonne & le Chevalier Danceny :
mais elle arrive toujours bien tard, M^{de}. de
Merteuil; & quand on eft fi long-temps
toute feule, c'eft bien ennuyeux. Il n'eft
encore qu'onze heures. Il eft vrai qu'il faut
que je joue de la harpe; & puis ma toilette
me prendra un peu de temps, car je veux
être bien coëffée aujourd'hui. Je crois que
la Mere Perpétue a raifon, & qu'on devient
coquette dès qu'on eft dans le monde. Je
n'ai jamais eu tant d'envie d'être jolie que
depuis quelques jours, & je trouve que je ne
le fuis pas autant que je le croyois ; & puis,
auprès des femmes qui ont du rouge, on
perd beaucoup. M^{de}. de Merteuil, par exemple, je vois bien que tous les hommes la
trouvent plus jolie que moi : cela ne me fâche
pas beaucoup, parce qu'elle m'aime bien;
& puis elle affure que le Chevalier Danceny me trouve plus jolie qu'elle. C'eft bien
honnête à elle de me l'avoir dit! elle avoit
même l'air d'en être bien-aife. Par exemple,
je ne conçois pas ça. C'eft qu'elle m'aime
tant! & lui!..., oh! ça m'a fait bien plaifir!
auffi, c'eft qu'il me femble que rien que le
regarder fuffit pour embellir. Je le regarde-
rois toujours, fi je ne craignois de rencontrer
fes yeux : car, toutes les fois que cela m'ar-

rive, cela me décontenance, & me fait comme de la peine; mais ça ne fait rien.

Adieu, ma chere amie : je vas me mettre à ma toilette. Je t'aime toujours comme de coutume.   *Paris, ce 14 Août 17**.*

LETTRE XV.

Le Vicomte DE VALMONT à la Marquise DE MERTEUIL.

IL eſt bien honnête à vous de ne pas m'abandonner à mon triſte ſort. La vie que je mene ici eſt réellement fatigante, par l'excès de ſon repos & ſon inſipide uniformité. En liſant votre Lettre & le détail de votre charmante journée, j'ai été tenté vingt fois de prétexter une affaire, de voler à vos pieds, & de vous y demander, en ma faveur, une infidélité à votre Chevalier, qui, après tout, ne mérite pas ſon bonheur. Savez-vous que vous m'avez rendu jaloux de lui ? Que me parlez-vous d'éternelle rupture ? J'abjure ce ferment, prononcé dans le délire : nous n'aurions pas été dignes de le faire, ſi nous euſſions dû le garder. Ah ! que je puiſſe un jour me venger, dans vos bras, du dépit involontaire que m'a cauſé le bonheur du Che-

valier! je fuis indigné, je l'avoue, quand je
fonge que cet homme, fans raifonner, fans
fe donner la moindre peine, en fuivant tout
bêtement l'inftinct de fon cœur, trouve une
félicité à laquelle je ne puis atteindre. Oh!
je la troublerai.... Promettez-moi que je la
troublerai. Vous-même n'êtes-vous pas humiliée? Vous vous donnez la peine de le
tromper, & il eft plus heureux que vous.
Vous le croyez dans vos chaînes! c'eft bien
vous qui êtes dans les fiennes. Il dort tran-
quillement, tandis que vous veillez pour fes
plaifirs. Que feroit de plus fon efclave?

Tenez, ma belle amie, tant que vous
vous partagez entre plufieurs, je n'ai pas la
moindre jaloufie : je ne vois alors dans vos
amans que les fucceffeurs d'Alexandre, in-
capables de conferver entr'eux tous cet empire où je regnois feul. Mais que vous vous
donniez entiérement à un d'eux! qu'il exifte
un autre homme auffi heureux que moi! je
ne le fouffrirai pas; n'efpérez pas que je le
fouffre. Ou reprenez-moi, ou au moins pre-
nez-en un autre; & ne trahiffez pas, par un
caprice exclufif, l'amitié inviolable que nous
nous fommes jurée.

C'eft bien affez, fans doute, que j'aie à
me plaindre de l'amour. Vous voyez que je
me prête à vos idées, & que j'avoue mes
torts. En effet, fi l'amour eft de ne pouvoir

vivre fans poſſéder ce qu'on defire ; d'y facrifier, ſon temps, ſes plaiſirs, ſa vie ; je ſuis bien réellement amoureux. Je n'en ſuis guere plus avancé. Je n'aurois même rien du tout à vous apprendre à ce ſujet, ſans un événement qui me donne beaucoup à ré- fléchir, & dont je ne ſais encore ſi je dois craindre ou eſpérer.

Vous connoiſſez mon Chaſſeur, tréſor d'intrigue & vrai valet de Comédie : vous jugez bien que ſes inſtructions portoient d'être amoureux de la Femme-de-chambre, & d'enivrer les gens. Le coquin eſt plus heu- reux que moi ; il a déjà réuſſi. Il vient de découvrir que M^{de}. de Tourvel a chargé un de ſes gens de prendre des informations ſur ma conduite, & même de me ſuivre dans mes courſes du matin, autant qu'il le pour- roit, ſans être apperçu. Que prétend cette femme ? Ainſi donc la plus modeſte de toutes, oſe encore riſquer des choſes qu'à peine nous oſerions nous permettre ! Je jure bien.... Mais, avant de ſonger à me venger de cette ruſe féminine, occupons-nous des moyens de la tourner à notre avantage. Juſqu'ici ces courſes qu'on ſuſpecte n'avoient aucun ob- jet ; il faut leur en donner un. Cela mérite toute mon attention, & je vous quitte pour y réfléchir. Adieu, ma belle amie.
*Toujours du Château de....., ce 15 Août 17**.*

LETTRE XVI.

LETTRE XVI.

CECILE VOLANGES à SOPHIE CARNAY.

AH! ma Sophie, voici bien des nouvelles! je ne devrois peut-être pas te les dire : mais il faut bien que j'en parle à quelqu'un; c'est plus fort que moi. Ce Chevalier Danceny.... Je suis dans un trouble que je ne peux pas écrire : je ne sais par où commencer. Depuis que je t'avois raconté la jolie soirée (1) que j'avois passée chez Maman avec lui & M^{de}. de Merteuil, je ne t'en parlois plus : c'est que je ne voulois plus en parler à personne ; mais j'y pensois pourtant toujours. Depuis il étoit devenu triste, mais si triste, si triste, que ça me faisoit de la peine ; & quand je lui demandois pourquoi, il me di- soit que non : mais je voyois bien que si. Enfin hier il l'étoit encore plus que de coutume. Ça n'a pas empêché qu'il n'ait eu la complai- sance de chanter avec moi comme à l'ordi-

---

(1) La Lettre où il est parlé de cette soirée ne s'est pas retrouvée. Il y a lieu de croire que c'est celle proposée dans le billet de Mde. de Merteuil, & dont il est aussi question dans la précédente Lettre de Cécile Volanges.

Iere. *Partie.* C

naire ; mais, toutes les fois qu'il me regardoit, cela me ferroit le cœur. Après que
nous eûmes fini de chanter, il alla renfermer
ma harpe dans fon étui ; & , en m'en rap-
portant la clef, il me pria d'en jouer encore
le foir, auffi-tôt que je ferois feule. Je ne me
défiois de rien du tout ; je ne voulois même
pas : mais il m'en pria tant, que je lui dis
qu'oui. Il avoit bien fes raifons. Effective-
ment, quand je fus retirée chez moi, & que
ma Femme-de-chambre fut fortie, j'allai pour
prendre ma harpe. Je trouvai dans les cordes,
une Lettre, pliée feulement, & point cache-
tée, & qui étoit de lui. Ah ! fi tu favois tout
ce qu'il me mande ! Depuis que j'ai lu fa Lettre, j'ai tant de plaifir, que je ne peux plus
fonger à autre chofe. Je l'ai relue quatre fois
tout de fuite, & puis je l'ai ferrée dans mon
fecrétaire. Je la favois par cœur ; & , quand
j'ai été couchée, je l'ai tant répétée, que je
ne fongeois pas à dormir. Dès que je fermois
les yeux, je le voyois là, qui me difoit lui-
même tout ce que je venois de lire. Je ne me
fuis endormie que bien tard; & auffi-tôt que
je me fuis réveillée (il étoit encore de bien
bonne heure), j'ai été reprendre fa Lettre
pour la relire à mon aife. Je l'ai emportée
dans mon lit, & puis je l'ai baifée comme fi....
C'eft peut-être mal fait de baifer une Lettre
comme ça, mais je n'ai pas pu m'en empêcher.

A préfent, ma chere amie, fi je fuis bien aife, je fuis auffi bien embarraffée ; car fûrement il ne faut pas que je réponde à cette Lettre-là. Je fais bien que ça ne fe doit pas, & pourtant il me le demande ; & , fi je ne réponds pas, je fuis fûre qu'il va être encore trifte. C'eft pourtant bien malheureux pour lui ! Qu'eft-ce que tu me confeilles ? mais tu n'en fais pas plus que moi. J'ai bien envie d'en parler à M^{de}. de Merteuil qui m'aime bien. Je voudrois bien le confoler ; mais je ne voudrois rien faire qui fût mal. On nous recommande tant d'avoir bon cœur ! & puis on nous défend de fuivre ce qu'il infpire , quand c'eft pour un homme ! ça n'eft pas jufte non plus. Eft-ce qu'un homme n'eft pas notre prochain comme une femme , & plus encore? car enfin n'a-t-on pas fon pere comme fa mere, fon frere comme fa fœur ? il refte toujours le mari de plus. Cependant fi j'allois faire quelque chofe qui ne fût pas bien, peut-être que M. Danceny lui-même n'auroit plus bonne idée de moi ! Oh ! ça, par exemple, j'aime encore mieux qu'il foit trifte : & puis, enfin, je ferai toujours à temps. Parce qu'il a écrit hier, je ne fuis pas obligée d'écrire aujourd'hui : auffi-bien je verrai M^{de}. de Merteuil ce foir, & , fi j'en ai le courage, je lui conterai tout. En ne faifant que ce qu'elle me dira, je n'aurai rien à me reprocher. Et puis peut-être me dira-t-elle que je peux lui répondre un peu, pour qu'il ne soit pas si triste ! Oh ! je suis bien en peine.

Adieu, ma bonne amie. Dis-moi toujours ce que tu penses.

De.... ce 19 Août 17**.

LETTRE XVII.

Le Chevalier DANCENY à CECILE VOLANGES.

AVANT de me livrer, Mademoiselle, dirai-je au plaisir ou au besoin de vous écrire, je commence par vous supplier de m'entendre. Je sens que pour oser vous déclarer mes sentimens, j'ai besoin d'indulgence ; si je ne voulois que les justifier, elle me seroit inutile. Que vais-je faire après-tout, que vous montrer votre ouvrage ? Et qu'ai-je à vous dire, que mes regards, mon embarras, ma conduite & même mon silence, ne vous aient dit avant moi ? Eh ! pourquoi vous fâcheriez-vous d'un sentiment que vous avez fait naître ? Emané de vous, sans doute il est digne de vous être offert ; s'il est brûlant comme mon ame, il est pur comme la vôtre. Seroit-ce un crime d'avoir su apprécier votre charmante figure,

vos talens séducteurs, vos graces enchante-
resses, & cette touchante candeur qui ajoute
un prix inestimable à des qualités déjà si pré-
cieuses ? non, sans doute : mais, sans être
coupable, on peut être malheureux ; & c'est
le sort qui m'attend, si vous refusez d'agréer
mon hommage. C'est le premier que mon
cœur ait offert. Sans vous je serois encore,
non pas heureux, mais tranquille. Je vous
ai vue ; le repos a fui loin de moi, & mon
bonheur est incertain. Cependant vous vous
étonnez de ma tristesse ; vous m'en demandez la cause : quelquefois même j'ai cru voir
qu'elle vous affligeoit. Ah ! dites un mot, &
ma félicité sera votre ouvrage. Mais, avant
de prononcer, songez qu'un mot peut aussi
combler mon malheur. Soyez donc l'arbitre
de ma destinée. Par vous je vais être éternellement heureux ou malheureux. En quelles
mains plus cheres puis-je remettre un intérêt
plus grand ?

Je finirai, comme j'ai commencé, par implorer votre indulgence. Je vous ai demandé
de m'entendre ; j'oserai plus, je vous prierai
de me répondre. Le refuser, seroit me laisser
croire que vous vous trouvez offensée, &
mon cœur m'est garant que mon respect égale
mon amour.

P. S. Vous pouvez vous servir, pour me
répondre, du même moyen dont je me sers

pour vous faire parvenir cette Lettre, me paroît également sûr & commode.

De.... ce 18 Août 17**.

LETTRE XVIII.

CECILE VOLANGES à SOPHIE CARNAY.

QUOI ! Sophie, tu blâmes d'avance ce que je vas faire ! j'avois déjà bien assez d'inquiétudes ; voilà que tu les augmentes encore. Il est clair, dis-tu, que je ne dois pas répondre. Tu en parles bien à ton aise ; & d'ailleurs, tu ne sais pas au juste ce qui en est : tu n'es pas là pour voir. Je suis sûre que si tu étois à ma place, tu ferois comme moi. Sûrement en général on ne doit pas répondre ; & tu as bien vu, par ma Lettre d'hier que je ne le voulois pas non plus : mais c'est que je ne crois pas que personne se soit jamais trouvée dans le cas où je suis.

Et encore être obligée de me décider toute seule ! M^{de}. de Merteuil, que je comptois voir hier au soir, n'est pas venue. Tout s'arrange contre moi : c'est elle qui est cause que je le connois. C'est presque toujours avec elle que je l'ai vu, que je lui ai parlé. Ce n'est pas que je lui en veuille du mal: mais elle me laiſſe là au moment de l'embarras. Oh ! je ſuis bien à plaindre !

Figure-toi qu'il eſt venu hier comme à l'ordinaire. J'étois ſi troublée, que je n'oſois le regarder. Il ne pouvoit pas me parler, parce que Maman étoit là. Je me doutois bien qu'il ſeroit fâché, quand il verroit que je ne lui avois pas écrit. Je ne ſavois quelle contenance faire. Un inſtant aprés il me demanda ſi je voulois qu'il allât chercher ma harpe. Le cœur me battoit ſi fort, que ce fut tout ce que je pus faire que de répondre qu'oui. Quand il revint, c'étoit bien pis. Je ne le regardai qu'un petit moment. Il ne me regardoit pas, lui : mais il avoit un air, qu'on auroit dit qu'il étoit malade. Ça me faiſoit bien de la peine. Il ſe mit à accorder ma harpe, & après, en me l'apportant, il me dit : Ah ! Mademoiſelle !... Il ne me dit que ces deux mots-là ; mais c'étoit d'un ton que j'en fus toute bouleverſée. Je préludois ſur ma harpe, ſans ſavoir ce que je faiſois. Maman demanda ſi nous ne chanterions pas. Lui s'excuſa, en diſant qu'il étoit un peu malade ; & moi, qui n'avois pas d'excuſe, il me fallut chanter. J'aurois voulu n'avoir jamais eu de voix. Je choiſis exprès un air que je ne ſavois pas ; car j'étois bien ſûre que je ne pourrois en chanter aucun, & on ſe feroit apperçu de quelque choſe. Heureuſement il vint une vi-

C 4

fite, &, dès que j'entendis entrer un carroffe, je ceffai, & le priai de reporter ma harpe. J'avois bien peur qu'il ne s'en allât en même temps, mais il revint.

Pendant que Maman & cette Dame qui étoit venue caufoient enfemble, je voulus le regarder encore un petit moment. Je rencontrai fes yeux, & il me fut impoffible de détourner les miens. Un moment après je vis fes larmes couler, & il fut obligé de fe retourner pour n'être pas vu. Pour le coup je ne pus y tenir ; je fentis que j'allois pleurer auffi. Je fortis, & tout de fuite j'écrivis avec un crayon, fur un chiffon de papier : « Ne foyez « donc pas fi trifte, je vous en prie, je pro- » mets de vous répondre ». Sûrement tu ne peux pas dire qu'il y ait du mal à cela ; & puis c'étoit plus fort que moi. Je mis mon papier aux cordes de ma harpe, comme fa Lettre étoit, & je revins dans le fallon. Je me fentois plus tranquille. Il me tardoit bien que cette Dame s'en fût. Heureufement elle étoit en vifite ; elle s'en alla bientôt après. Auffi-tôt qu'elle fut fortie, je dis que je voulois reprendre ma harpe ; & je le priai de l'aller chercher. Je vis bien, à fon air, qu'il ne fe doutoit de rien. Mais au retour, ho ! comme il étoit content ! En pofant ma harpe vis-à-vis de moi, il fe plaça de façon que Maman ne pouvoit voir, & il prit ma main qu'il ferra.... mais d'une façon! ... ce ne fut qu'un moment : mais je ne saurois te dire le plaisir que ça m'a fait. Je la retirai pourtant; ainsi je n'ai rien à me reprocher.

A présent, ma bonne amie, tu vois bien que je ne peux pas me dispenser de lui écrire, puisque je le lui ai promis; & puis, je n'irai pas lui refaire encore du chagrin; car j'en souffre plus que lui. Si c'étoit pour quelque chose de mal, sûrement je ne le ferois pas. Mais quel mal peut-il y avoir à écrire, sur-tout quand c'est pour empêcher quelqu'un d'être malheureux ? Ce qui m'embarrasse, c'est que je ne saurai pas bien faire ma Lettre : mais il sentira bien que ce n'est pas ma faute ; & puis je suis sûre que rien que de ce qu'elle fera de moi, elle lui fera toujours plaisir.

Adieu, ma chere amie. Si tu trouves que j'aie tort, dis-le moi; mais je ne crois pas. A mesure que le moment de lui écrire approche, mon cœur bat que ça ne se conçoit pas. Il le faut pourtant bien, puisque je l'ai promis. Adieu.

De...., ce 20 Août 17**.

C 5

LETTRE XIX.

CECILE VOLANGES au Chevalier DANCENY.

VOus étiez si triste hier, Monsieur, & cela me faisoit tant de peine, que je me suis laissée aller à vous promettre de répondre à la Lettre que vous m'avez écrite. Je n'en sens pas moins aujourd'hui que je ne le dois pas : pourtant, comme je l'ai promis, je ne veux pas manquer à ma parole, & cela doit bien vous prouver l'amitié que j'ai pour vous. A présent que vous le savez, j'espere que vous ne me demanderez pas de vous écrire davantage. J'espere aussi que vous ne direz à personne que je vous ai écrit ; parce que sûrement on m'en blâmeroit, & que cela pourroit me causer bien du chagrin. J'espere sur-tout que vous-même n'en prendrez pas mauvaise idée de moi ; ce qui me feroit plus de peine que tout. Je peux bien vous assurer que je n'aurois pas eu cette complaisance-là pour tout autre que vous. Je voudrois bien que vous eussiez celle de ne plus être triste comme vou étiez ; ce qui m'ôte tout le plaisir que j'ai à vous voir. Vous voyez, Monsieur, que

je vous parle bien sincérement. Je ne demande
pas mieux que notre amitié dure toujours ;
mais, je vous en prie, ne m'écrivez plus.

J'ai l'honneur d'être, &c.

CECILE VOLANGES.

De....ce 20 *Août* 17**.

LETTRE XX.

La Marquise DE MERTEUIL *au Vicomte* DE
VALMONT.

AH ! fripon, vous me cajolez, de peur que
je ne me moque de vous ! Allons, je vous fais
grace : vous m'écrivez tant de folies, qu'il
faut bien que je vous pardonne la sagesse où
vous tient votre Présidente. Je ne crois pas
que mon Chevalier eût autant d'indulgence
que moi ; il seroit homme à ne pas approuver
notre renouvellement de bail, & à ne rien
trouver de plaisant dans votre folle idée. J'en
ai pourtant bien ri, & j'étois vraiment fâchée d'être obligée d'en rire toute seule. Si
vous eussiez été là, je ne sais où m'auroit
mené cette gaieté : mais j'ai eu le temps de
la réflexion, & je me suis armée de sévérité.
Ce n'est pas que je refuse pour toujours ;

C 6

mais je differe, & j'ai raison. J'y mettrois
peut-être de la vanité, &, une fois piquée
au jeu, on ne fait plus où l'on s'arrête. Je
ferois femme à vous enchaîner de nouveau,
à vous faire oublier votre Préfidente ; & fi
j'allois, moi indigne, vous dégoûter de la
vertu, voyez quel fcandale ! Pour éviter ce
danger, voici mes conditions.

Auffi-tôt que vous aurez eu votre belle Dévote, que vous pourrez m'en fournir une
preuve, venez, & je fuis à vous. Mais vous
n'ignorez pas que dans les affaires importantes, on ne reçoit de preuves que par
écrit. Par cet arrangement, d'une part, je
deviendrai une récompenfe au lieu d'être une
confolation, & cette idée me plaît davantage : de l'autre, votre fuccès en fera plus pi-
quant, en devenant lui-même un moyen
d'infidélité. Venez donc, venez au plutôt
m'apporter le gage de votre triomphe : femblable à ces preux Chevaliers qui venoient
dépofer aux pieds de leurs Dames les fruits
brillans de leur victoire. Sérieufement, je
fuis curieufe de favoir ce que peut écrire
une Prude après un tel moment, & quel
voile elle met fur fes difcours, après n'en
avoir plus laiffé fur fa perfonne. C'eft à
vous de voir fi je me mets à un prix trop
haut ; mais je vous préviens qu'il n'y a rien
à rabattre. Jusques-là, mon cher Vicomte,

vous trouverez bon que je reste fidelle à mon Chevalier, & que je m'amuse à le rendre heureux, malgré le petit chagrin que cela vous cause.

Cependant si j'avois moins de mœurs, je crois qu'il auroit dans ce moment un rival dangereux ; c'est la petite Volanges. Je raffole de cet enfant : c'est une vraie passion. Ou je me trompe, ou elle deviendra une de nos femmes les plus à la mode. Je vois son petit cœur se développer, & c'est un spectacle ravissant. Elle aime déjà son Danceny avec fureur ; mais elle n'en fait encore rien. Lui-même, quoique très-amoureux, a encore la timidité de son âge, & n'ose pas trop le lui apprendre. Tous deux sont en adoration vis-à-vis de moi. La petite sur-tout a grande envie de me dire son secret ; particuliérement depuis quelques jours je l'en vois vraiment oppressée, & je lui aurois rendu un grand service de l'aider un peu : mais je n'oublie pas que c'est un enfant, & je ne veux pas me compromettre. Danceny m'a parlé un peu plus clairement ; mais pour lui, mon parti est pris, je ne veux pas l'entendre. Quant à la petite, je suis souvent tentée d'en faire mon éleve ; c'est un service que j'ai envie de rendre à Gercourt. Il me laisse du temps, puisque le voilà en Corse jusqu'au mois d'Octobre. J'ai dans l'idée que j'em-

ploierai ce temps-là , & que nous lui donnerons une femme toute formée , au lieu de fon
innocente Penfionnaire. Quelle eft donc, en
effet, l'infolente fécurité de cette homme , qui
ofe dormir tranquille , tandis qu'une femme,
qui a à fe plaindre de lui, ne s'eft pas encore vengée? Tenez, fi la petite étoit ici dans
ce moment, je ne fais ce que je ne lui dirois
pas.

    Adieu, Vicomte ; bon foir & bon fuccès :
mais, pour Dieu, avancez donc. Songez que
fi vous n'avez pas cette femme , les autres
rougiront de vous avoir eu.

De.... ce 20 Août 17**.

LETTRE XXI.

Le Vicomte DE VALMONT à la Marquife DE MERTEUIL.

ENFIN, ma belle amie , j'ai fait un pas en
avant, mais un grand pas , & qui, s'il ne m'a
pas conduit jufqu'au but, m'a fait connoître
au moins que je fuis dans la route, & a diffipé
la crainte où j'étois de m'être égaré. J'ai enfin
déclaré mon amour ; & quoiqu'on ait gardé le
filence le plus obftiné, j'ai obtenu la réponfe
peut-être la moins équivoque & la plus flat-

teufe : mais n'anticipons pas fur les événemens, & reprenons de plus haut.

Vous vous fouvenez qu'on faifoit épier mes
démarches. Eh bien! j'ai voulu que ce moyen
fcandaleux tournât à l'édification publique,
& voici ce que j'ai fait : j'ai chargé mon con-
fident de me trouver, dans les environs, quelque malheureux qui eût befoin de fecours.
Cette commiffion n'étoit pas difficile à remplir.
Hier après-midi, il me rendit compte qu'on
devoit faifir aujourd'hui, dans la matinée, les
meubles d'une famille entiere qui ne pouvoit
payer la taille. Je m'affurai qu'il n'y eût dans
cette maifon, aucune fille ou femme dont l'âge
ou la figure puffent rendre mon action fufpecte ; &, quand je fus bien informé, je déclarai à fouper mon projet d'aller à la chaffe
le lendemain. Ici je dois rendre juftice à ma
Préfidente : fans doute elle eut quelques remords des ordres qu'elle avoit donnés ; &,
n'ayant pas la force de vaincre fa curiofité,
elle eut au moins celle de contrarier mon
défir. Il devoit faire une chaleur exceffive ; je
rifquois de me rendre malade ; je ne tuerois
rien, & me fatiguerois en vain ; & pendant
ce dialogue, fes yeux, qui parloient peut-être
mieux qu'elle ne vouloit, me faifoient affez
connoître qu'elle défiroit que je priffe pour
bonnes ces mauvaifes raifons. Je n'avois garde
de m'y rendre, comme vous pouvez croire,

& je réſiſtai de même à une petite diatribe
contre la chaſſe & les Chaſſeurs, & à un petit
nuage d'humeur qui obſcurcit, toute la ſoirée, cette figure céleſte. Je craignis un moment que ſes ordres ne fuſſent révoqués, &
que ſa délicateſſe ne me nuiſît. Je ne calculois
pas la curioſité d'une femme ; auſſi me trom-
pois-je. Mon Chaſſeur me raſſura dès le ſoir
même ; & je me couchai ſatisfait.

Au point du jour je me leve & je pars. A
peine à cinquante pas du Château, j'apperçois mon eſpion qui me ſuit. J'entre en chaſſe,
& marche à travers champs vers le village où
je voulois me rendre ; ſans autre plaiſir, dans
ma route, que de faire courir le drôle qui me
ſuivoit, & qui, n'oſant pas quitter les chemins, parcouroit ſouvent, à toute courſe,
un eſpace triple du mien. A force de l'exercer, j'ai eu moi-même une extrême chaleur,
& je me ſuis aſſis au pied d'un arbre. N'a-t-il
pas eu l'inſolence de ſe couler derriere un
buiſſon qui n'étoit pas à vingt pas de moi, &
de s'y aſſeoir auſſi ? J'ai été tenté un moment
de lui envoyer mon coup de fuſil, qui, quoique de petit plomb ſeulement, lui auroit
donné une leçon ſuffiſante ſur les dangers de
la curioſité : heureuſement pour lui, je me
ſuis reſſouvenu qu'il étoit utile & même néceſſaire à mes projets ; cette réflexion l'a
ſauvé.

Cependant j'arrive au village ; je vois de la rumeur ; je m'avance : j'interroge ; on me raconte le fait. Je fais venir le Collecteur ; &, cédant à ma généreuse compassion, je paie noblement cinquante-six livres, pour lesquelles on réduisoit cinq personnes à la paille & au désespoir. Après cette action si simple, vous n'imaginez pas quel chœur de bénédictions retentit autour de moi de la part des assistans ! Quelles larmes de reconnoissance couloient des yeux du vieux chef de cette famille, & embellissoient cette figure de Patriarche, qu'un moment auparavant l'empreinte farouche du désespoir rendoit vraiment hideuse ! J'examinois ce spectacle, lorsqu'un autre paysan, plus jeune, conduisant par la main une femme & deux enfans, & s'avançant vers moi à pas précipités, leur dit : « Tombons tous aux pieds de cette image de Dieu » ; & dans le même instant j'ai été entouré de cette famille, prosternée à mes genoux. J'avouerai ma foiblesse ; mes yeux se sont mouillés de larmes, & j'ai senti en moi un mouvement involontaire, mais délicieux. J'ai été étonné du plaisir qu'on éprouve en faisant le bien ; & je serois tenté de croire que ce que nous appellons les gens vertueux, n'ont pas tant de mérite qu'on se plaît à nous le dire. Quoi qu'il en soit, j'ai trouvé juste de payer à ces pauvres gens le plaisir qu'ils venoient de me faire.

J'avois pris dix louis fur moi ; je les leur ai
donnés. Ici ont recommencé les remercimens,
mais ils n'avoient plus ce même degré de pa-
thétique : le néceffaire avoit produit le grand,
le véritable effet ; le refte n'étoit qu'une fimple expreffion de reconnoiffance & d'étonnement pour des dons fuperflus.

    Cependant, au milieu des bénédictions ba-
vardes de cette famille, je ne reffemblois pas
mal au Héros d'un Drame, dans la fcene du
dénouement. Vous remarquerez que dans cette
foule étoit fur-tout le fidele efpion. Mon but
étoit rempli : je me dégageai d'eux tous, &
regagnai le Château. Tout calculé, je me fé-
licite de mon invention. Cette femme vaut
bien fans doute que je me donne tant de
foins ; ils feront un jour mes titres auprès
d'elle ; & l'ayant, en quelque forte, ainfi
payée d'avance, j'aurai le droit d'en difpofer
à ma fantaifie, fans avoir de reproche à me
faire.

    J'oubliois de vous dire que pour mettre tout
à profit, j'ai demandé à ces bonnes gens de
prier Dieu pour le fuccès de mes projets. Vous
allez voir fi déjà leurs prieres n'ont pas été en
partie exaucées.... Mais on m'avertit que le
fouper eft fervi, & il feroit trop tard pour que
cette Lettre partît, fi je ne la fermois qu'en me
retirant. Ainfi, *le refte à l'ordinaire prochain.*
J'en fuis fâché ; car le refte eft le meilleur.

Adieu, ma belle amie. Vous me volez un moment du plaisir de la voir.

De.... ce 20 Août 17**.

LETTRE XXII.

La Présidente DE TOURVEL à Madame DE VOLANGES.

Vous ferez fans doute bien-aife, Madame, de connoître un trait de M. de Valmont, qui contrafte beaucoup, ce me femble, avec tous ceux fous lefquels on vous l'a repréfenté. Il eft fi pénible de penfer défavantageufement de qui que ce foit, fi fâcheux de ne trouver que des vices chez ceux qui auroient toutes les qualités néceffaires pour faire aimer la vertu! Enfin, vous aimez tant à ufer d'indulgence, que c'eft vous obliger que de vous donner des motifs de revenir fur un jugement trop rigoureux. M. de Valmont me paroît fondé à efpérer cette faveur, je dirois prefque cette juftice; & voici fur quoi je le penfe.

Il a fait ce matin une de ces courfes qui pouvoient faire fuppofer quelque projet de fa part dans les environs, comme l'idée vous en étoit venue; idée que je m'accufe d'avoir faifie peut-être avec trop de vivacité. Heureusement pour lui, & sur-tout heureusement pour nous, puisque cela nous sauve d'être injustes, un de mes gens devoit aller du même côté que lui (1); & c'est par-là que ma curiosité repréhensible, mais heureuse, a été satisfaite. Il nous a rapporté que M. de Valmont, ayant trouvé au village de.... une malheureuse famille dont on vendoit les meubles, faute d'avoir pu payer les impositions, non-seulement s'étoit empressé d'acquitter la dette de ces pauvres gens, mais même leur avoit donné une somme d'argent assez considérable. Mon Domestique a été témoin de cette vertueuse action; & il m'a rapporté de plus que les paysans, causant entre eux & avec lui, avoient dit qu'un Domestique, qu'ils ont désigné, & que le mien croit être celui de M. de Valmont, avoit pris hier des informations sur ceux des habitans du village qui pouvoient avoir besoin de secours. Si cela est ainsi, ce n'est même plus seulement une compassion passagere & que l'occasion détermine : c'est le projet formé de faire du bien; c'est la sollicitude de la bienfaisance; c'est la plus belle vertu des plus belles ames: mais, soit hasard ou projet, c'est toujours une action honnête & louable, & dont le seul ré-

---

(1) M.de de Tourvel n'ose donc pas dire que c'étoit par son ordre?

cit m'a attendrie jufqu'aux larmes. J'ajouterai de plus, & toujours par juftice, que quand je lui ai parlé de cette action, de laquelle il ne difoit mot, il a commencé par s'en défendre, & a eu l'air d'y mettre fi peu de valeur lorf-qu'il en eft convenu, que fa modeftie en dou-bloit le mérite.

A préfent, dites-moi, ma refpectable amie, fi M. de Valmont eft en effet un libertin fans retour, s'il n'eft que cela & fe conduit ainfi, que reftera-t-il aux gens honnêtes? Quoi! les méchans partageroient-ils avec les bons le plaifir facré de la bienfaifance? Dieu permet-troit-il qu'une famille vertueufe reçût, de la main d'un fcélérat, des fecours dont elle ren-droit grace à fa divine Providence? & pour-roit-il fe plaire à entendre des bouches pures répandre leurs bénédictions fur un réprouvé? non: j'aime mieux croire que des erreurs, pour être longues, ne font pas éternelles; & je ne puis penfer que celui qui fait du bien foit l'en-nemi de la vertu. M. de Valmont n'eft peut-être qu'un exemple de plus du danger des liaifons. Je m'arrête à cette idée qui me plaît. Si, d'une part, elle peut fervir à le juftifier dans votre efprit, de l'autre, elle me rend de plus en plus précieufe l'amitié tendre qui m'unit à vous pour la vie.

J'ai l'honneur d'être, &c.

P.S. M^{de}. de Roſemonde & moi nous allons, dans l'inſtant, voir auſſi l'honnête & malheu-reuſe famille, & joindre nos ſecours tardifs à ceux de M. de Valmont. Nous le menerons avec nous. Nous donnerons au moins à ces bonnes gens le plaiſir de revoir leur bienfai-teur ; c'eſt, je crois, tout ce qu'il nous a laiſſé à faire.

*De.... ce 20 Août 17**.*

LETTRE XXIII.

Le Vicomte DE VALMONT à la Marquiſe DE MERTEUIL.

NOus en ſommes reſtés à mon retour au Château : je reprends mon récit.

Je n'eus que le temps de faire une courte toilette, & je me rendis au ſallon, où ma Belle faiſoit de la tapiſſerie, tandis que le Curé du lieu liſoit la Gazette à ma vieille Tante. J'allai m'aſſeoir auprès du métier. Des regards, plus doux encore que de coutume, & preſque ca-reſſans, me firent bientôt deviner que le Do-meſtique avoit déjà rendu compte de ſa miſ-ſion. En effet, mon aimable Curieuſe ne put garder plus long-temps le ſecret qu'elle m'avoit dérobé ; &, ſans crainte d'interrompre un vé-

nérable Pasteur, dont le débit ressembloit pourtant à celui d'un prône : « J'ai bien aussi ma
» nouvelle à débiter », dit-elle ; & tout de
suite elle raconta mon aventure, avec une
exactitude qui faisoit honneur à l'intelligence
de son Historien. Vous jugez comme je dé-
ployai toute ma modestie : mais qui pourroit
arrêter une femme qui fait, sans s'en douter,
l'éloge de ce qu'elle aime ? Je pris donc le parti
de la laisser aller. On eût dit qu'elle prêchoit
le panégyrique d'un Saint. Pendant ce temps,
j'observois, non sans espoir, tout ce que pro-
mettoient à l'amour son regard animé, son
geste devenu plus libre, & sur-tout ce son de
voix qui, par son altération déjà sensible, tra-
hissoit l'émotion de son ame. A peine elle finis-
soit de parler : « Venez, mon neveu, me dit
» M^{de}. de Rosemonde ; venez, que je vous em-
» brasse ». Je sentis aussi-tôt que la jolie Prê-
cheuse ne pourroit se défendre d'être embras-
sée à son tour. Cependant elle voulut fuir ;
mais elle fut bientôt dans mes bras ; &, loin
d'avoir la force de résister, à peine lui restoit-
il celle de se soutenir. Plus j'observe cette
femme, & plus elle me paroît désirable. Elle
s'empressa de retourner à son métier, & eut
l'air, pour tout le monde, de recommencer
sa tapisserie ; mais moi, je m'apperçus bien
que sa main tremblante ne lui permettoit pas
de continuer son ouvrage.

Après le dîner, les Dames voulurent aller voir les infortunés que j'avois si *pieusement* secourus ; je les accompagnai. Je vous sauve l'ennui de cette seconde scene de reconnoisfance & d'éloges. Mon cœur, presté d'un fouvenir délicieux, hâte le moment du retour au Château.

Pendant la route, ma belle Préfidente, plus rêveufe qu'à l'ordinaire, ne difoit pas un mot. Tout occupé de trouver les moyens de profiter de l'effet qu'avoit produit l'événement du jour, je gardois le même filence. M^{de}. de Rofemonde feule parloit, & n'obtenoit de nous que des réponfes courtes & rares. Nous dûmes l'ennuyer: j'en avois le projet, & il réuffit. Auffi, en defcendant de voiture, elle paffa dans fon appartement, & nous laiffa tête à tête, ma Belle & moi, dans un fallon mal éclairé ; obfcurité douce, qui enhardit l'amour timide.

Je n'eus pas la peine de diriger la converfation où je voulois la conduire. La ferveur de l'aimable Prêcheufe me fervit mieux que n'auroit pu faire mon adreffe. « Quand on eft » fi digne de faire le bien, me dit-elle, en ar » rêtant fur moi fon doux regard, comment » paffe-t-on fa vie à mal faire ? Je ne mérite, » lui répondis-je, ni cette éloge, ni cette cen » fure ; & je ne conçois pas qu'avec autant » d'efprit que vous en avez, vous ne m'ayez » pas encore deviné. Dût ma confiance me
» nuire

» nuire auprès de vous, vous en êtes trop di-
» gne, pour qu'il me soit possible de vous la
» refuser. Vous trouverez la clef de ma con-
» duite dans un caractere malheureusement
» trop facile. Entouré de gens sans mœurs,
» j'ai imité leurs vices; j'ai peut-être mis de
» l'amour propre à les surpasser. Séduit de
» même ici par l'exemple des vertus, sans es-
» pérer de vous atteindre, j'ai au moins essayé
» de vous suivre. Eh! peut-être l'action dont
» vous me louez aujourd'hui perdroit-elle tout
» son prix à vos yeux, si vous en connoissiez
» le véritable motif (vous voyez, ma belle
amie, combien j'étois près de la vérité)!
» Ce n'est pas à moi, continuai-je, que ces
» malheureux ont dû mes secours. Où vous
» croyez voir une action louable, je ne cher-
» chois qu'un moyen de plaire. Je n'étois,
» puisqu'il faut le dire, que le foible agent de
» la Divinité que j'adore (ici elle voulut m'interrompre; mais je ne lui en donnai pas le
temps). Dans ce moment même, ajoutai-
» je, mon secret ne m'échappe que par foi-
» blesse. Je m'étois promis de vous le taire;
» je me faisois un bonheur de rendre à vos
» vertus comme à vos appas un hommage pur
» que vous ignoreriez toujours : mais incapa-
» ble de tromper, quand j'ai sous les yeux
» l'exemple de la candeur, je n'aurai point à
» me reprocher avec vous une dissimulation

Iere. Partie.   D

» coupable. Ne croyez pas que je vous ou-
» trage par une criminelle efpérance. Je fe-
» rai malheureux, je le fais ; mais mes fouf-
» frances me feront cheres : elles me prou-
» veront l'excès de mon amour. C'eft à vos
» pieds, c'eft dans votre fein que je dépoferai
» mes peines. J'y puiferai des forces pour fouf-
» frir de nouveau ; j'y trouverai la bonté com-
» patiffante, & je me croirai confolé, parce
» que vous m'aurez plaint. O vous que j'adore !
» écoutez-moi, plaignez-moi, fecourez-moi ».
Cependant j'étois à fes genoux, & je ferrois
fes mains dans les miennes : mais elle, les dé-
gageant tout-à-coup, & les croifant fur fes
yeux avec l'expreffion du défefpoir : « Ah !
» malheureufe, s'écria-t-elle » ! puis elle fon-
dit en larmes. Par bonheur je m'étois livré à
tel point, que je pleurois auffi ; &, reprenant
fes mains, je les baignai de pleurs. Cette précaution étoit bien néceffaire ; car elle étoit fi
occupée de fa douleur, qu'elle ne fe feroit pas
apperçue de la mienne, fi je n'avois trouvé
ce moyen de l'en avertir. J'y gagnai de plus
de confidérer à loifir cette charmante figure,
embellie encore par l'attrait puiffant des larmes. Ma tête s'échauffoit, & j'étois fi peu maître de moi, que je fus tenté de profiter de ce
moment.

Quelle eft donc notre foibleffe ! Quel eft
l'empire des circonftances, fi moi-même, ou-

bliant mes projets, j'ai risqué de perdre, par un triomphe prématuré, le charme des longs combats, & les détails d'une pénible défaite ! si, séduit par un désir de jeune-homme, j'ai pensé exposer le vainqueur de M^{de}. de Tourvel à ne recueillir, pour fruit de ses travaux, que l'insipide avantage d'avoir eu une femme de plus ! Ah ! qu'elle se rende, mais qu'elle combatte ; que, sans avoir la force de vaincre, elle ait celle de résister ; qu'elle savoure à loisir le sentiment de sa foiblesse, & soit contrainte d'avouer sa défaite. Laissons le Braconnier obscur tuer à l'affût le cerf qu'il a surpris ; le vrai Chasseur doit le forcer. Ce projet est sublime, n'est-ce pas ? mais peut-être serois-je à présent au regret de ne l'avoir pas suivi, si le hasard ne fût venu au secours de ma prudence.

Nous entendîmes du bruit. On venoit au salon. M^{de}. de Tourvel, effrayée, se leva précipitamment, se saisit d'un des flambeaux, & sortit. Il fallut bien la laisser faire. Ce n'étoit qu'un Domestique. Aussi-tôt que j'en fus assuré, je la suivis. A peine eus-je fait quelques pas, que, soit qu'elle me reconnût, soit un sentiment vague d'effroi, je l'entendis précipiter sa marche, & se jeter plutôt qu'entrer dans son appartement, dont elle ferma la porte sur elle. J'y allai ; mais la clef étoit en dedans. Je me gardai bien de frapper ; c'eût été lui four-

D 2

nir l'occasion d'une résistance trop facile. J'eus
l'heureuse & simple idée de tenter de voir à
travers la serrure, & je vis en effet cette femme
adorable à genoux, baignée de larmes, &
priant avec ferveur. Quel Dieu osoit-elle in-
voquer? en est-il d'assez puissant contre l'a-
mour? En vain cherche-t-elle à présent des
secours étrangers; c'est moi qui réglerai son
sort.

Croyant en avoir assez fait pour un premier
jour, je me retirai aussi dans mon appartement,
& me mis à vous écrire. J'espérois la revoir au
souper; mais elle fit dire qu'elle s'étoit trouvée
indisposée, & s'étoit mise au lit. Mde. de Rosemonde voulut monter chez elle; mais la malicieuse malade prétexta un mal de tête qui
ne lui permettoit de voir personne. Vous jugez qu'après le souper la veillée fut courte, &
que j'eus aussi mon mal de tête. Retiré chez
moi, j'écrivis une longue Lettre pour me plaindre de cette rigueur, & je me couchai, avec
le projet de la remettre ce matin. J'ai mal
dormi, comme vous pouvez voir par la date
de cette Lettre. Je me suis levé, & j'ai relu
mon Epitre. Je me suis apperçu que je ne m'y
étois pas assez observé; que j'y montrois plus
d'ardeur que d'amour, & plus d'humeur que
de tristesse. Il faudra la refaire; mais il faudroit être plus calme.

J'apperçois le point du jour, & j'espere que

la fraîcheur qui l'accompagne m'amenera le sommeil. Je vais me remettre au lit ; &, quel que soit l'empire de cette femme, je vous promets de ne pas m'occuper tellement d'elle, qu'il ne me reste le temps de songer beaucoup à vous. Adieu, ma belle amie.

De.... ce 21 Août 17**, 4 heures du matin.

LETTRE XXIV.

Le Vicomte DE VALMONT à la Présidente DE TOURVEL.

AH! par pitié, Madame, daignez calmer le trouble de mon ame; daignez m'apprendre ce que je dois espérer ou craindre. Placé entre l'excès du bonheur & celui de l'infortune, l'incertitude est un tourment cruel. Pourquoi vous ai-je parlé ? que n'ai-je su résister au charme impérieux qui vous livroit mes pensées ? Content de vous adorer en silence, je jouissois au moins de mon amour; & ce sentiment pur, que ne troubloit point alors l'image de votre douleur, suffisoit à ma félicité : mais cette source de bonheur en est devenue une de désespoir, depuis que j'ai vu couler vos larmes; depuis que j'ai entendu ce cruel *Ah malheureuse !* Madame, ces deux mots retentiront

D 3

long-temps dans mon cœur. Par quelle fatalité
le plus doux des fentimens ne peut-il vous infpirer que l'effroi? quelle eft donc cette crainte?
Ah! ce n'eft pas celle de le partager : votre
cœur, que j'ai mal connu, n'eft pas fait pour
l'amour ; le mien, que vous calomniez fans
ceffe, eft le feul qui foit fenfible ; le vôtre eft
même fans pitié. S'il n'en étoit pas ainfi, vous
n'auriez pas refufé un mot de confolation au
malheureux qui vous racontoit fes fouffrances ;
vous ne vous feriez pas fouftraite à fes regards, quand il n'a d'autre plaifir que celui de
vous voir ; vous ne vous feriez pas fait un jeu
cruel de fon inquiétude, en lui faifant annoncer que vous étiez malade, fans lui permettre
d'aller s'informer de votre état ; vous auriez
fenti que cette même nuit, qui n'étoit pour
vous que douze heures de repos, alloit être
pour lui un fiecle de douleur.

Par où, dites-moi, ai-je mérité cette rigueur
défolante ? Je ne crains pas de vous prendre
pour Juge : qu'ai-je donc fait ? que céder à un
fentiment involontaire, infpiré par la beauté,
& juftifié par la vertu ; toujours contenu par
le refpect, & dont l'innocent aveu fut l'effet
de la confiance & non de l'efpoir : la trahirez-
vous, cette confiance que vous-même avez
femblé me permettre, & à laquelle je me fuis
livré fans réferve ? Non, je ne puis le croire ;
ce feroit vous fuppofer un tort, & mon cœur

fe révolte à la feule idée de vous en trouver un : je défavoue mes reproches ; j'ai pu les écrire, mais non pas les penser. Ah ! laiffez-moi vous croire parfaite ! c'eft le feul plaifir qui me refte. Prouvez-moi que vous l'êtes, en m'accordant vos foins généreux. Quel malheureux avez-vous fecouru, qui en eût autant de befoin que moi ? ne m'abandonnez pas dans le délire où vous m'avez plongé : prêtez-moi votre raifon, puifque vous avez ravi la mienne ; après m'avoir corrigé, éclairez-moi pour finir votre ouvrage.

Je ne veux pas vous tromper, vous ne parviendrez point à vaincre mon amour ; mais vous m'apprendrez à le régler : en guidant mes démarches, en dictant mes difcours, vous me fauverez au moins du malheur affreux de vous déplaire. Diffipez fur-tout cette crainte défefpérante. Dites-moi que vous me pardonnez, que vous me plaignez ; affurez-moi de votre indulgence. Vous n'aurez jamais toute celle que je vous défirerois ; mais je réclame celle dont j'ai befoin, me la refuferez-vous ?

Adieu, Madame ; recevez avec bonté l'hommage de mes fentimens, il ne nuit point à celui de mon refpect.

*De.... ce 20 Août 17**.*

D 4

LETTRE XXV.

Le Vicomte DE VALMONT à la Marquise DE MERTEUIL.

VOICI le bulletin d'hier.

A onze heures j'entrai chez M^da. de Rosemonde ; & , sous ses auspices, je fus introduit
chez la feinte malade, qui étoit encore couchée. Elle avoit les yeux très-battus ; j'espere
qu'elle avoit aussi mal dormi que moi. Je saisis
un moment où M^de. de Rosemonde s'étoit éloi-
gnée, pour remettre ma Lettre : on refusa de
la prendre ; mais je la laissai sur le lit, & allai
bien honnêtement approcher le fauteuil de ma
vieille Tante, qui vouloit être auprès *de son
cher enfant* : il fallut bien serrer la Lettre pour
éviter le scandale. La malade dis mal adroitement qu'elle croyoit avoir un peu de fievre.
M^de. de Rosemonde m'engagea à lui tâter le
pouls, en vantant beaucoup mes connoissan-
ces en Médecine. Ma Belle eut donc le double
chagrin d'être obligée de me livrer son bras,
& de sentir que son petit mensonge alloit être
découvert. En effet, je pris sa main que je
serrai dans une des miennes, pendant que de
l'autre je parcourois son bras frais & potelé ;

la malicieuse personne ne répondit à rien, ce qui me fit dire, en me retirant : « il n'y a pas » même la plus légere émotion ». Je me doutai que ses regards devoient être séveres, &, pour la punir, je ne les cherchai pas : un moment après elle dit qu'elle vouloit se lever, & nous la laissâmes seule. Elle parut au dîner, qui fut triste ; elle annonça qu'elle n'iroit pas se promener, ce qui étoit me dire que je n'aurois pas occasion de lui parler. Je sentis bien qu'il falloit placer là un soupir, & un regard douloureux ; sans doute elle s'y attendoit, car ce fut le seul moment de la journée où je parvins à rencontrer ses yeux. Toute sage qu'elle est, elle a ses petites ruses comme une autre. Je trouvai le moment de lui demander *si elle avoit eu la bonté de m'instruire de mon sort*, & je fus un peu étonné de l'entendre me répondre : *oui, Monsieur, je vous ai écrit.* J'étois fort empressé d'avoir cette Lettre ; mais soit ruse encore, ou mal adresse ou timidité, elle ne me la remit que le soir, au moment de se retirer chez elle. Je vous l'envoie ainsi que le brouillon de la mienne ; lisez & jugez : voyez avec quelle insigne fausseté elle affirme qu'elle n'a point d'amour, quand je suis sûr du contraire ; & puis elle se plaindra si je la trompe après, quand elle ne craint pas de me tromper avant ! Ma belle amie, l'homme le plus adroit ne peut encore que se tenir au niveau

D 5

de la femme la plus vraie. Il faudra pourtant feindre de croire à tout ce radotage, & se fatiguer de désespoir, parce qu'il plaît à Madame de jouer la rigueur ! Le moyen de ne se pas venger de ces noirceurs-là !.... ah ! patience.... mais adieu. J'ai encore beaucoup à écrire.

A propos, vous me renverrez la Lettre de l'inhumaine ; il se pourroit faire que par la suite elle voulût qu'on mît du prix à ces miseres-là, & il faut être en regle.

Je ne vous parle pas de la petite Volanges ; nous en causerons au premier jour.

Du Château, *ce 22 Août 17**.*

LETTRE XXVI.

La Présidente DE TOURVEL au Vicomte DE VALMONT.

SUREMENT, Monsieur, vous n'auriez eu aucune Lettre de moi, si ma sotte conduite d'hier au soir ne me forçoit d'entrer aujourd'hui en explication avec vous. Oui, j'ai pleuré, je l'avoue : peut-être aussi les deux mots, que vous me citez avec tant de soin, me font-ils échappés ; larmes & paroles, vous avez tout remarqué ; il faut donc vous expliquer tout.

Accoutumée à n'infpirer que des fentimens honnêtes, à n'entendre que des difcours que je puis écouter fans rougir, à jouir par con-féquent d'une fécurité que j'ofe dire que je mérite, je ne fais ni diffimuler ni combattre les impreffions que j'éprouve. L'étonnement & l'embarras où m'a jeté votre procédé; je ne fais quelle crainte, infpirée par une fitua-tion qui n'eût jamais dû être faite pour moi ; peut-être l'idée révoltante de me voir confon-due avec des femmes que vous méprifez, & traitée auffi légèrement qu'elles ; toutes ces caufes réunies ont provoqué mes larmes, & ont pu me faire dire, avec raifon je crois, que j'étois malheureufe. Cette expreffion, que vous trouvez fi forte, feroit fûrement beaucoup trop foible encore, fi mes pleurs & mes difcours avoient eu un autre motif ; fi au lieu de défapprouver des fentimens qui doi-vent m'offenfer, j'avois pu craindre de les partager.

Non, Monfieur, je n'ai pas cette crainte ; fi je l'avois, je fuirois à cent lieues de vous ; j'irois pleurer dans un défert le malheur de vous avoir connu. Peut-être même, malgré la certitude où je fuis de ne point vous aimer, de ne vous aimer jamais, peut-être aurois-je mieux fait de fuivre les confeils de mes amis ; de ne pas vous laiffer approcher de moi.

J'ai cru, & c'eft-là mon feul tort, j'ai cru

D 6

que vous refpecteriez une femme honnête, qui ne demandoit pas mieux que de vous trouver tel, & de vous rendre juftice ; qui déjà vous défendoit, tandis que vous l'outragiez par vo* vœux criminels. Vous ne me connoiffez pas ; non, Monfieur, vous ne me connoiffez pas. Sans cela vous n'auriez pas cru vous faire un droit de vos torts : parce que vous m'avez tenu des difcours que je ne devois pas entendre, vous ne vous feriez pas cru autorifé à m'écrire une Lettre que je ne devois pas lire : & vous me demandez de *guider vos démarches, de dicter vos difcours !* Hé bien, Monfieur, le filence & l'oubli, voilà les confeils qu'il me convient de vous donner, comme à vous de les fuivre ; alors vous aurez, en effet, des droits à mon indulgence : il ne tiendroit qu'à vous d'en obtenir même à ma reconnoiffance.... Mais non, je ne ferai point une demande à celui qui ne m'a point refpectée ; je ne donnerai point une marque de confiance à celui qui a abufé de ma fécurité. Vous me forcez à vous craindre, peut-être à vous haïr : je ne le voulois pas ; je ne voulois voir en vous que le neveu de ma plus refpectable amie ; j'oppofois la voix de l'amitié à la voix publique qui vous accufoit. Vous avez tout détruit ; &, je le prévois, vous ne voudrez rien réparer.

Je m'en tiens, Monfieur, à vous déclarer

que vos fentimens m'offenfent, que leur aveu m'outrage, & fur-tout que, loin d'en venir un jour à les partager, vous me forceriez à ne vous revoir jamais, fi vous ne vous impofiez fur cet objet un filence qu'il me femble avoir droit d'attendre, & même d'exiger de vous. Je joins à cette Lettre celle que vous m'avez écrite, & j'efpere que vous voudrez bien de même me remettre celle-ci; je ferois vraiment peinée qu'il reftât aucune trace d'un événement qui n'eût jamais dû exifter. J'ai l'honneur d'être, &c.

De.....ce 21 Août 17**.

L E T T R E XXVII.

CECILE VOLANGES à la Marquife DE MERTEUIL.

MON Dieu, que vous êtes bonne, Madame! comme vous avez bien fenti qu'il me feroit plus facile de vous écrire que de vous parler! Auffi, c'eft que ce que j'ai à vous dire, eft bien difficile; mais vous êtes mon amie, n'eft-il pas vrai? Oh! oui, ma bien bonne amie! Je vais tâcher de n'avoir pas peur. Et puis, j'ai tant befoin de vous, de vos confeils! J'ai bien du chagrin: il me femble que tout le

monde devine ce que je penfe; & fur-tout
quand il eft là, je rougis dès qu'on me regarde.
Hier, quand vous m'avez vu pleurer, c'eft que
je voulois vous parler, & puis, je ne fais quoi
m'en empêchoit; & quand vous m'avez demandé ce que j'avois, mes larmes font venues
malgré moi. Je n'aurois pas pu dire une parole. Sans vous, Maman alloit s'en appercevoir, & qu'eft-ce que je ferois devenue? Voilà
pourtant comme je paffe ma vie, fur-tout depuis quatre jours!

    C'eft ce jour-là, Madame, oui je vais vous le
dire, c'eft ce jour-là que M. le Chevalier Danceny m'a écrit : oh! je vous affure que quand
j'ai trouvé fa Lettre, je ne favois pas du tout
ce que c'étoit : mais, pour ne pas mentir, je
ne peux pas dire que je n'aie eu bien du plaifir
en la lifant; voyez-vous, j'aimerois mieux
avoir du chagrin toute ma vie, que s'il ne me
l'eût pas écrite. Mais je favois bien que je ne
devois pas le lui dire, & je peux bien vous
affurer même que je lui ai dit que j'en étois
fâchée : mais il dit que c'étoit plus fort que lui,
& je le crois bien ; car j'avois réfolu de ne lui
pas répondre, & pourtant je n'ai pas pu m'en
empêcher. Oh! je ne lui ai écrit qu'une fois,
& même c'étoit, en partie, pour lui dire de
ne plus m'écrire : mais malgré cela il m'écrit
toujours; & comme je ne lui réponds pas,
je vois bien qu'il eft trifte, & ça m'afflige en-

core devantage : fi bien que je ne fais plus
que faire ni que devenir, & que je fuis bien
à plaindre.

Dites-moi, je vous en prie, Madame, eft-
ce que ce feroit bien mal de lui répondre de
temps en temps ? feulement jufqu'à ce qu'il ait
pu prendre fur lui de ne plus m'écrire lui-
même, & de refter comme nous étions avant :
car, pour moi, fi cela continue, je ne fais pas
ce que je deviendrai. Tenez, en lifant fa derniere Lettre, j'ai pleuré que ça ne finiffoit pas ;
& je fuis bien fûre que fi je ne lui réponds pas
encore, ça nous fera bien de la peine.

Je vas vous envoyer fa Lettre auffi, ou
bien une copie, & vous jugerez ; vous verrez
bien que ce n'eft rien de mal qu'il demande.
Cependant fi vous trouvez que ça ne fe doit
pas, je vous promets de m'en empêcher ; mais
je crois que vous penferez comme moi, que
ce n'eft pas là du mal.

Pendant que j'y fuis, Madame, permettez-
moi de vous faire encore une queftion : on m'a
bien dit que c'étoit mal d'aimer quelqu'un ;
mais pourquoi cela ? Ce qui me fait vous le
demander, c'eft que M. le Chevalier Danceny
prétend que ce n'eft pas mal du tout, & que
prefque tout le monde aime ; fi cela étoit, je
ne vois pas pourquoi je ferois la feule à m'en
empêcher ; ou bien eft-ce que ce n'eft un mal
que pour les demoifelles ? car j'ai entendu Ma-

man elle-même dire que M^de. D.... aimoit M.
M.... & elle n'en parloit pas comme d'une chose
qui seroit si mal ; & pourtant je suis sûre qu'elle
se fâcheroit contre moi, si elle se doutoit seulement de mon amitié pour M. Danceny. Elle
me traite toujours comme un enfant, Maman ;
& elle ne me dit rien du tout. Je croyois, quand
elle m'a fait sortir du Couvent, que c'étoit
pour me marier ; mais à présent, il me semble que non : ce n'est pas que je m'en soucie,
je vous assure ; mais vous, qui êtes si amie
avec elle, vous savez peut-être ce qui en est,
& si vous le savez, j'espere que vous me le
direz.

Voilà une bien longue Lettre, Madame ;
mais puisque vous m'avez permis de vous
écrire, j'en ai profité pour vous dire tout, &
je compte sur votre amitié.

J'ai l'honneur d'être, &c.

Paris, ce 23 Août 17**.

LETTRE XXVIII.

Le Chevalier DANCENY à CECILE VOLANGES.

H ! quoi, Mademoiselle, vous refusez toujours de me répondre ! rien ne peut vous flé-

chir ; & chaque jour emporte avec lui l'espoir
qu'il avoit amené ! Quelle est donc cette amitié que vous consentez qui subsiste entre nous,
si elle n'est pas même assez puissante pour vous
rendre sensible à ma peine ; si elle vous laisse
froide & tranquille, tandis que j'éprouve les
tourmens d'un feu que je ne puis éteindre ; si,
loin de vous inspirer de la confiance, elle ne
suffit pas même à faire naître votre pitié ?
Quoi ! votre ami souffre, & vous ne faites rien
pour le secourir ! Il ne vous demande qu'un
mot, & vous le lui refusez ! & vous voulez
qu'il se contente d'un sentiment si foible, dont
vous craignez encore de lui réitérer les assu-
rances !

Vous ne voudriez pas être ingrate, disiez-
vous hier : ah ! croyez-moi, Mademoiselle ;
vouloir payer de l'amour avec de l'amitié, ce
n'est pas craindre l'ingratitude, c'est redouter
seulement d'en avoir l'air. Cependant je n'ose
plus vous entretenir d'un sentiment qui ne peut
que vous être à charge, s'il ne vous intéresse
pas ; il faut au moins le renfermer en moi-
même, en attendant que j'apprenne à le vaincre. Je sens combien ce travail sera pénible ;
je ne me dissimule pas que j'aurai besoin de
toutes mes forces ; je tenterai tous les moyens :
il en est un qui coûtera le plus à mon cœur,
ce sera celui de me répéter souvent que le
vôtre est insensible. J'essaierai même de vous

voir moins, & déjà je m'occupe d'en trouver un prétexte plaufible.

Quoi! je perdrois la douce habitude de vous voir chaque jour! Ah! du moins je ne cefferai jamais de la regreter. Un malheur éternel fera le prix de l'amour le plus tendre ; & vous l'aurez voulu! & ce fera votre ouvrage! Jamais, je le fens, je ne retrouverai le bonheur que je perds aujourd'hui; vous feule étiez faite pour mon cœur; avec quel plaifir je ferois le ferment de ne vivre que pour vous! Mais vous ne voulez pas le recevoir. Votre filence m'apprend affez que votre cœur ne vous dit rien pour moi; il eft à-la-fois la preuve la plus fûre de votre indifférence, & la maniere la plus cruelle de me l'annoncer. Adieu, Mademoifelle.

Je n'ofe plus me flatter d'une réponfe; l'amour l'eût écrite avec empreffement, l'amitié avec plaifir, la pitié même avec complaifance: mais la pitié, l'amitié & l'amour, font également étrangers à votre cœur.

Paris, ce 23 Août 17**.

LETTRE XXIX.

CECILE VOLANGES à SOPHIE CARNAY.

JE te le difois bien, Sophie, qu'il y avoit des cas où on pouvoit écrire ; & je t'affure que je me reproche bien d'avoir fuivi ton avis, qui nous a tant fait de peine, au Chevalier Danceny & à moi. La preuve que j'avois raifon, c'eft que M^de. de Merteuil, qui eft une femme qui fûrement le fait bien, a fini par pénfer comme moi. Je lui ai tout avoué. Elle m'a bien dit d'abord comme toi : mais quand je lui ai eu tout expliqué, elle eft convenue que c'étoit bien différent ; elle exige feulement que je lui faffe voir toutes mes Lettres & toutes celles du Chevalier Danceny, afin d'être fûre que je ne dirai que ce qu'il faudra ; ainfi, à préfent, me voilà tranquille. Mon Dieu, que je l'aime M^de. de Merteuil ! elle eft fi bonne ! & c'eft une femme bien refpectable. Ainfi il n'y a rien à dire.

Comme je m'en vais écrire a M. Danceny, & comme il va être content ! il le fera encore plus qu'il ne croit : car jufqu'ici je ne lui parlois que de mon amitié, & lui vouloit toujours que je diffe mon amour. Je crois que c'étoit bien la même chofe ; mais enfin je n'ofois pas, & il tenoit à cela. Je l'ai dit à M^{de}. de Merteuil ; elle m'a dit que j'avois eu raifon, & qu'il ne falloit convenir d'avoir de l'amour, que quand on ne pouvoit plus s'en empêcher : or je fuis bien fûre que je ne pourrai pas m'en empêcher plus long-temps ; après tout c'eft la même chofe, & cela lui plaira davantage.

M^{de}. de Merteuil m'a dit auffi qu'elle me prêteroit des Livres qui parloient de tout cela, & qui m'apprendroient bien à me conduire, & auffi à mieux écrire que je ne fais : car, vois-tu, elle me dit tous mes défauts, ce qui eft une preuve qu'elle m'aime bien ; elle m'a recommandé feulement de ne rien dire à Maman de ces Livres-là, parce que ça auroit l'air de trouver qu'elle a trop négligé mon éducation, & ça pourroit la fâcher. Oh ! je ne lui en dirai rien.

C'eft pourtant bien extraordinaire qu'une femme qui ne m'eft prefque pas parente, prenne plus de foin de moi que ma mere ! c'eft bien heureux pour moi de l'avoir connue !

Elle a demandé auffi à Maman de me mener après-demain à l'Opéra, dans fa loge ; elle m'a dit que nous y ferions toutes feules, & nous cauferons tout le temps, fans craindre qu'on nous entende : j'aime bien mieux cela que l'Opera. Nous cauferons auffi de mon mariage : car elle m'a dit que c'étoit bien vrai que

j'allois me marier; mais nous n'avons pas pu
en dire davantage. Par exemple, n'eſt-cè pas
encore bien étonnant que Maman ne m'en diſe
rien du tout?

Adieu, ma Sophie, je m'en vas écrire au
Chevalier Danceny. Oh! je ſuis bien contente.

De.... ce 24 Août 17**.

LETTRE XXX.

CECILE VOLANGES au Chevalier DANCENY.

ENFIN, Monſieur, je conſens à vous écrire,
à vous aſſurer de mon amitié, de mon *amour*,
puiſque, ſans cela, vous ſeriez malheureux.
Vous dites que je n'ai pas bon cœur; je vous
aſſure bien que vous vous trompez, & j'eſpere qu'à préſent vous n'en doutez plus. Si
vous avez eu du chagrin de ce que je ne vous
écrivois pas, croyez-vous que ça ne me faiſoit pas de la peine auſſi? Mais c'eſt que, pour
toute choſe au monde, je ne voudrois pas
faire quelque choſe qui fût mal; & même je
ne ferois ſûrement pas convenue de mon
amour, ſi j'avois pu m'en empêcher : mais
votre triſteſſe me faiſoit trop de peine. J'eſpere qu'à préſent vous n'en aurez plus, &
que nous allons être bien heureux.

Je compte avoir le plaifir de vous voir ce foir, & que vous viendrez de bonne heure, ce ne fera jamais auffi-tôt que je le defire. Maman foupe chez elle, & je crois qu'elle vous propofera d'y refter : j'efpere que vous ne ferez pas engagé, comme avant-hier. C'étoit donc bien agréable, le fouper où vous alliez? car vous y avez été de bien bonne heure? Mais enfin ne parlons pas de ça : à préfent que vous favez que je vous aime, j'efpere que vous refterez avec moi le plus que vous pourrez; car je ne fuis contente que lorfque je fuis avec vous, & je voudrois bien que vous fuffiez tout de même.

Je fuis bien fâchée que vous êtes encore trifte à préfent, mais ce n'eft pas ma faute. Je demanderai à jouer de la harpe auffi-tôt que vous ferez arrivé, afin que vous ayez ma lettre tout de fuite. Je ne peux pas mieux faire.

Adieu, Monfieur. Je vous aime bien; de tout mon cœur : plus je vous le dis, plus je fuis contente; j'efpere que vous le ferez auffi.

De.... ce 24 *Août* 17**.

LETTRE XXXI.

Le Chevalier DANCENY à CECILE VOLANGES.

OUI, sans doute, nous serons heureux. Mon bonheur est bien sûr, puisque je suis aimé de vous ; le vôtre ne finira jamais, s'il doit durer autant que l'amour que vous m'avez inspiré. Quoi! vous m'aimez, vous ne craignez plus de m'assurer de votre *amour ! Plus vous me le dites, & plus vous êtes contente !* Après avoir lu ce charmant *je vous aime,* écrit de votre main, j'ai entendu votre belle bouche m'en répéter l'aveu. J'ai vu se fixer sur moi ces yeux charmans, qu'embellissoit encore l'expression de la tendresse. J'ai reçu vos sermens de vivre toujours pour moi. Ah ! recevez le mien de consacrer ma vie entiere à votre bonheur ; recevez-le, & soyez sûre que je ne le trahirai pas.

Quelle heureuse journée nous avons passée hier ! Ah ! pourquoi M^{de}. de Merteuil n'a-t-elle pas tous les jours des secrets à dire à votre Maman ? pourquoi faut-il que l'idée de la contrainte qui nous attend, vienne se mêler au souvenir délicieux qui m'occupe ? pourquoi ne puis-je sans cesse tenir cette jolie main qui

m'a écrit *je vous aime!* la couvrir de baifers,
& me venger ainfi du refus que vous m'avez
fait d'une faveur plus grande !

Dites-moi, ma Cécile, quand votre Maman a été rentrée ; quand nous avons été forcés, par fa préfence, de n'avoir plus l'un pour l'autre que des regards indifférens ; quand vous ne pouviez plus me confoler par l'affurance de votre amour, du refus que vous faifiez de m'en donner des preuves, n'avez-vous donc fenti aucun regret ? ne vous êtes-vous pas dit : Un baifer l'eût rendu plus heureux, & c'eft moi qui lui ai ravi ce bonheur ? Promettez-moi, mon aimable amie, qu'à la premiere occafion vous ferez moins févere. A l'aide de cette promeffe, je trouverai du courage pour fupporter les contrariétés que les circonftances nous préparent ; & les privations cruelles feront au moins adoucies, par la certitude que vous en partagez le regret.

Adieu ma charmante Cécile : voici l'heure où je dois me rendre chez vous. Il me feroit impoffible de vous quitter, fi ce n'étoit pour aller vous revoir. Adieu, vous que j'aime tant ! vous, que j'aimerai toujours davantage!

De.... ce 25 Août 17**.

LETTRE XXXII.

LETTRE XXXII.

Madame DE VOLANGES à la Présidente DE TOURVEL.

VOUS voulez donc, Madame, que je croie à la vertu de M. de Valmont ? J'avoue que je ne puis m'y réfoudre, & que j'aurois autant de peine à le juger honnête, d'après le feul fait que vous me racontez, qu'à croire vicieux un homme de bien reconnu, dont j'apprendrois une faute. L'humanité n'eft parfaite dans aucun genre, pas plus dans le mal que dans le bien. Le fcélérat a fes vertus, comme l'honnête homme a fes foibleffes. Cette vérité me paroît d'autant plus néceffaire à croire, que c'eft d'elle que dérive la néceffité de l'indulgence pour les méchans comme pour les bons ; & qu'elle préferve ceux-ci de l'orgueil, & fauve lés autres du découragement. Vous trouverez fans doute que je pratique bien mal dans ce moment, cette indulgence que je prêche ; mais je ne vois plus en elle qu'une foibleffe dangereufe, quand elle nous mene à traiter de même le vicieux & l'homme de bien.

Je ne me permettrai point de fcruter les motifs de l'action de M. de Valmont ; je veux

Iere. Partie.   E

croire qu'ils font louables comme elle : mais
en a-t-il moins paffé fa vie à porter dans les
familles le trouble, le déshonneur & le fcandale ? Ecoutez, fi vous voulez, la voix du
malheureux qu'il a fecouru ; mais qu'elle ne
vous empêche pas d'entendre les cris de cent
victimes qu'il a immolées. Quand il ne feroit,
comme vous le dites, qu'un exemple du danger des liaifons, en feroit-il moins lui-même
une liaifon dangereufe ? Vous le fuppofez fufceptible d'un retour heureux ? allons plus loin;
fuppofons ce miracle arrivé. Ne refteroit-il
pas contre lui l'opinion publique, & ne fuffit-
elle pas pour régler votre conduite ? Dieu feul
peut abfoudre au moment du repentir ; il lit
dans les cœurs : mais les hommes ne peuvent
juger les penfées que par les actions ; & nul
d'entr'eux, après avoir perdu l'eftime des autres, n'a droit de fe plaindre de la méfiance
néceffaire, qui rend cette perte fi difficile à réparer. Songez fur-tout, ma jeune amie, que
quelquefois il fuffit, pour perdre cette eftime,
d'avoir l'air d'y attacher trop peu de prix ; &
ne taxez pas cette févérité d'injuftice : car,
outre qù'on eft fondé à croire qu'on ne re-
nonce pas à ce bien précieux quand on a droit
d'y prétendre, celui-là eft en effet plus près de
mal faire, qui n'eft plus contenu par ce frein
puiffant. Tel feroit cependant l'afpect fous lequel vous montreroit une liaifon intime avec

M. de Valmont, quelqu'innocente qu'elle pût être.

Effrayée de la chaleur avec laquelle vous le défendez, je me hâte de prévenir les objections que je prévois. Vous me citerez M^{de}. de Merteuil, à qui on a pardonné cette liaison ; vous me demanderez pourquoi je le reçois chez moi ; vous me direz que loin d'être rejetté par les gens honnêtes, il eſt admis, recherché même dans ce qu'on appelle la bonne compagnie. Je peux, je crois, répondre à tout.

D'abord M^{de}. de Merteuil, en effet très-eſtimable, n'a peut-être d'autre défaut que trop de confiance en ſes forces ; c'eſt un guide adroit qui ſe plaît à conduire un char entre les rochers & les précipices, & que le ſuccès ſeul juſtifie : il eſt juſte de la louer, il ſeroit imprudent de la ſuivre ; elle-même en convient & s'en accuſe. A meſure qu'elle a vu davantage, ſes principes ſont devenus plus ſéveres ; & je ne crains pas de vous aſſurer qu'elle penſeroit comme moi.

Quant à ce qui me regarde, je ne me juſtifierai pas plus que les autres. Sans doute je reçois M. de Valmont, & il eſt reçu par-tout ; c'eſt une inconſéquence de plus à ajouter à mille autres qui gouvernent la ſociété. Vous ſavez comme moi qu'on paſſe ſa vie à les remarquer, à s'en plaindre & à s'y livrer. M. de Valmont, avec un beau nom, une grande for-

tune., beaucoup de qualités aimables, a reconnu de bonne heure que pour avoir l'empire dans la société, il suffisoit de manier,
avec une égale adresse, la louange & le ridicule. Nul ne possede comme lui ce double talent : il séduit avec l'un, & se fait craindre
avec l'autre. On ne l'estime pas ; mais on le
flatte. Telle est son existence au milieu d'un
monde qui, plus prudent que courageux,
aime mieux le ménager que le combattre.

Mais ni M^{de}. de Merteuil elle-même, ni aucune autre femme, n'oseroit sans doute aller
s'enfermer à la campagne, presqu'en tête-à-
tête, avec un tel homme. Il étoit réservé à la
plus sage, à la plus modeste d'entr'elles, de
donner l'exemple de cette inconséquence ;
pardonnez-moi ce mot, il échappe à l'amitié.
Ma belle amie, votre honnêteté-même vous
trahit, par la sécurité qu'elle vous inspire. Songez donc que vous aurez pour juges, d'une
part, des gens frivoles, qui ne croiront pas à
une vertu dont ils ne trouvent pas le modele
chez eux ; & de l'autre, des méchans qui fein-
dront de n'y pas croire, pour vous punir de
l'avoir eue. Considérez que vous faites, dans
ce moment, ce que quelques hommes n'ose-
roient pas risquer. En effet, parmi les jeunes
gens, dont M. de Valmont ne s'est que trop
rendu l'oracle, je vois les plus sages craindre
de paroître liés trop intimement avec lui ; &

vous, vous ne le craignez pas! Ah! revenez, revenez, je vous en conjure.... Si mes raisons ne suffisent pas pour vous persuader, cédez à mon amitié; c'est elle qui me fait renouveller mes instances, c'est à elle à les justifier. Vous la trouvez sévere, & je desire qu'elle soit inutile; mais j'aime mieux que vous ayez à vous plaindre de sa solicitude que de sa négligence.

De.... ce 24 Août 17**.

LETTRE XXXIII.

La Marquise DE MERTEUIL au Vicomte DE VALMONT.

DÈS que vous craignez de réussir, mon cher Vicomte, dès que votre projet est de fournir des armes contre vous, & que vous desirez moins de vaincre que de combattre, je n'ai plus rien à dire. Votre conduite est un chef-d'œuvre de prudence. Elle en seroit un de sottise dans la supposition contraire; &, pour vous parler vrai, je crains que vous ne vous fassiez illusion.

Ce que je vous reproche n'est pas de n'avoir point profité du moment. D'une part, je ne vois pas clairement qu'il fût venu : de l'autre, je sais assez, quoiqu'on en dise, qu'une occa-

E 3

fion manquée fe retrouve, tandis qu'on ne revient jamais d'une démarche précipitée.

Mais la véritable école eft de vous être laiffé aller à écrire. Je vous défie à préfent de prévoir où ceci peut vous mener. Par hafard, efpérez-vous prouver à cette femme qu'elle doit fe rendre ? Il me femble que ce ne peut être là qu'une vérité de fentiment ; & non de démonftration ; & que pour la faire recevoir, il s'agit d'attendrir & non de raifonner : mais à quoi vous ferviroit d'attendrir par Lettres, puifque vous ne feriez pas-là pour en profiter? Quand vos belles phrafes produiroient l'ivreffe de l'amour, vous flattez-vous qu'elle foit affez longue pour que la réflexion n'ait pas le temps d'en empêcher l'aveu ? Songez donc à celui qu'il faut pour écrire une Lettre, à celui qui fe paffe avant qu'on la remette ; & voyez fi, fur-tout une femme à principes comme votre Dévote, peut vouloir fi long-temps ce qu'elle tâche de ne vouloir jamais. Cette marche peut réuffir avec des enfans, qui, quand ils écrivent, je vous aime, ne favent pas qu'ils difent je me rends. Mais la vertu raifonneufe de M^{de}. de Tourvel me paroît fort bien connoître la valeur des termes. Auffi, malgré l'avantage que vous aviez pris fur elle dans votre converfation, elle vous bat dans fa Lettre. Et puis, favez-vous ce qui arrive ? par cela feul qu'on difpute, on ne veut pas céder. A force de chercher de bonnes raifons, on en trouve, on les dit ; & après on y tient, non pas tant parce qu'elles font bonnes que pour ne pas fe démentir.

De plus, une remarque que je m'étonne que vous n'ayiez pas faite, c'eft qu'il n'y a rien de fi difficile en amour, que d'écrire ce qu'on ne fent pas. Je dis écrire d'une façon vraifemblable : ce n'eft pas qu'on ne fe ferve des mêmes mots ; mais on ne les arrange pas de même, on plutôt ou les arrange, & cela fuffit. Relifez votre Lettre : il y regne un ordre qui vous décele à chaque phrafe. Je veux croire que votre Préfidente eft affez peu formée pour ne s'en pas appercevoir ; mais qu'importe ? l'effet n'en eft pas moins manqué. C'eft le défaut des Romans : l'Auteur fe bat les flancs pour s'échauffer, & le Lecteur refte froid. *Héloïfe* eft le feul qu'on en puiffe excepter ; & malgré le talent de l'Auteur, cette obfervation m'a toujours fait croire que le fonds en étoit vrai. Il n'en eft pas de même en parlant. L'habitude de travailler fon organe, y donne de la fenfibilité ; la facilité des larmes y ajoute encore : l'expreffion du defir fe confond dans les yeux avec celle de la tendreffe ; enfin le difcours moins fuivi amene plus aifément cet air de trouble & de défordre, qui eft la véritable éloquence de l'amour ; & fur-tout la préfence de l'objet aimé empêche la réflexion, & nous fait défirer d'être vaincues.   E 4

Croyez moi, Vicomte ; on vous demande de ne plus écrire ; profitez-en pour réparer votre faute, & attendez l'occasion de parler. Savez-vous que cette femme a plus de force que je ne croyois ? sa défense est bonne, & sans la longueur de sa Lettre, & le prétexte qu'elle vous donne pour rentrer en matiere dans sa phrase de reconnoissance, elle ne se feroit pas du tout trahie.

Ce qui me paroît encore devoir vous rassurer sur le succès, c'est qu'elle use trop de forces à la fois ; je prévois qu'elle les épuisera pour la défense du mot, & qu'il ne lui en restera plus pour celle de la chose.

Je vous renvoie vos deux Lettres, & si vous êtes prudent, ce seront les dernieres jusques après l'heureux moment. S'il étoit moins tard, je vous parlerois de la petite Volanges qui avance assez vîte, & dont je suis fort contente. Je crois que j'aurai fini avant vous, & vous devez en être bien honteux. Adieu pour aujourd'hui.

*De.... ce 24 Août 17**.*

LETTRE XXXIV.

Le Vicomte DE VALMONT à la Marquise DE MERTEUIL.

VOus parlez à merveille, ma belle amie: mais pourquoi vous tant fatiguer à prouver ce que personne n'ignore? Pour aller vîte en amour, il vaut mieux parler qu'écrire; voilà, je crois, toute votre Lettre. Eh mais! ce sont les plus simples élemens de l'art de séduire. Je remarquerai seulement que vous ne faites qu'une exception à ce principe, & qu'il y en a deux. Aux enfans qui suivent cette marche par timidité, & se livrent par ignorance, il faut joindre les femmes Beaux-Esprits, qui s'y laissent engager par amour-propre, & que la vanité conduit dans le piege. Par exemple, je suis bien sûr que la Comtesse de B...., qui répondit sans difficulté à ma premiere Lettre, n'avoit pas alors plus d'amour pour moi que moi pour elle, & qu'elle ne vit que l'occasion de traiter un sujet qui devoit lui faire honneur.

Quoiqu'il en soit, un Avocat vous diroit que le principe ne s'applique pas à la question. En effet, vous supposez que j'ai le choix entre écrire & parler, ce qui n'est pas. Depuis l'affaire du 19, mon inhumaine, qui se tient sur la

E 5

défenfive, a mis à éviter les rencontres, une
adreffe qui a déconcerté la mienne. C'eft au
point que fi cela continue, elle me forcera à
m'occuper férieufement des moyens de reprendre cet avantage ; car affurément je ne veux
être vaincu par elle en aucun genre. Mes Lettres mêmes font le fujet d'une petite guerre :
non contente de n'y pas répondre, elle
refufe de les recevoir. Il faut pour chacune
une rufe nouvelle, & qui ne réuffit pas toujours.

Vous vous rappellez par quel moyen fimple j'avois remis la premiere ; la feconde
n'offrit pas plus de difficulté. Elle m'avoit
demandé de lui rendre fa Lettre : je lui donnai la mienne en place, fans qu'elle eût le
moindre foupçon. Mais foit dépit d'avoir été
attrapée, foit caprice, ou enfin foit vertu,
car elle me forcera d'y croire, elle refufa
obftinément la troifieme. J'efpere pourtant
que l'embarras où a penfé la mettre la fuite
de ce refus, la corrigera pour l'avenir.

Je ne fus pas très-étonné qu'elle ne voulût
pas recevoir cette Lettre, que je lui offrois
tout fimplement ; c'eût été déjà accorder quelque chofe, & je m'attends à une plus longue
défenfe. Après cette tentative, qui n'étoit qu'un
effai fait en paffant, je mis une enveloppe à
ma Lettre ; & prenant le moment de la toilette,
où M^{de}. de Rofemonde & la Femme-de-cham-

bre étoient préfentes , je la lui envoyai par
mon Chaffeur, avec ordre de lui dire que
c'étoit le papier qu'elle m'avoit démandé.
J'avois bien deviné qu'elle craindroit l'explication fcandaleufe que néceffiteroit un refus:
en effet, elle prit la Lettre ; & mon Ambaffa-
deur, qui avoit ordre d'obferver fa figure, &
qui ne voit pas mal, n'apperçut qu'une légere
rougeur & plus d'embarras que de colere.

Je me félicitois donc, bien fûr, ou qu'elle
garderoit cette Lettre, ou que fi elle vouloit
me la rendre, il faudroit qu'elle fe trouvât
feule avec moi ; ce qui me donneroit une occafion de lui parler. Environ une heure après,
un de fes gens entre dans ma chambre, & me
remet, de la part de fa Maîtreffe, un paquet
d'une autre forme que le mien, & fur l'enveloppe duquel je reconnois l'écriture tant de-
firée. J'ouvre avec précipitation..... C'étoit
ma Lettre elle-même, non décachetée, & pliée
feulement en deux. Je foupçonne que la crainte
que je ne fuffe moins fcrupuleux qu'elle fur
le fcandale, lui a fait employer cette rufe
diabolique.

Vous me connoiffez ; je n'ai pas befoin de
vous peindre ma fureur. Il fallut pourtant reprendre fon fang froid, & chercher de nouveaux moyens. Voici le feul que je trouvai.

On va d'ici, tous les matins, chercher les
Lettres à la Pofte, qui eft à environ trois

E 6

quarts de lieu : on fe fert, pour cet objet, d'une boîte couverte à-peu-près comme un tronc, dont le Maître de la Pofte a une clef & M^{de}. de Rofemonde l'autre. Chacun y met fes Lettres dans la journée, quand bon lui femble : on les porte le foir à la Pofte, & le matin on va chercher eelles qui font arrivées. Tous les gens, étrangers ou autres, font ce fervice également. Ce n'étoit pas le tour de mon domeftique ; mais il fe chargea d'y aller, fous le prétexte qu'il avoit affaire de ce côté.

Cependant j'écrivis ma Lettre. Je déguifai mon écriture pour l'adreffe, & je contrefis affez bien, fur l'enveloppe, le timbre de *Dijon.* Je choifis cette Ville, parce que je trouvois plus gai, puifque je demandois les mêmes droits que le mari, d'écrire auffi du même lieu ; & auffi parce que ma Belle avoit parlé toute la journée du defir qu'elle avoit de recevoir des Lettres de Dijon. Il me parut jufte de lui procurer ce plaifir.

Ces précautions une fois prifes, il étoit facile de faire joindre cette Lettre aux autres. Je gagnois encore à cet expédient, d'être témoin de la réception : car l'ufage eft ici de fe raffembler pour déjeûner, & d'attendre l'arrivée des Lettres avant de fe féparer. Enfin elles arriverent.

M^{de}. de Rofemonde ouvrit la boîte. » De Dijon », dit-elle, en donnant la Lettre à M^{de}.

de Tourvel. » Ce n'eſt pas l'écriture de mon
» mari», reprit celle-ci d'une voix inquiete,
en rompant le cachet avec vivacité; le premier
coup-d'œuil l'inſtruiſit ; & il ſe fit une telle ré-
volution ſur ſa figure, que M^{de}. de Roſemonde
s'en apperçut, & lui dit: » Qu'avez-vous » ?
Je m'approchai auſſi, en diſant : « cette
» Lettre eſt donc bien terrible » ? La timide
Dévote n'oſoit lever les yeux, ne diſoit
mot, &, pour ſauver ſon embarras, fei-
gnoit de parcourir l'Epitre, qu'elle n'étoit
gueres en état de lire. Je jouiſſois de ſon
trouble ; & n'étant pas fâché de la pouſſer
un peu : « Votre air plus tranquille, ajou-
» tai-je, fait eſpérer que cette Lettre vous a
» cauſé plus d'étonnement que de douleur ».
La colere alors l'inſpira mieux que n'eût pu
faire la prudence. « Elle contient, répon-
» dit-elle, des choſes qui m'offenſent, & que
» je ſuis étonnée qu'on ait oſé m'écrire. Et
» qui donc » ? interrompit M^{de}. de Roſemonde. « Elle n'eſt pas ſignée », répondit la
belle courroucée : « mais la Lettre & ſon
» Auteur m'inſpirent un égal mépris. On
» m'obligera de ne m'en plus parler ». En
diſant ces mots, elle déchira l'audacieuſe
miſſive, en mit les morceaux dans ſa poche, ſe leva & ſortit.

Malgré cette colere, elle n'en a pas moins
eu ma Lettre ; & je m'en remets bien à ſa

curiosité, du soin de l'avoir lue en entier.

Le détail de la journée me meneroit trop loin. Je joins à ce récit le brouillon de mes deux Lettres ; vous serez aussi instruite que moi. Si vous voulez être au courant de cette correspondance, il faut vous accoutumer à déchiffrer mes minutes : car pour rien au monde, je ne dévorerois l'ennui de les re-copier. Adieu, ma belle amie.

De...., ce 25 Août 17**.

LETTRE XXXV.

Le Vicomte DE VALMONT à la Présidente DE TOURVEL.

IL faut vous obéir, Madame ; il faut vous prouver qu'au milieu des torts que vous vous plaisez à me croire, il me reste au moins assez de délicatesse pour ne pas me permettre un reproche, & assez de courage pour m'imposer les plus douloureux sacrifices. Vous m'ordonnez le silence & l'oubli ! eh bien ! je forcerai mon amour à se taire ; & j'oublierai, s'il est possible, la façon cruelle dont vous l'avez accueilli. Sans doute le désir de vous plaire n'en donnoit pas le droit ; & j'avoue encore que le besoin que j'avois de votre indulgence, n'étoit pas un titre pour l'obtenir : mais vous regardez mon amour comme un outrage ; vous oubliez que fi ce pouvoit être un tort, vous en feriez à-la-fois, & la caufe & l'excufe. Vous oubliez auffi, qu'accoutumé à vous ouvrir mon ame, lors même que cette confiance pouvoit me nuire, il ne m'étoit plus poffible de vous cacher les fentimens dont je fuis pénétré ; & ce qui fut l'ouvrage de ma bonne foi, vous le regardez comme le fruit de l'audace. Pour prix de l'amour le plus tendre, le plus refpectueux, le plus vrai, vous me rejettez loin de vous. Vous me parlez enfin de votre haine.... Quel autre ne fe plaindroit pas d'être traité ainfi ? Moi feul, je me foumets ; je fouffre tout & ne murmure point ; vous frappez & j'adore. L'inconcevable empire que vous avez fur moi, vous rend maîtreffe abfolue de mes fentimens ; & fi mon amour feul vous réfifte, fi vous ne pouvez le détruire, c'eft qu'il eft votre ouvrage & non pas le mien.

Je ne demande point un retour dont jamais je ne me fuis flatté. Je n'attends pas même cette pitié, que l'intérêt que vous m'aviez témoigné quelquefois pouvoit me faire efpérer. Mais je crois, je l'avoue, pouvoir réclamer votre juftice.

Vous m'apprenez, Madame, qu'on a cherché à me nuire dans votre efprit. Si vous en euffiez cru les conseils de vos amis, vous ne m'eussiez pas même laissé approcher de vous: ce sont vos termes. Quels sont donc ces amis officieux ? Sans doute ces gens si séveres, & d'une vertu si rigide, consentent à être nommés ; sans doute ils ne voudroient pas se couvrir d'une obscurité qui les confondroit avec de vils calomniateurs ; & je n'ignorerai ni leurs noms, ni leurs reproches. Songez, Madame, que j'ai le droit de savoir l'un & l'autre, puisque vous me jugez d'après eux. On ne condamne point un coupable sans lui dire son crime, sans lui nommer ses accusateurs. Je ne demande point d'autre grace, & je m'engage d'avance à me justifier, à les forcer de se dédire.

Si j'ai trop méprisé, peut-être, les vaines clameurs d'un public dont je fais peu de cas, il n'en est pas ainsi de votre estime; & quand je consacre ma vie à la mériter, je ne me la laisserai pas ravir impunément. Elle me devient d'autant plus précieuse, que je lui devrai sans doute cette demande que vous craignez de me faire, & qui me donneroit, dites-vous, *des droits à votre reconnoissance.* Ah ! loin d'en exiger, je croirai vous en devoir, si vous me procurez l'occasion de vous être agréable. Commencez donc à me rendre plus de justice, en ne me laissant plus ignorer ce que vous desirez de moi,

Si je pouvois le deviner, je vous éviterois la peine de le dire. Au plaifir de vous voir, ajoutez le bonheur de vous fervir, & je me louerai de votre indulgence. Qui peut donc vous arrêter ? ce n'eft pas, je l'efpere, la crainte d'un refus ? je fens que je ne pourrois vous la pardonner. Ce n'en eft pas un que de ne pas vous rendre votre Lettre. Je defire, plus que vous, qu'elle ne me foit plus néceffaire : mais accoutumé à vous croire une ame fi douce, ce n'eft que dans cette Lettre que je puis vous trouver telle que vous voulez paroître. Quand je forme le vœu de vous rendre fenfible, j'y vois que plutôt que d'y confentir, vous fuiriez à cent lieues de moi ; quand tout en vous augmente & juftifie mon amour, c'eft encore elle qui me répete que mon amour vous outrage ; & lorfqu'en vous voyant, cet amour me femble le bien fuprême, j'ai befoin de vous lire, pour fentir que ce n'eft qu'un affreux tourment. Vous concevez à préfent que mon plus grand bonheur feroit de pouvoir vous rendre cette Lettre fatale : me la demander encore, feroit m'autorifer à ne plus croire ce qu'elle contient ; vous ne doutez pas, j'efpere, de mon empreffement à vous la remettre.

De.... ce 21 *Août* 17**.

LETTRE XXXVI.

Le Vicomte DE VALMONT à la Préfidente DE TOURVEL.

(*Timbrée de Dijon.*)

VOTRE févérité augmente chaque jour, Madame, & fi je l'ofe dire, vous femblez craindre moins d'être injufte que d'être indulgente. Après m'avoir condamné fans m'entendre, vous avez dû fentir en effet, qu'il vous feroit plus facile de ne pas lire mes raifons que d'y répondre. Vous refufez mes Lettres avec obftination ; vous me les renvoyez avec mépris. Vous me forcez enfin de recourir à la rufe, dans le moment même où mon unique but eft de vous convaincre de ma bonne foi. La néceffité où vous m'avez mis de me défendre, suffira fans doute pour en excufer les moyens. Convaincu d'ailleurs par la fincérité de mes fentimens, que pour les juftifier à vos yeux il me fuffit de vous les faire bien connoître, j'ai cru pouvoir me permettre ce léger détour. J'ofe croire auffi que vous me le pardonnerez ; & que vous ferez peu furprife que l'amour foit plus ingénieux à fe produire, que l'indifférence à l'écarter.

Permettez donc, Madame, que mon cœur se dévoile entiérement à vous. Il vous appartient, il est juste que vous le connoissiez.

J'étois bien éloigné, en arrivant chez M^{de}. de Rosemonde, de prévoir le sort qui m'y attendoit. J'ignorois que vous y fussiez; & j'ajouterai, avec la sincérité qui me caractérise, que quand je l'aurois su, ma sécurité n'en eût point été troublée : non que je ne rendisse à votre beauté la justice qu'on ne peut lui refuser; mais accoutumé à n'éprouver que des desirs, à ne me livrer qu'à ceux que l'espoir encourageoit, je ne connoissois pas les tourmens de l'amour.

Vous fûtes témoin des instances que me fit M^{de}. de Rosemonde pour m'arrêter quelque temps. J'avois déjà passé une journée avec vous : cependant je ne me rendis, ou au moins je ne crus me rendre qu'au plaisir, si naturel & si légitime, de témoigner des égards à une parente respectable. Le genre de vie qu'on menoit ici, différoit beaucoup sans doute de celui auquel j'étois accoutumé; il ne m'en coûta rien de m'y conformer; & sans chercher à pénétrer la cause du changement qui s'opéroit en moi, je l'attribuois uniquement encore à cette facilité de caractere, dont je crois vous avoir déjà parlé.

Malheureusement (& pourquoi faut-il que ce soit un malheur?) en vous connoissant mieux je reconnus bientôt que cette figure enchanteresse, qui seule m'avoit frappé, étoit le moindre de vos avantages; votre ame célefte étonna, féduifit la mienne. J'admirois la beauté, j'adorai la vertu. Sans prétendre à vous obtenir, je m'occupai de vous mériter. En réclamant votre indulgence pour le paffé, j'ambitionnai votre fuffrage pour l'avenir. Je le cherchois dans vos difcours, je l'épiois dans vos regards; dans ces regards d'où partoit un poifon d'autant plus dangereux, qu'il étoit répandu fans deffein, & reçu fans méfiance.

Alors je connus l'amour. Mais que j'étois loin de m'en plaindre! réfolu de l'enfevelir dans un éternel filence, je me livrois fans crainte comme fans réferve, à ce fentiment délicieux. Chaque jour augmentoit fon empire. Bientôt le plaifir de vous voir fe changea en befoin. Vous abfentiez-vous un moment? mon cœur fe ferroit de triftesse; au bruit qui m'annonçoit votre retour, il palpitoit de joie. Je n'exiftois plus que par vous, & pour vous. Cependant c'eft vous-même que j'adjure: jamais dans la gaieté des folâtres jeux, ou dans l'intérêt d'une converfation férieufe, m'échappa-t-il un mot qui pût trahir le fecret de mon cœur.

Enfin un jour arriva où devoit commencer mon infortune; & par une inconcevable fatalité, une action honnête en devint le signal. Oui, Madame, c'est au milieu des malheureux que j'avois secourus, que, vous livrant à cette sensibilité précieuse qui embellit la beauté même & ajoute du prix à la vertu, vous achevâtes d'égarer un cœur que déjà trop d'amour enivroit. Vous vous rappellez, peut-être, quelle préoccupation s'empara de moi au retour! Hélas! je cherchois à combattre un penchant que je sentois devenir plus fort que moi.

C'est après avoir épuisé mes forces dans ce combat inégal, qu'un hasard, que je n'avois pu prévoir, me fit trouver seul avec vous. Là, je succombai, je l'avoue. Mon cœur trop plein ne put retenir ses discours ni ses larmes. Mais est-ce donc un crime? & si c'en est un, n'est-il pas assez puni par les tourmens affreux auxquels je suis livré?

Dévoré par un amour sans espoir, j'implore votre pitié & ne trouve que votre haine : sans autre bonheur que celui de vous voir, mes yeux vous cherchent malgré moi, & je tremble de rencontrer vos regards. Dans l'état cruel où vous m'avez réduit, je passe les jours à déguiser mes peines, & les nuits à m'y livrer ; tandis que vous, tranquille & paisible, vous ne connoissez ces tourmens que pour les causer & vous en applaudir. Cependant c'est vous qui vous plaignez, & c'est moi qui m'excuse.

Voilà pourtant, Madame, voilà le récit fidele de ce que vous nommez mes torts, & que peut-être il seroit plus juste d'appeller mes malheurs. Un amour pur & sincere, un respect qui ne s'est jamais démenti, une soumission parfaite ; tels sont les sentimens que vous m'avez inspirés. Je n'eusse pas craint d'en présenter l'hommage à la Divinité même. O vous, qui êtes son plus bel ouvrage, imitez-la dans son indulgence ! Songez à mes peines cruelles ; songez sur-tout que, placé par vous entre le désespoir & la félicité suprême, le premier mot que vous prononcerez décidera pour jamais de mon sort.

*De.... ce 23 Août 17**.*

LETTRE XXXVII.

La Présidente de TOURVEL à Madame DE VOLANGES.

JE me soumets, Madame, aux conseils que votre amitié me donne. Accoutumée à déférer en tout à vos avis, je le suis à croire qu'ils sont toujours fondés en raison. J'avouerai même que M. de Valmont doit être en effet infiniment dangereux, s'il peut à la fois feindre d'être ce qu'il paroît ici, & rester tel que vous le dépeignez. Quoi qu'il en soit, puisque vous l'exigez, je l'éloignerai de moi; au moins j'y ferai mon possible : car souvent les choses qui dans le fond devroient être les plus simples, deviennent embarrassantes par la forme.

Il me paroît toujours impraticable de faire cette demande à sa tante; elle deviendroit également désobligeante, & pour elle, & pour lui. Je ne prendrois pas non plus, sans quelque répugnance, le parti de m'éloigner moi-même : car outre les raisons que je vous ai déjà mandées relatives à M. de de Tourvel, si mon départ contrarioit M. de Valmont, comme il est possible, n'auroit-il pas la facilité de me suivre à Paris? & son retour, dont je serois, dont au moins je paroîtrois être l'objet, ne sembleroit-il pas plus étrange qu'une rencontre à la campagne, chez une personne qu'on sait être sa parente & mon amie?

Il ne me reste donc d'autre ressource que d'obtenir de lui-même qu'il veuille bien s'éloigner. Je sens que cette proposition est difficile à faire; cependant, comme il me paroît avoir à cœur de me prouver qu'il a en effet plus d'honnêteté qu'on ne lui en suppose, je ne désespere pas de réussir. Je ne ferai pas même fâchée de le tenter, & d'avoir une occasion de juger fi, comme il le dit fouvent, les femmes vraiment honnêtes n'ont jamais eu, n'auront jamais à fe plaindre de fes procédés. S'il part, comme je le defire, ce fera en effet par égard pour moi ; car je ne peux pas douter qu'il n'ait le projet de paffer ici une grande partie de l'automne. S'il refufe ma demande & s'obftine à refter, je ferai toujours à temps de partir moi-même, & je vous le promets.

Voilà, je crois, Madame, tout ce que votre amitié exigeoit de moi : je m'empreffe d'y fatisfaire, & de vous prouver que malgré *la chaleur* que j'ai pu mettre à défendre M. de Valmont, je n'en fuis pas moins difpofée, non-feulement à écouter, mais même à fuivre les confeils de mes amis.

J'ai l'honneur d'être, &c.

De.... ce 25 Août 17**.

LETTRE XXXVIII.

La Marquife DE MERTEUIL, au Vicomte DE VALMONT.

VOTRE énorme paquet m'arrive à l'inf-tant, mon cher Vicomte. Si la date en eft exacte, J'aurois dû le recevoir vingt-quatre heures

heures plutôt; quoi qu'il en soit, si je prenois le temps de le lire, je n'aurois plus celui d'y répondre. Je préfere donc de vous en accuser seulement la réception, & nous causerons d'autre chose. Ce n'est pas que j'aie rien à vous dire pour mon compte; l'automne ne laisse à Paris presque point d'hommes qui aient figure humaine: aussi je suis, depuis un mois, d'une sagesse à périr; & tout autre que mon Chevalier seroit fatigué des preuves de ma constance. Ne pouvant m'occuper, je me distrais avec la petite Volanges; & c'est d'elle que je veux vous parler.

Savez-vous que vous avez perdu plus que vous ne croyez, à ne pas vous charger de cette enfant? elle est vraiment délicieuse! cela n'a ni caractere ni principes; jugez combien sa société sera douce & facile. Je ne crois pas qu'elle brille jamais par le sentiment; mais tout annonce en elle les sensations les plus vives. Sans esprit & sans finesse, elle a pourtant une certaine fausseté naturelle, si l'on peut parler ainsi, qui quelquefois m'étonne moi-même, & qui réussira d'autant mieux, que sa figure offre l'image de la candeur & de l'ingénuité. Elle est naturellement très-caressante, & je m'en amuse quelquefois: sa petite tête se monte avec une facilité incroyable; & elle est alors d'autant plus plaisante qu'elle ne fait rien, absolument rien, de ce

*I*ere. *Partie.*   F

qu'elle defire tant de favoir. Il lui en prend des impatiences tout-à-fait drôles ; elle rit, elle fe dépite, elle pleure, & puis elle me prie de l'inftruire, avec une bonne-foi réellement féduifante. En vérité, je fuis prefque jaloufe de celui à qui ce plaifir eft réfervé.

Je ne fais fi je vous ai mandé que, depuis quatre ou cinq jours, j'ai l'honneur d'être fa confidente. Vous devinez bien que d'abord j'ai fait la févere : mais auffi-tôt que je me fuis apperçue qu'elle croyoit m'avoir convaincue par fes mauvaifes raifons, j'ai eu l'air de les prendre pour bonnes ; & elle eft intimément perfuadée qu'elle doit ce fuccès à fon éloquénce : il falloit cette précaution pour ne me pas compromettre. Je lui ai permis d'écrire & de dire *j'aime* ; & le même jour, fans qu'elle s'en doutât, je lui ai ménagé un téte-à-tête avec fon Danceny. Mais figurez-vous qu'il eft fi fot encore, qu'il n'en a feulement pas obtenu un baifer. Ce garçon-là fait pourtant de fort jolis vers ! Mon Dieu ! que ces gens d'efprit font bêtes ! celui-ci l'eft au point qu'il m'en embarraffe ; car enfin, pour lui, je ne peux pas le conduire !

C'eft à préfent que vous me feriez bien utile. Vous êtes affez lié avec Danceny pour avoir fa confidence, & s'il vous la donnoit une fois, nous irions grand train. Dépêchez donc votre Préfidente, car enfin je ne veux pas que Gercourt s'en fauve : au refte, j'ai parlé de lui hier à la petite perfonne , & le lui ai fi bien peint , que quand elle feroit fa femme depuis dix ans, elle ne le haïroit pas davantage. Je l'ai pourtant beaucoup prê- chée fur la fidélité conjugale ; rien n'égale ma févérité fur ce point. Par-là, d'une part, je rétablis auprès d'elle ma réputation de vertu, que trop de condefcendance pourroit détruire ; de l'autre , j'augmente en elle la haine dont je veux gratifier fon mari : & enfin, j'efpere qu'en lui faifant accroire qu'il ne lui eft permis de fe livrer à l'amour que pendant le peu de temps qu'elle a à refter fille , elle fe dé- cidera plus vîte à n'en rien perdre.

Adieu , Vicomte; je vais me mettre à ma toilette où je lirai votre volume.

De.... ce 27 Août 17**.

LETTRE XXXIX.

CECILE VOLANGES à SOPHIE CARNAY.

JE fuis trifte & inquiete, ma chere Sophie. J'ai pleuré prefque toute la nuit. Ce n'eft pas que , pour le moment, je ne fois bien heu- reufe, mais je prévois que cela ne durera pas.

J'ai été hier à l'Opéra avec M^{de}. de Merteuil; nous y avons beaucoup parlé de mon
mariage, & je n'en ai rien appris de bon.
C'eſt M. le Comte de Gercourt que je dois
épouſer, & ce doit être au mois d'Octobre.
Il eſt riche, il eſt homme de qualité, il eſt
Colonel du Régiment de.... Juſques-là tout
va fort bien. Mais d'abord il eſt vieux:
figure-toi qu'il a au moins trente-ſix ans! &
& puis, M^{de}. de Merteuil dit qu'il eſt triſte
& ſévere, & qu'elle craint que je ne ſois
pas heureuſe avec lui. J'ai même bien vu
qu'elle en étoit ſûre, & qu'elle ne vouloit pas
me le dire, pour ne pas m'affliger. Elle ne
m'a preſque entretenue, toute la ſoirée, que
des devoirs des femmes envers leurs maris:
elle convient que M. de Gercourt n'eſt pas
aimable du tout, & elle dit pourtant qu'il
faudra que je l'aime. Ne m'a-t-elle pas dit
auſſi qu'une fois mariée, je ne devois plus
aimer le Chevalier Danceny? comme ſi c'étoit
poſſible! Oh! je t'aſſure bien que je l'aimerai
toujours. Vois-tu, j'aimerois mieux plutôt ne
pas me marier. Que ce M. de Gercourt s'arrange, je ne l'ai pas été chercher. Il eſt en Corſe
à préſent, bien loin d'ici; je voudrois qu'il
y reſtât dix ans. Si je n'avois pas peur de
rentrer au Couvent, je dirois bien à Maman
que je ne veux pas de ce mari-là; mais ce
ſeroit encore pis. Je ſuis bien embarraſſée.

Je fens que je n'ai jamais tant aimé M. Danceny qu'à préfent; & quand je fonge qu'il ne me refte plus qu'un mois à être comme je fuis, les larmes me viennent aux yeux tout de fuite. Je n'ai de confolation que dans l'amitié de M^{de}. de Merteuil; elle a fi bon cœur! elle partage tous mes chagrins comme moi-même; & puis elle eft fi aimable, que quand je fuis avec elle, je n'y fonge prefque plus. D'ailleurs elle m'eft bien utile; car le peu que je fais, c'eft elle qui me l'a appris: & elle eft fi bonne, que je lui dis tout ce que je penfe, fans être honteufe du tout. Quand elle trouve que ce n'eft pas bien, elle me gronde quelquefois; mais c'eft tout doucement, & puis je l'embraffe de tout mon cœur, jufqu'à ce qu'elle ne foit plus fâchée. Au moins celle-là, je peux bien l'aimer tant que je voudrai, fans qu'il y ait du mal, & ça me fait bien du plaifir. Nous fommes pourtant convenues que je n'aurois pas l'air de l'aimer tant devant le monde, & fur-tout devant Maman, afin qu'elle ne fe méfie de rien au fujet du Chevalier Danceny. Je t'affure que fi je pouvois toujours vivre comme je fais à préfent, je crois que je ferois bien heureufe. Il n'y a que ce vilain M. de Gercourt!.... Mais je ne veux pas t'en parler davantage: car je redeviendrois trifte. Au lieu de cela, je vais écrire au Chevalier Dan-

ceny; je ne lui parlerai que de mon amour
& non de mes chagrins, car je ne veux pas
l'affliger.

Adieu, ma bonne amie. Tu vois bien que
tu aurois tort de te plaindre, & que j'ai
beau être *occupée*, comme tu dis, qu'il ne
m'en reste pas moins le temps de t'aimer &
de t'écrire (1).

De..... ce 27 Août 17**.

LETTRE XL.

Le Vicomte DE VALMONT à la Marquise DE MERTEUIL.

C'EST peu pour mon inhumaine de ne pas
répondre à mes Lettres, de refuser de les
recevoir; elle veut me priver de sa vue,
elle exige que je m'éloigne. Ce qui vous
surprendra davantage, c'est que je me sou-
mette à tant de rigueurs. Vous allez me blâmer.
Cependant je n'ai pas cru devoir perdre l'occasion de me laisser donner un ordre : persuadé
d'une part, que qui commande s'engage, &

---

(1) On continue de supprimer les Lettres de Cécile Volanges & du Chevalier Danceny, qui sont peu intéressan-
tes, & n'annoncent aucun événement.

de l'autre, que l'autorité illufoire que nous avons l'air de laiffer prendre aux femmes, eft un des pieges qu'elles évitent le plus difficilement. De plus, l'adreffe que celle-ci a fu mettre à éviter de fe trouver feule avec moi, me plaçoit dans une fituation dangereufe, dont j'ai cru devoir fortir à quelque prix que ce fût : car étant fans ceffe avec elle, fans pouvoir l'occuper de mon amour, il y avoit lieu de craindre qu'elle ne s'accoutumât enfin à me voir fans trouble ; difpofition dont vous favez affez combien il eft difficile de revenir.

Au refte, vous devinez que je ne me fuis pas foumis fans condition. J'ai même eu le foin d'en mettre une impoffible à accorder ; tant pour refter toujours maître de tenir ma parole ou d'y manquer, que pour engager une difcuffion, foit de bouche ou par écrit, dans un moment où ma belle eft plus contente de moi, où elle a befoin que je le fois d'elle : fans compter que je ferois bien maladroit, fi je ne trouvois moyen d'obtenir quelque dédommagement de mon défiftement à cette prétention, toute infoutenable qu'elle eft.

Après vous avoir expofé mes raifons dans ce long préambule, je commence l'hiftorique de ces deux derniers jours. J'y joindrai comme pieces juftificatives, la Lettre de ma Belle &

ma réponſe. Vous conviendrez qu'il y a peu d'Hiſtoriens auſſi exacts que moi.

Vous vous rappellez l'effet que fit avant-hier matin ma Lettre de *Dijon* ; le reſte de la journée fut très-orageux. La jolie Prude arriva ſeulement au moment du dîner, & annonça une forte migraine ; prétexte dont elle voulut couvrir un des violens accès d'humeur que femme puiſſe avoir. Sa figure en étoit vraiment altérée ; l'expreſſion de douceur que vous lui connoiſſez, s'étoit changée en un air mutin qui en faiſoit une beauté nouvelle. Je me promets bien de faire uſage de cette découverte par la ſuite ; & de remplacer quelquefois la Maitreſſe tendre par la Maitreſſe mutine.

Je prévis que l'après-dînée ſeroit triſte ; & pour m'en ſauver l'ennui, je prétextai des Lettres à écrire, & me retirai chez moi. Je revins au ſallon ſur les ſix heures ; Mde. de Roſemonde propoſa la promenade, qui fut acceptée. Mais au moment de monter en voiture, la prétendue malade, par une malice infernale, prétexta à ſon tour, & peut-être pour ſe venger de mon abſence, un redoublement de douleurs, & me fit ſubir ſans pitié le tête-à-tête de ma vieille Tante. Je ne ſais ſi les imprécations que je fis contre ce démon femelle furent exaucées, mais nous la trouvâmes couchée au retour.

Le lendemain, au déjeûner, ce n'étoit plus la même femme. La douceur naturelle étoit revenue, & j'eus lieu de me croire pardonné. Le déjeûner étoit à peine fini, que la douce perfonne fe leva d'un air indolent, & entra dans le parc; je la fuivis comme vous pouvez croire. « D'où peut naître ce » defir de promenade », lui-dis-je en l'abordant? « J'ai beaucoup écrit ce matin », me répondit-elle, » & ma tête eft un peu fatiguée. » — Je ne fuis pas affez heureux », reprisje, « pour avoir à me reprocher cette fa- « tigue-là. — Je vous ai bien écrit », réponditelle encore, « mais j'héfite à vous donner ma » Lettre. Elle contient une demande, & vous » ne m'avez pas accoutumée à en efpérer le » fuccès. — Ah! je jure que s'il m'eft pof- » fible. — Rien n'eft plus facile », interrompit-elle; « & quoique vous duffiez peut-être » l'accorder comme juftice, je confens à l'ob- » tenir comme grace ». En difant ces mots, elle me préfenta fa Lettre; en la prenant, je pris auffi fa main, qu'elle retira, mais fans colere & avec plus d'embarras que de vivacité. « La chaleur eft plus vive que je ne » croyois », dit-elle; « il faut rentrer ». Et elle reprit la route du Château. Je fis de vains efforts pour lui perfuader de continuer fa promenade, & j'eus befoin de me rappeller que nous pouvions être vus, pour n'y em-

F 5

ployer que de l'éloquence. Elle rentra sans proférer une parole, & je vis clairement que cette feinte promenade n'avoit eu d'autre but que de me remettre sa Lettre. Elle monta chez elle en rentrant, & je me retirai chez moi pour lire l'Epître, que vous ferez bien de lire aussi, ainsi que ma réponse, avant d'aller plus loin....

LETTRE LXI.

La Présidente DE TOURVEL au Vicomte DE VALMONT.

IL semble, Monsieur, par votre conduite avec moi, que vous ne cherchiez qu'à augmenter, chaque jour, les sujets de plainte que j'avois contre vous. Votre obstination à vouloir m'entretenir sans cesse, d'un sentiment que je ne veux ni ne dois écouter ; l'abus que vous n'avez pas craint de faire de ma bonne foi, ou de ma timidité, pour me remettre vos Lettres ; le moyen sur-tout, j'ose dire peu délicat, dont vous vous êtes servi pour me faire parvenir la derniere, sans craindre au moins l'effet d'une surprise qui pouvoit me compromettre ; tout devroit donner lieu de ma part à des reproches aussi vifs que juftement mérités. Cependant, au lieu de revenir fur ces griefs, je m'en tiens à vous faire une demande auffi fimple que jufte; & fi je l'obtiens de vous, je confens que tout foit oublié.

Vous-même m'avez dit, Monfieur, que Je ne devois pas craindre un refus; & quoique, par une inconféquence qui vous eft particuliere, cette phrafe même foit fuivie du feul refus que vous pouviez me faire (1), je veux croire que vous n'en tiendrez pas moins aujourd'hui cette parole formellement donnée il y a fi peu de jours.

Je defire donc que vous ayiez la complaifance de vous éloigner de moi; de quitter ce Château, où un plus long féjour de votre part, ne pourroit que m'expofer davantage au jugement d'un public toujours prompt à mal penfer d'autrui, & que vous n'avez que trop accoutumé à fixer les yeux fur les femmes qui vous admettent dans leur fociété.

Avertie déjà, depuis long-temps, de ce danger par mes amis, j'ai négligé, j'ai même combattu leur avis tant que votre conduite, à mon égard, avoit pu me faire croire que vous aviez bien voulu ne pas me confondre avec cette foule de femmes qui toutes ont

(1) Voyez Lettre XXXV.

F 6

eu à fe plaindre de vous. Aujourd'hui que
vous me traitez comme elles, que je ne peux
plus l'ignorer, je dois au public, à mes amis,
à moi-même, de fuivre ce parti néceffaire.
Je pourrois ajouter ici que vous ne gagneriez
rien à refufer ma demande, décidée que je
fuis à partir moi-même, fi vous vous obfti-
nez à refter : mais je ne cherche point à diminuer l'obligation que je vous aurai de cette
complaifance, & je veux bien que vous fachiez
qu'en néceffitant mon départ d'ici, vous con-
trarieriez mes arrangemens. Prouvez-moi
donc, Monfieur, que, comme vous me l'avez
dit tant de fois, les femmes honnêtes n'auront jamais à fe plaindre de vous; prouvez-
moi au moins, que quand vous avez des
torts avec elles, vous favez les réparer.

Si je croyois avoir befoin de juftifier ma
demande vis-à-vis de vous, il me fuffiroit
de vous dire que vous avez paffé votre vie
à la rendre néceffaire, & que pourtant il
n'a pas tenu à moi de ne la jamais former.
Mais ne rappellons pas des événemens
que je veux oublier, & qui m'obligeroient
à vous juger avec rigueur, dans un moment
où je vous offre l'occafion de mériter toute
ma reconnoiffance. Adieu, Monfieur; votre
conduite va m'apprendre avec quels fentimens je dois être, pour la vie, votre très-
humble, &c.

De.... ce 25 Août 17**.

LETTRE XLII.

Le Vicomte DE VALMONT *à la Présidente* DE TOURVEL.

QUELQUE dures que soient, Madame, les conditions que vous m'imposez, je ne refuse pas de les remplir. Je sens qu'il me seroit impossible de contrarier aucun de vos desirs. Une fois d'accord sur ce point, J'ose me flatter qu'à mon tour, vous me permettrez de vous faire quelques demandes, bien plus faciles à accorder que les vôtres, & que pourtant je ne veux obtenir que de ma soumission parfaite à votre volonté.

L'une, que j'espere qui sera sollicitée par votre justice, est de me nommer enfin mes accusateurs auprès de vous ; ils me font, ce me semble, assez de mal pour que j'aie le droit de les connoître : l'autre, que j'attends de votre indulgence, est de vouloir bien me permettre de vous renouveller quelquefois l'hommage d'un amour qui va plus que jamais mériter votre pitié.

Songez, Madame, que je m'empresse de vous obéir, lors même que je ne peux le faire qu'aux dépens de mon bonheur ; je dirai

plus, malgré la perſuaſion où je ſuis, que
vous ne deſirez mon départ que pour vous
ſauver le ſpectacle, toujours pénible, de l'objet de votre injuſtice.

Convenez-en, Madame, vous craignez
moins un public trop accoutumé à vous reſ-
pecter pour oſer porter de vous un jugement
déſavantageux, que vous n'êtes gênée par
la préſence d'un homme qu'il vous eſt plus
facile de punir que de blâmer. Vous m'é-
loignez de vous comme on détourne ſes regards d'un malheureux qu'on ne veut pas
ſecourir.

Mais tandis que l'abſence va redoubler mes
tourmens, à quelle autre qu'à vous puis-je
adreſſer mes plaintes ? de quelle autre puis-
je attendre des conſolations qui vont me devenir ſi néceſſaires ? Me les refuſerez-vous,
quand vous ſeule cauſez mes peines ?

Sans doute vous ne ſerez pas étonnée non
plus, qu'avant de partir j'aie à cœur de juſtifier auprès de vous, les ſentimens que vous
m'avez inſpirés; comme auſſi que je ne trouve
le courage de m'éloigner, qu'en en recevant
l'ordre de votre bouche.

Cette double raiſon me fait vous demander un moment d'entretien. Inutilement vou-
drions-nous y ſuppléer par Lettres : on écrit
des volumes, & l'on explique mal ce qu'un
quart-d'heure de converſation ſuffit pour faire

bien entendre. Vous trouverez facilement le temps de me l'accorder : car quelqu'empreffé que je fois de vous obéir, vous favez que M^{de}. de Rofemonde eft inftruite de mon projet, de paffer chez elle une partie de l'automne, & il faudra au moins que j'attende une Lettre pour pouvoir prétexter une affaire qui me force à partir.

Adieu, Madame; jamais ce mot ne m'a tant coûté à écrire que dans ce moment où il me ramene à l'idée de notre féparation. Si vous pouviez imaginer ce qu'elle me fait fouffrir, j'ofe croire que vous me fauriez quelque gré de ma docilité. Recevez au moins, avec plus d'indulgence, l'affurance & l'hommage de l'amour le plus tendre & le plus refpectueux.

*De.... ce 26 Août 17**.*

SUITE DE LA LETTRE XL.

Du Vicomte DE VALMONT à la Marquife DE MERTEUIL.

A PRÉSENT, raifonnons, ma belle amie. Vous fentez comme moi que la fcrupuleufe, l'honnête M^{de}. de Tourvel, ne peut pas m'accorder la premiere de mes demandes, &

trahir la confiance de ſes amis, en me nom-
mant mes accuſateurs ; ainſi en promettant
tout à cette condition, je ne m'engage à rien.
Mais vous ſentez auſſi que ce refus qu'elle
me fera, deviendra un titre pour obtenir tout
le reſte ; & qu'alors je gagne, en m'éloignant,
d'entrer avec elle, & de ſon aveu, en correſpondance réglée : car je compte pour peu
le rendez-vous que je lui demande, & qui
n'a preſque d'autre objet que de l'accoutumer
d'avance à n'en pas refuſer d'autres quand
ils me feront vraiment néceſſaires.

La ſeule choſe qui me reſte à faire avant
mon départ, eſt de ſavoir quels ſont les gens
qui s'occupent à me nuire auprès d'elle. Je
préſume que c'eſt ſon pédant de mari ; je
le voudrois : outre qu'une défenſe conjugale
eſt un aiguillon au deſir, je ſerois ſûr que
du moment que ma Belle aura conſenti à
m'écrire, je n'aurois plus rien à craindre de
ſon mari, puiſqu'elle ſe trouveroit déjà dans
la néceſſité de le tromper.

Mais ſi elle a une amie aſſez intime pour
avoir ſa confidence, & que cette amie-là ſoit
contre moi, il me paroît néceſſaire de les
brouiller, & je compte y réuſſir ; mais avant
tout il faut être inſtruit.

J'ai bien cru que j'allois l'être hier ; mais
cette femme ne fait rien comme une autre.
Nous étions chez elle, au moment où l'on

vint avertir que le dîner étoit fervi. Sa toilette fe finiſſoit feulement, & tout en fe preſſant & en faiſant des excuſes, je m'apperçus qu'elle laiſſoit la clef à ſon fecrétaire ; & je connois ſon uſage de ne pas ôter celle de ſon appartement. J'y rêvois pendant le dîner, lorſque j'entendis deſcendre ſa Femme-de-chambre : je pris mon parti auſſi-tôt ; je feignis un ſaignement de nez, & fortis. Je volai au ſecrétaire ; mais je trouvai tous les tiroirs ouverts, & pas un papier écrit. Cependant on n'a pas occaſion de les brûler dans cette ſaiſon. Que fait-elle des Lettres qu'elle reçoit ? & elle en reçoit ſouvent ! Je n'ai rien négligé ; tout étoit ouvert, & j'ai cherché par-tout : mais je n'y ai rien gagné, que de me convaincre que ce dépôt précieux reſte dans ſes poches.

Comment l'en tirer ? depuis hier je m'occupe inutilement d'en trouver les moyens : cependant je ne peux en vaincre le deſir. Je regrette de n'avoir pas le talent des filoux. Ne devroit-il pas, en effet, entrer dans l'éducation d'un homme qui ſe mêle d'intrigues ? ne feroit-il pas plaiſant de dérober la Lettre ou le portrait d'un rival, ou de tirer des poches d'une Prude de quoi la démaſquer ? Mais nos parens ne ſongent à rien ; & moi j'ai beau ſonger à tout, je ne fais que m'appercevoir que je ſuis gauche, ſans pouvoir y remédier.

Quoi qu'il en foit, je revins me mettre à table, fort mécontent. Ma Belle calma pourtant un peu mon humeur, par l'air d'intérêt que lui donna ma feinte indifpofition ; & je ne manquai pas de l'affurer que j'avois, depuis quelque temps, de violentes agitations qui altéroient ma fanté. Perfuadée comme elle eft, que c'eft elle qui les caufe, ne devroit-elle pas en confcience travailler à les calmer ? Mais, quoique dévote, elle eft peu charitable ; elle refufe toute aumône amoureufe, & ce refus fuffit bien, ce me femble, pour en autorifer le vol. Mais adieu ; car tout en caufant avec vous, je ne fonge qu'à ces maudites Lettres.

*De....., ce 27 Août 17**.*

LETTRE XLIII.

La Préfidente de TOURVEL *au Vicomte DE* VALMONT.

POURQUOI chercher, Monfieur, à diminuer ma reconnoiffance ? pourquoi ne vouloir m'obéir qu'à demi, & marchander en quelque forte un procédé honnête ? Il ne vous fuffit donc pas que j'en fente le prix ? Non feulement vous demandez beaucoup ; mais vous

demandez des chofes impoffibles. Si en effet
mes amis m'ont parlé de vous, ils ne l'ont
pu faire que par intérêt pour moi : quand
même ils fe feroient trompés, leur intention
n'en étoit pas moins bonne ; & vous me propofez de reconnoître cette marque d'attachement de leur part, en vous livrant leur fecret !
J'ai déjà eu tort de vous en parler, & vous
me le faites affez fentir en ce moment. Ce
qui n'eût été que de la candeur avec tout autre,
devient une étourderie avec vous, & me
mèneroit à une noirceur, fi je cédois à votre
demande. J'en appelle à vous-même, à votre
honnêteté ; m'avez-vous crue capable de ce
procédé ? avez-vous dû me le propofer ? non
fans doute ; & je fuis fûre qu'en y réfléchiffant
mieux, vous ne reviendrez plus fur cette
demande.

Celle que vous me faites de m'écrire n'eft
gueres plus facile à accorder; & fi vous voulez
être jufte, ce n'eft pas à moi que vous vous
en prendrez. Je ne veux point vous offenfer;
mais avec la réputation que vous vous êtes
acquife, & que, de votre aveu même, vous
méritez du moins en partie, quelle femme
pourroit avouer être en correfpondance avec
vous ? & quelle femme honnête peut fe déterminer à faire ce qu'elle fent qu'elle feroit
obligée de cacher ?

Encore, fi j'étois affurée que vos Lettres

fuſſent telles que je n'euſſe jamais à m'en plaindre, que je puſſe toujours me juſtifier à mes yeux de les avoir reçues! peut-être alors le deſir de vous prouver que c'eſt la raiſon & non la haine qui me guide, me feroit paſſer par-deſſus ces conſidérations puiſſantes, & faire beaucoup plus que je ne devrois, en vous permettant de m'écrire quelquefois. Si en effet vous le deſirez autant que vous me le dites, vous vous ſoumettrez volontiers à la ſeule condition qui puiſſe m'y faire conſentir; & ſi vous avez quelque reconnoiſſance de ce que je fais pour vous en ce moment, vous ne différerez plus de partir.

Permettez-moi de vous obſerver à ce ſujet, que vous avez reçu une Lettre ce matin, & que vous n'en avez pas profité pour annoncer votre départ à M^{de}. de Roſemonde, comme vous me l'aviez promis. J'eſpere qu'à préſent rien ne pourra vous empêcher de tenir votre parole. Je compte ſur-tout que vous n'attendrez pas, pour cela, l'entretien que vous me demandez, & auquel je ne veux abſolument pas me prêter; & qu'au lieu de l'ordre que vous prétendez vous être néceſſaire, vous vous contenterez de la priere que je vous renouvelle. Adieu, Monſieur.

*De.... ce 27 Août 17**.*

LETTRE XLIV.

Le Vicomte DE VALMONT à la Marquise DE MERTEUIL.

PARTAGEZ ma joie, ma belle amie; je suis aimé; j'ai triomphé de ce cœur rebelle. C'eſt en vain qu'il diſſimule encore; mon heureuſe adreſſe a ſurpris ſon ſecret. Grace à mes ſoins actifs, je fais tout ce qui m'intéreſſe : depuis la nuit, l'heureuſe nuit d'hier, je me retrouve dans mon élément; j'ai repris toute mon exiſtence; j'ai dévoilé un double myſtere d'amour & d'iniquité : je jouirai de l'un, je me vengerai de l'autre; je volerai de plaiſirs en plaiſirs. La ſeule idée que je m'en fais, me tranſporte au point que j'ai quelque peine à rappeller ma prudence; que j'en aurai peut-être à mettre de l'ordre dans le récit que j'ai à vous faire. Eſſayons cependant.

Hier même, après vous avoir écrit ma Lettre, j'en reçus une de la céleſte dévote. Je vous l'envoie; vous y verrez qu'elle me donne, le moins mal-adroitement qu'elle peut, la permiſſion de lui écrire : mais elle y preſſe mon départ, & je ſentois bien que je ne pouvois le différer trop long-temps fans me nuire.

Tourmenté cependant du defir de favoir qui pouvoit avoir écrit contre moi, j'étois encore incertain du parti que je prendrois. Je tentai de gagner la Femme-de-chambre, & je voulus obtenir d'elle de me livrer les poches de fa Maîtreffe, dont elle pouvoit s'emparer aifément le foir, & qu'il lui étoit facile de replacer le matin, fans donner le moindre foupçon. J'offris dix louis pour ce léger fervice : mais je ne trouvai qu'une bégueule, fcrupuleufe ou timide, que mon éloquence ni mon argent ne purent vaincre. Je la prêchois encore, quand le fouper fonna. Il fallut la laiffer ; trop heureux qu'elle voulût bien me promettre le fecret, fur lequel même vous jugez que je ne comptois gueres.

Jamais je n'eus plus d'humeur. Je me fentois compromis ; & je me reprochois, toute la foirée, ma démarche imprudente.

Retiré chez moi, non fans inquiétude, je parlai à mon Chaffeur, qui en fa qualité d'Amant heureux, devoit avoir quelque credit. Je voulois, ou qu'il obtînt de cette fille de faire ce que je lui avois demandé, ou au moins qu'il s'affurât de fa difcrétion : mais lui, qui d'ordinaire ne doute de rien, parut douter du fuccès de cette négociation, & me fit, à ce fujet, une réflexion qui m'étonna par fa profondeur.

« Monfieur fait fûrement mieux que moi,
» me dit-il, que coucher avec une fille, ce
» n'eft que lui faire faire ce qui lui plaît : de-
» là à lui faire faire ce que nous voulons, il
» y a fouvent bien loin ».

Le bon fens du Maraud quelquefois m'épouvante (1).

« Je réponds d'autant moins de celle-ci, ajouta-
» t-il, que j'ai lieu de croire qu'elle a un
» Amant, & que je ne la dois qu'au défœu-
» vrement de la campagne. Auffi, fans mon
» zele pour le fervice de Monfieur, je n'au-
» rois eu cela qu'une fois ». (C'eft un vrai
tréfor que ce garçon !) » Quant au fecret »,
ajouta-til encore, « à quoi fervira-t-il de le
» lui faire promettre, puifqu'elle ne rifquera
» rien à nous tromper? lui en reparler, ne feroit
» que lui mieux apprendre qu'il eft important,
» & par-là lui donner plus d'envie d'en faire fa
» cour à fa Maîtreffe ».

Plus ces réflexions étoient juftes, plus mon
embarras augmentoit. Heureufement le drôle
étoit en train de jafer; & comme j'avois befoin
de lui, je le laiffois faire. Tout en me racontant fon hiftoire avec cette fille, il m'ap-

(1) PIRON, Métromanie.

prit que comme la chambre qu'elle occupe
n'eſt ſéparée de celle de ſa Maîtreſſe que par
une ſimple cloiſon, qui pouvoit laiſſer entendre un bruit ſuſpect, c'étoit dans la ſienne
qu'ils ſe raſſembloient chaque nuit. Auſſi-tôt
je formai mon plan; je le lui communiquai,
& nous l'exécutâmes avec ſuccès.

J'attendis deux heures du matin; & alors
je me rendis, comme nous en étions convenus, à la chambre du rendez-vous, portant
de la lumiere avec moi, & ſous pretexte d'avoir
ſonné pluſieurs fois inutilement. Mon confident, qui joue ſes rôles à merveille, donna
une petite ſcene de ſurpriſe, de déſeſpoir &
d'excuſe, que je terminai en l'envoyant me
faire chauffer de l'eau, dont je feignis avoir
beſoin; tandis que la ſcrupuleuſe Chambriere
étoit d'autant plus honteuſe, que le drôle qui
avoit voulu renchérir ſur mes projets, l'avoit
déterminée à une toilette que la ſaiſon com-
portoit, mais qu'elle n'excuſoit pas.

Comme je ſentois que plus cette fille ſeroit
humiliée, plus j'en diſpoſerois facilement, je
ne lui permis de changer ni de ſituation ni
de parure; & après avoir ordonné à mon
Valet de m'attendre chez moi, je m'aſſis à
côté d'elle ſur le lit qui étoit fort en déſordre,
& je commençai ma converſation. J'avois
beſoin de garder l'empire que la circonſtance
me donnoit ſur elle : auſſi conſervai-je un
                                              ſang

fang froid qui eût fait honneur à la conti-
nence de Scipion ; & fans prendre la plus petite
liberté avec elle, ce que pourtant fa fraîcheur
& l'occafion fembloient lui donner le droit
d'efpérer, je lui parlai d'affaires auffi tranquil-
lement que j'aurois pu faire avec un Procureur.

Mes conditions furent que je garde-
rois fidellement le fecret, pourvu que le lendemain, à pareille heure à-peu-près, elle me
livrât les poches de fa Maîtreffe. « Au refte ,
» ajoutai-je, je vous avois offert dix louis
» hier ; je vous les promets encore au-
» jourd'hui. Je ne veux pas abufer de votre
» fituation «. Tout fut accordé, comme vous
pouvez croire ; alors je me retirai, & permis
à l'heureux couple de réparer le temps perdu.

J'employai le mien à dormir ; & à mon
réveil, voulant avoir un prétexte pour ne
pas répondre à la Lettre de ma Belle avant
d'avoir vifité fes papiers, ce que je ne pouvois faire que la nuit fuivante, je me déci-
dai à aller à la chaffe, où je reftai prefque
tout le jour.

A mon retour, je fus reçu affez froide-
ment. J'ai lieu de croire qu'on fut un peu
piqué du peu d'empreffement que je mettois
à profiter du temps qui me reftoit; fur-tout
après la Lettre plus douce que l'on m'avoit
écrite. J'en juge ainfi , fur ce que M^{de}. de
Rofemonde m'ayant fait quelques reproches

Iere. Partie.   G

sur cette longue absence, ma Belle reprit avec un peu d'aigreur : « Ah! ne reprochons » pas à M. de Valmont de se livrer au seul » plaisir qu'il peut trouver ici ». Je me plaignis de cette injustice, & j'en profitai pour assurer que je me plaisois tant avec ces Dames, que j'y sacrifiois une lettre très-intéressante que j'avois à écrire. J'ajoutai que, ne pouvant trouver le sommeil depuis plusieurs nuits, j'avois voulu essayer si la fatigue me le rendroit; & mes regards expliquoient assez & le sujet de ma Lettre, & la cause de mon insomnie. J'eus soin d'avoir toute la soirée une douceur mélancolique, qui me parut réussir assez bien, & sous laquelle je masquai l'impatience où j'étois de voir arriver l'heure qui devoit me livrer le secret qu'on s'obstinoit à me cacher. Enfin nous nous séparâmes, & quelque temps après, la fidelle Femme-de-chambre vint m'apporter le prix convenu de ma discrétion.

Une fois maître de ce trésor, je procédai à l'inventaire avec la prudence que vous me connoissez : car il étoit important de remettre tout en place. Je tombai d'abord sur deux Lettres du mari, mélange indigeste de détails de procès & de tirades d'amour conjugal, que j'eus la patience de lire en entier, & où je ne trouvai pas un mot qui eût rapport à moi. Je les replaçai avec humeur : mais elle s'adoucit, en trouvant sous ma main les mor-

ceaux de ma fameufe Lettre de Dijon, foi-
gneufement raffemblés. Heureufement il me
prit fantaifie de la parcourir. Jugez de ma joie,
en y appercevant les traces, bien diftinctes,
des larmes de mon adorable Dévote. Je l'a-
voue, je cédai à un mouvement de jeune
homme, & baifai cette Lettre avec un tranf-
port dont je ne me croyois plus fufceptible.
Je continuai l'heureux examen; je retrouvai
toutes mes Lettres de fuite, & par ordre de
dates; & ce qui me furprit plus agréablement
encore fut de retrouver la premiere de toutes,
celle que je croyois m'avoir été rendue par
une ingrate, fidellement copiée de fa main;
& d'une écriture altérée & tremblante, qui
témoignoit affez la douce agitation de fon cœur,
pendant cette occupation.

Jufques-là j'étois tout entier à l'amour; bientôt il fit place à la fureur. Qui croyez-vous
qui veuille me perdre auprès de cette femme
que j'adore? quelle Furie fuppofez-vous affez
méchante pour tramer une pareille noirceur?
Vous la connoiffez: c'eft votre amie, votre
parente; c'eft M^{de}. de Volanges. Vous n'i-
maginez pas quel tiffu d'horreurs l'infernale
Mégere lui a écrit fur mon compte. C'eft
elle, elle feule, qui a troublé la fécurité de
cette femme angélique; c'eft par fes confeils,
par fes avis pernicieux, que je me vois forcé
de m'éloigner; c'eft à elle enfin que l'on me

facrifie. Ah! fans doute il faut féduire fa fille: mais ce n'eft pas affez, il faut la perdre; & puifque l'âge de cette maudite femme la met à l'abri de mes coups, il faut la frapper dans l'objet de fes affections.

Elle veut donc que je revienne à Paris! elle m'y force! foit, j'y retournerai; mais elle gémira de mon retour. Je fuis fâché que Danceny foit le héros de cette aventure; il a un fonds d'honnêteté qui nous gênera: cependant il eft amoureux, & je le vois fouvent; on pourra peut-être en tirer parti. Je m'oublie dans ma colere, & je ne fonge pas que je vous dois le récit de ce qui s'eft paffé aujourd'hui. Revenons.

Ce matin j'ai revu ma fenfible Prude. Jamais je ne l'avois trouvée fi belle. Cela devoit être ainfi: le plus beau moment d'une femme, le feul où elle puiffe produire cette ivreffe de l'âme, dont on parle toujours & qu'on éprouve fi rarement, eft celui où, affurés de fon amour, nous ne le fommes pas de fes faveurs; & c'eft précifément le cas où je me trouvois. Peut-être auffi l'idée que j'allois être privé du plaifir de la voir, fervoit-il à l'embellir. Enfin, à l'arrivée du Courier, on m'a remis votre Lettre du 27; & pendant que je la lifois, j'héfitois encore pour favoir fi je tiendrois ma parole: mais j'ai rencontré les yeux de ma Belle, & il m'auroit été impoffible de lui rien refufer.

J'ai donc annoncé mon départ. Un moment après, M^de. de Rosemonde nous a laissés seuls : mais j'étois encore à quatre pas de la farouche personne , que se levant avec l'air de l'effroi : « Laissez-moi, laissez-moi, Monsieur » , m'a-t-elle dit ; « au nom de Dieu, laissez-moi ». Cette priere fervente , qui déceloit son émotion, ne pouvoit que m'animer davantage. Déjà j'étois auprès d'elle, & je tenois ses mains qu'elle avoit jointes avec une expression tout-à-fait touchante ; là je commençois de tendres plaintes , quand un demon ennemi ramena M^de. de Rosemonde. La timide Dévote, qui a en effet quelques raisons de craindre, en a profité pour se retirer.

Je lui ai pourtant offert la main qu'elle a acceptée ; & augurant bien de cette douceur, qu'elle n'avoit pas eue depuis long-temps , tout en recommençant mes plaintes j'ai essayé de serrer la sienne. Elle a d'abord voulu la retirer ; mais sur une instance plus vive, elle s'est livrée d'assez bonne grace, quoique sans répondre ni à ce geste, ni à mes discours. Arrivé à la porte de son appartement, j'ai voulu baiser cette main, avant de la quitter. La défense a commencé par être franche : mais un *songez donc que je pars*, prononcé bien tendrement, l'a rendue gauche & insuffisante. A peine le baiser a-t-il été donné, que la main a retrouvé sa force pour échapper ,

G 3

& que la Belle eſt entrée dans ſon appartement où étoit ſa Femme-de-chambre. Ici finit mon hiſtoire.

Comme je préſume que vous ſerez demain chez la Maréchale de..., où ſûrement je n'irai pas vous trouver; comme je me doute bien auſſi qu'à notre premiere entrevue nous aurons plus d'une affaire à traiter, & notamment celle de la petite Volanges, que je ne perds pas de vue, j'ai pris le parti de me faire précéder par cette Lettre; & toute longue qu'elle eſt, je ne la fermerai qu'au moment de l'envoyer à la Poſte : car au terme où j'en ſuis, tout peut dépendre d'une occaſion; & je vous quitte pour aller l'épier.

P. S. à huit heures du ſoir.

Rien de nouveau; pas le plus petit moment de liberté : du ſoin même pour l'éviter.

Cependant, autant de triſteſſe que la décence en permettoit, pour le moins. Un autre événement qui peut ne pas être indifférent, c'eſt que je ſuis chargé d'une invitation de M^{de}. de Roſemonde à Mme. de Volanges, pour venir paſſer quelque temps chez elle à la campagne.

Adieu, ma belle amie; à demain ou après-demain au plus tard.

De.... ce 28 Août 17**.

LETTRE XLV.

La Préfidente de TOURVEL à Mde. DE VOLANGES.

M. DE VALMONT eft parti ce matin, Madame; vous m'avez paru tant defirer ce départ, que j'ai cru devoir vous en inftruire. M^de. de Rofemonde regrette beaucoup fon neveu, dont il faut convenir qu'en effet la fociété eft agréable : elle a paffé toute la matinée à m'en parler avec la fenfibilité que vous lui connoiffez; elle ne tariffoit pas fur fon éloge. J'ai cru lui devoir la complaifance de l'écouter fans la contredire, d'autant qu'il faut avouer qu'elle avoit raifon fur beaucoup de points. Je fentois de plus que j'avois à me reprocher d'être la caufe de cette féparation, & je n'efpere pas pouvoir la dédommager du plaifir dont je l'ai privée. Vous favez que j'ai naturellement peu de gaieté, & le genre de vie que nous allons mener ici n'eft pas fait pour l'augmenter.

Si je ne m'étois pas conduite d'après vos avis, je craindrois d'avoir agi un peu légérement: car j'ai été vraiment peinée de la douleur de ma refpectable amie; elle m'a touchée au point que j'aurois volontiers mêlé mes larmes aux siennes.

Nous vivons à préfent dans l'efpoir que vous accepterez l'invitation que M. de Valmont doit vous faire, de la part de M^de. de Rofemonde, de venir paffer quelque temps chez elle. J'efpere que vous ne doutez pas du plaifir que j'aurai à vous y voir; & en vérité vous nous devez ce dédommagement. Je ferai fort aife de trouver cette occafion de faire une connoiffance plus prompte avec Mlle. de Volanges, & d'être à portée de vous convaincre de plus en plus des fentimens refpectueux, &c.

De.... ce 29 Août 17**.

LETTRE XLVI.

Le Chevalier DANCENY à CECILE VOLANGES.

QUE vous eft-il donc arrivé, mon adorable Cécile? qui a pu caufer en vous un changement fi prompt & fi cruel? que font devenus vos fermens de ne jamais changer? Hier encore, vous les réitériez avec tant de plaifir! qui peut aujourd'hui vous les faire oublier? J'ai beau m'examiner, je ne puis en trouver la caufe en moi, & il m'eft affreux d'avoir

à la chercher en vous. Ah! fans doute vous
n'êtes ni légere ni trompeufe ; & même dans
ce moment de défefpoir, un foupçon outra-
geant ne flétrira point mon ame. Cependant,
par quelle fatalité n'êtes-vous plus la même ?
Non, cruelle, vous ne l'êtes plus ! La tendre
Cécile, la Cécile que j'adore, & dont j'ai reçu
les fermens, n'auroit point évité mes regards,
n'auroit point contrarié le hafard heureux
qui me plaçoit auprès d'elle ; ou fi quelque
raifon que je ne puis concevoir, l'avoit forcée
à me traiter avec tant de rigueur, elle n'eût
pas au moins dédaigné de m'en inftruire.

Ah! vous ne favez pas, vous ne faurez
jamais, ma Cécile, ce que vous m'avez fait
fouffrir aujourd'hui, ce que je fouffre encore
en ce moment. Croyez-vous donc que je puiffe
vivre & ne plus être aimé de vous ? Cependant, quand je vous ai demandé un mot,
un feul mot, pour diffiper mes craintes, au
lieu de me répondre, vous avez feint de craindre d'être entendue ; & cet obftacle qui n'exif-
toit pas alors, vous l'avez fait naître auffi-
tôt, par la place que vous avez choifie dans
le cercle. Quand forcé de vous quitter, je
vous ai demandé l'heure à laquelle je pourrois
vous revoir demain, vous avez feint de l'ignorer, & il a fallu que ce fût M^{de}. de Volanges
qui m'en inftruifît. Ainfi ce moment toujours
fi defiré qui doit me rapprocher de vous,

G 5

demain ne fera naître en moi que de l'inquiétude; & le plaisir de vous voir, jusqu'àlors si cher à mon cœur, sera remplacé par la crainte de vous être importun.

Déjà, je le sens, cette crainte m'arrête, & je n'ose vous parler de mon amour. Ce *je vous aime*, que j'aimois tant à répéter quand je pouvois l'entendre à mon tour, ce mot si doux qui suffisoit à ma félicité, ne m'offre plus, si vous êtes changée, que l'image d'un désespoir éternel. Je ne puis croire pourtant que ce talisman de l'amour ait perdu toute sa puissance, & j'essaie de m'en servir encore (1). Oui, ma Cécile, *je vous aime*. Répétez donc avec moi cette expression de mon bonheur. Songez que vous m'avez accoutumé à l'entendre, & que m'en priver, c'est me condamner à un tourment qui, de même que mon amour, ne finira qu'avec ma vie.

De.... ce 29 Août 17**.

___

(1) Ceux qui n'ont pas eu occasion de sentir quelquefois le prix d'un mot, d'une expression, consacrés par l'amour, ne trouveront aucun sens dans cette phrase.

LETTRE XLVII.

Le Vicomte DE VALMONT à la Marquise DE MERTEUIL.

JE ne vous verrai pas encore aujourd'hui, ma belle amie, & voici mes raisons, que je vous prie de recevoir avec indulgence.

Au lieu de revenir hier directement, je me suis arrêté chez la Comtesse de * * *, dont le château se trouvoit presque sur ma route, & à qui j'ai demandé à dîner. Je ne suis arrivé à Paris que vers les sept heures, & je suis descendu à l'Opéra, où j'espérois que vous pouviez être.

L'Opéra fini, j'ai été revoir mes amies du foyer; j'y ai retrouvé mon ancienne Emilie, entourée d'une cour nombreuse, tant en femmes qu'en hommes, à qui elle donnoit le soir même à souper à P... Je ne fus pas plutôt entré dans ce cercle, que je fus prié du souper, par acclamation. Je le fus aussi par une petite figure grosse & courte, qui me baragouina une invitation en françois de Hollande, & que je reconnus pour le véritable héros de la fête. J'acceptai.

J'appris, dans ma route, que la maison où nous allions étoit le prix convenu des bontés d'Emilie pour cette figure grotesque, & que

G 6

ce souper étoit un véritable repas de noce. Le petit homme ne se possédoit pas de joie, dans l'attente du bonheur dont il alloit jouir; il m'en parut si satisfait, qu'il me donna envie de le troubler; ce que je fis en effet.

La seule difficulté que j'éprouvai fut de décider Emilie, que la richesse du Bourgue-mestre rendoit un peu scrupuleuse. Elle se prêta pourtant, après quelques façons, au projet que je donnai, de remplir de vin ce petit tonneau à biere, & de le mettre ainsi hors de combat pour toute la nuit.

L'idée sublime que nous nous étions for-mée d'un buveur Hollandois, nous fit em-ployer tous les moyens connus. Nous réus-sîmes si bien, qu'au dessert il n'avoit déjà plus la force de tenir son verre : mais la secourable Emilie & moi l'entonnions à qui mieux mieux. Enfin, il tomba sous la table, dans une ivresse telle, qu'elle doit au moins durer huit jours. Nous nous décidâmes alors à le renvoyer à Paris; & comme il n'avoit pas gardé sa voiture, je le fis charger dans la mienne, & je restai à sa place. Je reçus ensuite les complimens de l'assemblée, qui se retira bientôt après, & me laissa maître du champ de bataille. Cette gaieté, & peut-être ma longue retraite, m'ont fait trouver Emilie si desirable, que je lui ai promis de rester avec elle jusqu'à la résurrection du Hollan-dois.

Cette complaisance de ma part, est le prix de celle qu'elle vient d'avoir, de me servir de pupître pour écrire à ma belle Dévote, à qui j'ai trouvé plaisant d'envoyer une Lettre écrite du lit & presque d'entre les bras d'une fille, interrompue même pour une infidélité complette, & dans laquelle je lui rends un compte exact de ma situation & de ma conduite. Emilie, qui a lu l'Epître, en a ri comme une folle, & j'espere que vous en rirez aussi.

Comme il faut que ma Lettre soit timbrée de Paris, je vous l'envoie; je la laisse ouverte. Vous voudrez bien la lire, la cacheter, & la faire mettre à la Poste. Sur-tout n'allez par vous servir de votre cachet, ni même d'aucun emblême amoureux; une tête seulement. Adieu, ma belle amie.

P. S. Je rouvre ma Lettre; J'ai décidé Emilie à aller aux Italiens … Je profiterai de ce temps pour aller vous voir. Je serai chez vous à six heures au plus tard; & si cela vous convient, nous irons ensemble sur les sept heures chez M^de. de Volanges. Il sera décent que je ne differe pas l'invitation que j'ai à lui faire de la part de M^de. de Rosemonde; de plus, je serai bien aise de voir la petite Volanges.

Adieu, la très-belle dame. Je veux avoir tant de plaisir à vous embrasser, que le Chevalier puisse en être jaloux.

*De P..., ce 30 Août 17***.

LETTRE XLVIII.

Le Vicomte de VALMONT à la Marquise DE TOURVEL.

(*Timbrée de Paris.*)

C'EST après une nuit orageuse, & pendant laquelle je n'ai pas fermé l'œil; c'est après avoir été sans cesse ou dans l'agitation d'une ardeur dévorante, ou dans l'entier anéantissement de toutes les facultés de mon ame, que je viens chercher auprès de vous, Madame, un calme dont j'ai besoin, & dont pourtant je n'espere pas jouir encore. En effet, la situation où je suis en vous écrivant, me fait connoître, plus que jamais, la puissance irrésistible de l'amour; j'ai peine à conserver assez d'empire sur moi, pour mettre quelque ordre dans mes idées; & déjà je prévois que je ne finirai pas cette Lettre, sans être obligé de l'interrompre. Quoi! ne puis-je donc espérer que vous partagerez quelque jour le trouble que j'éprouve en ce moment? J'ose croire cependant que, si vous le connoissiez bien, vous n'y seriez pas entiérement insensible. Croyez-moi, Madame, la froide tranquilité, le fommeil de l'ame, image de la mort, ne menent point au bonheur ; les paffions actives peuvent feules y conduire ; & malgré les tourmens que vous me faites éprouver, je crois pouvoir affurer fans crainte, que, dans ce moment, je fuis plus heureux que vous. En vain m'accablez-vous de vos rigueurs défolantes ; elles ne m'empêchent point de m'abandonner entiérement à l'amour, & d'oublier dans le délire qu'il me caufe, le défefpoir auquel vous me livrez. C'eft ainfi que je veux me venger de l'exil auquel vous me condamnez. Jamais je n'eus tant de plaifir en vous écrivant ; jamais je ne reffentis, dans cette occupation, une émotion fi douce, & cependant fi vive. Tout femble augmenter mes tranfports : l'air que je refpire eft brûlant de volupté ; la table même fur laquelle je vous écris, confacrée pour la premiere fois à cet ufage, devient pour moi l'autel facré de l'amour ; combien elle va s'embellir à mes yeux ! j'aurai tracé fur elle le ferment de vous aimer toujours ! Pardonnez, je vous en fupplie, au défordre de mes fens. Je devrois peut-être m'abandonner moins à des tranfports que vous ne partagez pas : il faut vous quitter un moment pour diffiper une ivreffe qui s'augmente fans ceffe, & devient plus forte que moi.

Je reviens à vous, Madame, & fans doute

j'y reviens toujours avec le même empreffement. Cependant le fentiment du bonheur a
fui loin de moi ; il a fait place à celui des
privations cruelles. A quoi me fert-il de vous
parler de mes fentimens, fi je cherche en
vain les moyens de vous en convaincre?Après
tant d'efforts réitérés, la confiance & la force
m'abandonnent à la fois. Si je me retrace
encore les plaifirs de l'amour, c'eft pour
fentir plus vivement le regret d'en être privé.
Je ne me vois de reffource que dans votre
indulgence, & je fens trop, dans ce moment,
combien j'en ai befoin pour efpérer de l'obtenir. Cependant jamais mon amour ne fut
plus refpectueux, jamais il ne dut moins vous
offenfer ; il eft tel, j'ofe le dire, que la vertu
la plus févere ne devroit pas le craindre :
mais je crains moi-même de vous entretenir
plus long-temps de la peine que j'éprouve.
Affuré que l'objet qui la caufe ne la partage
pas, il ne faut pas au moins abufer de fes
bontés ; & ce feroit le faire , que d'employer
plus de temps à vous retracer cette douloureufe
image. Je ne prends plus que celui de vous
fupplier de me répondre, & de ne jamais
douter de la vérité de mes fentimens. .

*Ecrite de P.... datée de Paris, ce 30 Août 17**.*

LETTRE XLIX.

CECILE VOLANGES au Chevalier DANCENY.

SANS être ni légere, ni trompeuse, il me suffit, Monsieur, d'être éclairée sur ma conduite, pour sentir la nécessité d'en changer; j'en ai promis le sacrifice à Dieu, jusqu'à ce que je puisse lui offrir aussi celui de mes sentimens pour vous, que l'état Religieux dans lequel vous êtes rend plus criminels encore. Je sens bien que cela me fera de la peine, & je ne vous cacherai même pas que depuis avant-hier j'ai pleuré toutes les fois que j'ai songé à vous. Mais j'espere que Dieu me fera la grace de me donner la force nécessaire pour vous oublier, comme je la lui demande soir & matin. J'attends même de votre amitié, & de votre honnêteté, que vous ne chercherez pas à me troubler dans la bonne résolution qu'on m'a inspirée, & dans laquelle je tâche de me maintenir. En conséquence, je vous demande d'avoir la complaisance de ne me plus écrire, d'autant que je vous préviens que je ne vous répondrois plus, & que vous me forceriez d'avertir Maman de tout ce qui se paffe : ce qui me priveroit tout-à-fait du plaifir de vous voir.

Je n'en conferverai pas moins pour vous, tout l'attachement qu'on puiffe avoir, fans qu'il y ait du mal ; & c'eft bien de toute mon ame que je vous fouhaite toute forte de bonheur. Je fens bien que vous allez ne plus m'aimer autant, & que peut-être vous en aimerez bientôt une autre mieux que moi. Mais ce fera une pénitence de plus, de la faute que j'ai commife en vous donnant mon cœur, que je ne devois donner qu'à Dieu, & à mon mari quand j'en aurai un. J'efpere que la miféricorde divine aura pitié de ma foibleffe, & qu'elle ne me donnera de peine que ce que j'en pourrai fupporter.

Adieu, Monfieur ; je peux bien vous affurer que s'il m'étoit permis d'aimer quelqu'un, ce ne feroit jamais que vous que j'aimerois. Mais voilà tout ce que je peux vous dire, & c'eft peut-être même plus que je ne devrois.

Paris.... ce 31 *Août* 17**.

LETTRE L.

La Préfidente de TOURVEL *au Vicomte DE* VALMONT.

EST-CE donc ainſi, Monſieur, que vous rempliſſez les conditions auxquelles j'ai conſenti à recevoir quelquefois de vos Lettres ? Et puis-je *ne pas avoir à m'en plaindre*, quand vous ne m'y parlez que d'un ſentiment auquel je craindrois encore de me livrer, quand même je le pourrois ſans bleſſer tous mes devoirs ?

Au reſte, ſi j'avois beſoin de nouvelles raiſons pour conſerver cette crainte ſalutaire, il me ſemble que je pourrois les trouver dans votre derniere Lettre. En effet, dans le moment même où vous croyez faire l'apologie de l'amour, que faites-vous au contraire, que m'en montrer les orages redoutables ? qui peut vouloir d'un bonheur acheté au prix de la raiſon, & dont les plaiſirs peu durables ſont au moins ſuivis des regrets, quand ils ne le ſont pas des remords ?

Vous-même, chez qui l'habitude de ce délire dangereux doit en diminuer l'effet, n'êtes-vous pas cependant obligé de convenir qu'il

devient souvent plus fort que vous, & n'êtes-
vous pas le premier à vous plaindre du trouble
involontaire qu'il vous cause ? Quel ravage
effrayant ne feroit-il donc pas sur un cœur
neuf & sensible, qui ajouteroit encore à son
empire par la grandeur des sacrifices qu'il
feroit obligé de lui faire ?

Vous croyez, Monsieur, ou vous feignez
de croire que l'amour mene au bonheur ;
& moi, je suis si persuadée qu'il me rendroit
malheureuse, que je voudrois n'entendre jamais prononcer son nom. Il me semble que
d'en parler seulement, altere la tranquillité ;
& c'est autant par goût que par devoir, que
je vous prie de vouloir bien garder le silence
sur ce point.

Après tout, cette demande doit vous être
bien facile à m'accorder à présent. De retour
à Paris, vous y trouverez assez d'occasions
d'oublier un sentiment, qui peut-être n'a dû
sa naissance qu'à l'habitude où vous êtes de
vous occuper de semblables objets, & sa
force qu'au désœuvrement de la campagne.
N'êtes-vous donc pas dans ce même lieu, où
vous m'aviez vue avec tant d'indifférence ?
y pouvez-vous faire un pas sans y rencontrer
un exemple de votre facilité à changer ? &
n'y êtes-vous pas entouré de femmes, qui
toutes, plus aimables que moi, ont plus de
droits à vos hommages ? Je n'ai pas la vanité

qu'on reproche à mon fexe; j'ai encore moins
cette fauffe modeftie qui n'eft qu'un raffinement de l'orgueil; & c'eft de bien bonne foi
que je vous dis ici, que je me connois bien
peu de moyens de plaire : je les aurois tous,
que je ne les croirois pas fuffifans pour vous
fixer. Vous demander de ne plus vous occuper
de moi, ce n'eft donc que vous prier de faire
aujourd'hui ce que déjà vous aviez fait, &
ce qu'à-coup-fûr vous feriez encore dans peu
de temps, quand même je vous demanderois
le contraire.

Cette vérité, que je ne perds pas de vue,
feroit, à elle feule, une raifon affez forte pour
ne pas vouloir vous entendre. J'en ai mille
autres encore : mais fans entrer dans cette
longue difcuffion, je m'en tiens à vous prier,
comme je l'ai déjà fait, de ne plus m'entretenir d'un fentiment que je ne dois pas écouter & auquel je dois encore moins répondre.

*De...., ce 1er. Septembre. 17**.*

FIN de la premiere Partie.

LES LIAISONS

DANGEREUSES,

O U

LETTRES

Recueillies dans une Société, & publiées
pour l'instruction de quelques autres.

Par M. C..... DE L...

Nouvelle Édition, augmentée d'une Correspondance
de l'Auteur avec Mde. RICCOBONI, & de
ses Pieces Fugitives.

TOME SECOND.

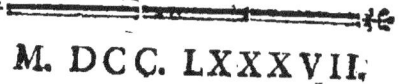

M. DCC. LXXXVII.

LES LIAISONS
DANGEREUSES.

LETTRE LI.

*La Marquise DE MERTEUIL, au Vicomte DE
VALMONT.*

EN vérité, Vicomte, vous êtes insupportable. Vous me traitez avec autant de légéreté que si j'étois votre Maîtresse. Savez-vous
que je me fâcherai, & que j'ai dans ce moment
une humeur effroyable ? Comment ! vous
devez voir Danceny demain matin ; vous
savez combien il est important que je vous
parle avant cette entrevue ; & sans vous inquiéter davantage, vous me laissez vous attendre toute la journée, pour aller courir je ne
sais où ? Vous êtes cause que je suis arrivée
indécemment tard chez M^de. de Volanges, &

IIme. *Partie.*   A

que toutes les vieilles femmes m'ont trouvée *merveilleuse*. Il m'a fallu leur faire des cajoleries toute la soirée pour les appaiser : car il ne faut pas fâcher les vieilles femmes; ce font elles qui font la réputation des jeunes.

A préfent il eft une heure du matin, & au lieu de me coucher, comme j'en meurs d'envie, il faut que je vous écrive une longue Lettre, qui va redoubler mon fommeil par l'ennui qu'elle me caufera. Vous êtes bien heureux que je n'aie pas le temps de vous gronder davantage. N'allez pas croire pour cela que je vous pardonne; c'eft feulement que je fuis preffée. Ecoutez-moi donc, je me dépêche.

Pour peu que vous foyez adroit, vous devez avoir demain la confidence de Danceny. Le moment eft favorable pour la confiance : c'eft celui du malheur. La petite fille a été à confeffe; elle a tout dit, comme un enfant; & depuis, elle eft tourmentée à tel point de la peur du diable qu'elle veut rompre abfolument. Elle m'a raconté tous fes petits fcrupules, avec une vivacité qui m'apprenoit affez combien fa tête étoit montée. Elle m'a montré fa Lettre de rupture, qui eft une vraie capucinade. Elle a babillé une heure avec moi, fans me dire un mot qui ait le fens commun. Mais elle ne m'en a pas moins embarraffée; car vous jugez que je ne pouvois rifquer de m'ouvrir vis-à-vis d'une auffi mauvaife tête,

J'ai vu pourtant au milieu de tout ce bavarda-
ge, qu'elle n'en aime pas moins son Danceny ;
j'ai remarqué même une de ces reſſources
qui ne manquent jamais à l'amour, & dont
la petite fille eſt aſſez plaiſamment la dupe.
Tourmentée par le deſir de s'occuper de ſon
amant, & par la crainte de ſe damner en
s'en occupant, elle a imaginé de prier Dieu
de le lui faire oublier ; & comme elle renouvelle cette priere à chaque inſtant du jour ,
elle trouve le moyen d'y penſer ſans ceſſe.

Avec quelqu'un de plus *uſagé* que Danceny ,
ce petit événement ſeroit peut-être plus favorable que contraire : mais le jeune homme
eſt ſi Céladon, que, ſi nous ne l'aidons pas,
il lui faudra tant de temps pour vaincre les
plus légers obſtacles, qu'il ne nous laiſſera
pas celui d'effectuer notre projet.

Vous avez bien raiſon ; c'eſt dommage ,
& je ſuis auſſi fâchée que vous, qu'il ſoit
le héros de cette aventure : mais que voulez-
vous ? ce qui eſt fait eſt fait ; & c'eſt votre
faute. J'ai demandé à voir ſa réponſe (1) ;
elle m'a fait pitié. Il lui fait des raiſonnemens
à perte d'haleine, pour lui prouver qu'un ſentiment involontaire ne peut pas être un crime :
comme s'il ne ceſſoit pas d'être involontaire ,

_____

(1) Cette Lettre ne s'eſt pas retrouvée.

A 2

du moment qu'on cesse de le combattre ! Cette idée est si simple qu'elle est venue même à la petite fille. Il se plaint de son malheur d'une maniere assez touchante : mais sa douleur est si douce & paroît si forte & si sincere, qu'il me semble impossible qu'une femme qui trouve l'occasion de désespérer un homme à ce point, & avec aussi peu de danger, ne soit pas tentée de s'en passer la fantaisie. Il lui explique enfin qu'il n'est pas Moine, comme la petite le croyoit ; & c'est sans contre-dit ce qu'il fait de mieux : car pour faire tant que de se livrer à l'amour Monastique, assurément MM. les Chevaliers de Malte ne mériteroient pas la préférence.

Quoi qu'il en soit, au lieu de perdre mon temps en raisonnemens qui m'auroient com-promise, & peut-être sans persuader, j'ai approuvé le projet de rupture : mais j'ai dit qu'il étoit plus honnête, en pareil cas, de dire ses raisons que de les écrire ; qu'il étoit d'usage aussi de rendre les Lettres & les autres bagatelles qu'on pouvoit avoir reçues ; & pa-roissant entrer ainsi dans les vues de la petite personne, je l'ai décidée à donner un ren-dez-vous à Danceny. Nous en avons sur le champ concerté les moyens, & je me suis chargée de décider la mere à sortir sans sa fille ; c'est demain après-midi que sera cet instant décisif. Danceny en est déjà instruit ;

mais, pour Dieu, fi vous en trouvez l'occafion, décidez donc ce beau Berger à être moins langoureux ; & apprenez-lui, puifqu'il faut lui tout dire, que la vraie façon de vaincre les fcrupules, eft de ne laiffer rien à perdre à ceux qui en ont.

Au refte, pour que cette ridicule fcene ne fe renouvellât pas, je n'ai pas manqué d'élever quelques doutes dans l'efprit de la petite fille, fur la difcrétion des Confeffeurs; & je vous affure qu'elle paie à préfent la peur qu'elle m'a faite, par celle qu'elle a que le fien n'aille tout dire à fa mere. J'efpere qu'après que j'en aurai caufé encore une fois ou deux avec elle, elle n'ira plus raconter ainfi fes fottifes au premier venu (1).

Adieu, Vicomte; emparez-vous de Danceny, & conduifez-le. Il feroit honteux que nous ne fiffions pas ce que nous voulons, de deux enfants. Si nous y trouvons plus de peine que nous ne l'avions cru d'abord, fongeons pour animer notre zele, vous, qu'il s'agit de la fille de M^de. de Volanges, & moi, qu'elle doit devenir la femme de Gercourt. Adieu.

De.... ce 2 Septembre 17**.

---

(1) Le Lecteur a dû deviner depuis long-temps, par les mœurs de Mde. de Merteuil, combien peu elle refpectoit la Religion. On auroit fupprimé tout cet alinéa ; mais on a cru qu'en montrant les effets, on ne devoit pas négliger d'en faire connoître les caufes.

A 3

LETTRE LII.

*Le Vicomte DE VALMONT à la Préfidente DE
TOURVEL.*

VOUS me défendez, Madame, de vous
parler de mon amour ; mais où trouver le
courage néceffaire pour vous obéir ? Uniquement occupé d'un fentiment qui devroit être
fi doux , & que vous rendez fi cruel ; languif-
fant dans l'exil où vous m'avez condamnez;
ne vivant que de privations & de regrets;
en proie à des tourmens d'autant plus douloureux , qu'ils me rappellent fans ceffe votre
indifférence ; me faudra-t-il encore perdre
la feule confolation qui me refte ? & puis-je
en avoir d'autre, que de vous ouvrir quelquefois une ame , que vous rempliffez de
trouble & d'amertume ? Détournerez-vous
vos regards, pour ne pas voir les pleurs que
vous faites répandre ? Refuferez-vous jufqu'à
l'hommage des facrifices que vous exigez ? Ne
feroit-il donc pas plus digne de vous, de votre
ame honnête & douce , de plaindre un malheureux , qui ne l'eft que par vous, que de
vouloir encore aggraver fes peines , par une
défenfe à la fois injufte & rigoureufe.

Vous feignez de craindre l'amour, & vous ne voulez pas voir que vous seule causez les maux que vous lui reprochez. Ah! sans doute, ce sentiment est pénible, quand l'objet qui l'inspire ne le partage point; mais où trouver le bonheur, si un amour réciproque ne le procure pas? L'amitié tendre, la douce confiance & la seule qui soit sans reserve, les peines adoucies, les plaisirs augmentés, l'espoir enchanteur, les souvenirs délicieux, où les trouver ailleurs que dans l'amour? Vous le calomniez, vous qui, pour jouir de tous les biens qu'il vous offre, n'avez qu'à ne plus vous y refuser; & moi j'oublie les peines que j'éprouve, pour m'occuper à le défendre.

Vous me forcez aussi à me défendre moi-même; car tandis que je consacre ma vie à vous adorer, vous passez la vôtre à me chercher des torts : déjà vous me supposez léger & trompeur; & abusant, contre moi, de quelques erreurs, dont moi-même je vous ai fait l'aveu, vous vous plaisez à confondre ce que j'étois alors, avec ce que je suis à présent. Non contente de m'avoir livré au tourment de vivre loin de vous, vous y joignez un persisflage cruel, sur des plaisirs auxquels vous savez assez combien vous m'avez rendu insensible. Vous ne croyez ni à mes promesses, ni à mes fermens : eh bien! il me reste un garant à vous offrir, qu'au moins

vous ne suspecterez pas; c'est vous-même.
Je ne vous demande que de vous interroger
de bonne foi; si vous ne croyez pas à mon
amour, si vous doutez un moment de regner
seule sur mon ame, si vous n'êtes pas assurée
d'avoir fixé ce cœur en effet jusqu'ici trop
volage, je consens à porter la peine de cette
erreur; j'en gémirai, mais n'en appellerai
point: mais si au contraire, nous rendant
justice à tous deux, vous êtes forcée de convenir avec vous-même que vous n'avez, que
vous n'aurez jamais de rivale, ne m'obligez
plus, je vous supplie, à combattre des chi-
meres, & laissez-moi au moins cette consolation, de vous voir ne plus douter d'un sentiment qui en effet ne finira, ne peut finir qu'avec
ma vie. Permettez-moi, Madame, de vous
prier de répondre positivement à cet article
de ma Lettre.

Si j'abandonne cependant cette époque de
ma vie, qui paroît me nuire si cruellement
auprès de vous, ce n'est pas qu'au besoin
les raisons me manquassent pour la défendre.

Qu'ai-je fait, après tout, que ne pas résister au tourbillon dans lequel j'avois été
jeté? Entré dans le monde, jeune & sans
expérience; passé pour ainsi dire, de mains
en mains, par une foule de femmes, qui
toutes se hâtent de prévenir par leur facilité
une réflexion qu'elles sentent devoir leur être

défavorable ; étoit-ce donc à moi de donner l'exemple d'une réfiftance qu'on ne m'oppo-foit point ? ou devois-je me punir d'un moment d'erreur, & que fouvent on avoit provoqué, par une conftance à coup fûr inutile, & dans laquelle on n'auroit vu qu'un ridicule ? Eh ! quel autre moyen qu'une prompte rupture, peut juftifier d'un choix honteux ?

Mais, je puis le dire, cette ivreffe des fens, peut-être même ce délire de la vanité, n'a point paffé jufqu'à mon cœur. Né pour l'amour, l'intrigue pouvoit le diftraire, & ne fuffifoit pas pour l'occuper ; entouré d'objets féduifans, mais méprifables, aucun n'alloit jufqu'à mon ame : on m'offroit des plaifirs, je cherchois des vertus ; & moi-même enfin je me crus inconftant, parce que j'étois deli-cat & fenfible.

C'eft en vous voyant que je me fuis éclairé : bientôt j'ai reconnu que le charme de l'amour tenoit aux qualités de l'ame ; qu'elles feules pouvoient en caufer l'excès, & le juftifier. Je fentis enfin qu'il m'étoit également im-poffible & de ne pas vous aimer, & d'en aimer une autre que vous.

Voilà, Madame, quel eft ce cœur auquel vous craignez de vous livrer, & fur le fort de qui vous avez à prononcer : mais quel que foit le deftin que vous lui réfervez, vous ne changerez rien aux fentimens qui l'attachent à vous; ils font inaltérables comme les vertus qui les ont fait naître.

De..... ce 3 Septembre 17**.

LETTRE LIII.

Le Vicomte DE VALMONT à la Marquise DE MERTEUIL.

J'AI vu Danceny, mais je n'en ai obtenu qu'une demi-confidence; il s'eft obftiné, fur-tout, à me taire le nom de la petite Volanges, dont il ne m'a parlé que comme d'une femme très-fage, & même un peu dévote : à cela près, il m'a raconté avec affez de vérité fon aventure, & fur-tout le dernier événement. Je l'ai échauffé autant que j'ai pu, & l'ai beaucoup plaifanté fur fa délicateffe & fes fcrupules; mais il paroît qu'il y tient, & je ne puis pas répondre de lui : au refte, je pourrai vous en dire davantage après demain. Je le mene demain à Verfailles, & je m'occu-perai à le *fcruter* pendant la route.

Le rendez-vous qui doit avoir eu lieu aujourd'hui, me donne auffi quelque efpé-rance : il fe pourroit que tout s'y fût paffé à notre fatisfaction; & peut-être ne nous refte t-il à préfent qu'à en arracher l'aveu, & à en recueillir les preuves. Cette befogne vous fera plus facile qu'à moi : car la petite perfonne eft plus confiante, ou, ce qui revient au même, plus bavarde, que fon difcret Amoureux. Cependant j'y ferai mon poffible.

Adieu, ma belle amie ; je fuis fort preffé ; je ne vous verrai ni ce foir, ni demain : fi de votre côté vous avez fu quelque chofe, écrivez-moi un mot pour mon retour. Je reviendrai fûrement coucher à Paris.

De.... ce 3 Septembre 17**, au foir.

LETTRE LIV.

La Marquife DE MERTEUIL au Vicomte DE VALMONT.

OH ! oui ! c'eft bien avec Danceny qu'il y a quelque chofe à favoir ! S'il vous l'a dit, il s'eft vanté. Je ne connois perfonne de fi bête en amour, & je me reproche de plus en plus les bontés que nous avons pour lui. Savez-vous que j'ai penfé être compromife par rapport à lui ? & que ce foit en pure perte ! Oh ! je m'en vengerai, je le promets.

Quand j'arrivai hier pour prendre M^{de}. de

Volanges, elle ne vouloit plus fortir; elle fe
fentoit incommodée; il me fallut toute mon
éloquence pour la décider, & je vis le moment
que Danceny feroit arrivé avant notre départ;
ce qui eût été d'autant plus gauche, que M^{de}.
de Volanges lui avoit dit la veille qu'elle ne
feroit pas chez elle. Sa fille & moi, nous
étions fur les épines. Nous fortîmes enfin; &
la petite me ferra la main fi affectueufement,
en me difant adieu, que malgré fon projet
de rupture, dont elle croyoit de bonne-foi
s'occuper encore, j'augurai des merveilles de
la foirée.

Je n'étois pas au bout de mes inquiétudes.
Il y avoit à peine une demi-heure que nous
étions chez M^{de}. de......, que M^{de}. de Volanges fe trouva mal en effet, mais férieufement mal; & comme de raifon, elle vouloit
rentrer chez elle: moi, je le voulois d'autant
moins, que j'avois peur, fi nous furprenions
les jeunes gens, comme il y avoit tout à pa-
rier, que mes inftances auprès de la mere,
pour la faire fortir, ne lui devinffent fuf-
pectes. Je pris le parti de l'effrayer fur fa
fanté, ce qui heureufement n'eft pas difficile;
& je la tins une heure & demie, fans confentir à la ramener chez elle, dans la crainte
que je feignis d'avoir, du mouvement dangereux de la voiture. Nous ne rentrâmes enfin
qu'à l'heure convenue. A l'air honteux que

je remarquai en arrivant, j'avoue que j'ef-
pérai qu'au moins mes peines n'auroient pas
été perdues.

Le defir que j'avois d'être inftruite, me
fit refter auprès de M^de. de Volanges, qui fe
coucha aufli-tôt ; & après avoir foupé auprès
de fon lit, nous la laifsâmes de très-bonne
heure, fous le prétexte qu'elle avoit befoin
de repos, & nous paffâmes dans l'appartement de fa fille. Celle-ci a fait, de fon côté,
tout ce que j'attendois d'elle ; fcrupules éva-
nouis, nouveaux fermens d'aimer toujours, &c. &c. ; elle s'eft enfin exécutée de
bonne grace : mais le fot Danceny n'a pas
paffé d'une ligne le point où il étoit auparavant. Oh ! l'on peut fe brouiller avec celui-
là ; les raccommodemens ne font pas dangereux.

La petite affure pourtant qu'il vouloit davantage, mais qu'elle a fu fe défendre. Je pa-
rierois bien qu'elle fe vante, ou qu'elle l'excufe ;
je m'en fuis même prefque affurée. En effet, il
m'a pris fantaifie de favoir à quoi m'en tenir fur
la défenfe dont elle étoit capable ; & moi, fimple femme, de propos en propos, j'ai monté
fa tête au point.... Enfin, vous pouvez m'en
croire, jamais perfonne ne fut plus fufceptible d'une furprife des fens. Elle eft vraiment aimable, cette chere petite ! Elle méritoit un autre Amant ; elle aura au moins une

bonne amie, car je m'attache fincérement à elle. Je lui ai promis de la former, & je crois que je lui tiendrai parole. Je me fuis fouvent apperçue du befoin d'avoir une femme dans ma confidence, & j'aimerois mieux celle-là qu'une autre ; mais je ne puis en rien faire, tant qu'elle ne fera pas.... ce qu'il faut qu'elle foit ; & c'eft une raifon de plus d'en vouloir à Danceny.

Adieu, Vicomte ; ne venez pas chez moi demain, à moins que ce ne foit le matin. J'ai cédé aux inftances du Chevalier, pour une foirée de petite Maifon.

De...., ce 4 Septembre 17**.

LETTRE LV.

CECILE VOLANGES à SOPHIE CARNAY.

TU avois raifon, ma chere Sophie ; tes prophéties réuffiffent mieux que tes confeils. Danceny, comme tu l'avois prédit, a été plus fort que le Confeffeur, que toi, que moi-même ; & nous voilà revenus exactement où nous en étions. Ah ! je ne m'en repens pas ; & toi, fi tu m'en grondes, ce fera faute de favoir le plaifir qu'il y a à aimer

Danceny. Il t'eſt bien aiſé de dire comme il
faut faire, rien ne t'en empêche ; mais ſi tu
avois éprouvé combien le chagrin de quelqu'un qu'on aime nous fait mal, comment ſa
joie devient la nôtre, & comme il eſt difficile
de dire non, quand c'eſt oui que l'on veut
dire, tu ne t'étonnerois plus de rien : moi-
même qui l'ai ſenti, bien vivement ſenti, je
ne le comprends pas encore. Crois-tu, par
exemple, que je puiſſe voir pleurer Danceny ſans pleurer moi-même ? Je t'aſſure bien
que cela m'eſt impoſſible ; & quand il eſt
content, je ſuis heureuſe comme lui. Tu au-
ras beau dire ; ce qu'on dit ne change pas ce
qui eſt, & je ſuis bien ſûre que c'eſt comme ça.

Je voudrois te voir à ma place.... Non,
ce n'eſt pas là ce que je veux dire, car ſûrement je ne voudrois céder ma place à perſonne : mais je voudrois que tu aimaſſes auſſi
quelqu'un ; ce ne ſeroit pas ſeulement pour
que tu m'entendiſſes mieux, & que tu me
grondaſſes moins ; mais c'eſt qu'auſſi tu ſerois
plus heureuſe, ou, pour mieux dire, tu com-
mencerois ſeulement alors à le devenir.

Nos amuſemens, nos rires, tout cela, vois-
tu, ce ne ſont que des jeux d'enfans ; il n'en
reſte rien après qu'ils ſont paſſés. Mais
l'amour, ah ! l'amour !.... un mot, un regard, ſeulement de le ſavoir là, eh bien ! c'eſt
le bonheur. Quand je vois Danceny, je ne

defire plus rien ; quand je ne le vois pas, je
ne defire que lui. Je ne fais comment cela
fe fait: mais on diroit que tout ce qui me plaît
lui reffemble. Qand il n'eft pas avec moi,
j'y fonge ; & quand je peux y fonger tout-
à-fait, fans diftraction, quand je fuis toute
feule, par exemple, je fuis encore heureufe ;
je ferme les yeux, & tout de fuite je crois
le voir ; je me rappelle fes difcours, & je
crois l'entendre ; cela me fait foupirer; &
puis je fens un feu, une agitation..... Je ne
faurois tenir en place. C'eft comme un tourment, & ce tourment-là fait un plaifir inex-
primable.

Je crois même que quand une fois on a
de l'amour, cela fe répand jufques fur l'amitié. Celle que j'ai pour toi n'a pourtant pas
changé ; c'eft toujours comme au Couvent:
mais ce que je te dis, je l'éprouve avec M^{de}.
de Merteuil. Il me femble que je l'aime plus
comme Danceny que comme toi, & quelquefois je voudrois qu'elle fût lui. Cela vient
peut-être de ce que ce n'eft pas une amitié
d'enfant comme la nôtre ; ou bien de ce que
je les vois fi fouvent enfemble, ce qui fait
que je me trompe. Enfin, ce qu'il y a de
vrai, c'eft qu'à eux deux ils me rendent bien
heureufe ; & après tout, je ne crois pas qu'il
y ait grand mal à ce que je fais. Auffi je ne
demanderois qu'à refter comme je fuis ; & il

n'y a que l'idée de mon mariage qui me faffe de la peine : car fi M. de Gercourt eft comme on me l'a dit, & je n'en doute pas, je ne fais pas ce que je deviendrai. Adieu, ma Sophie ; je t'aime toujours bien tendrement.

De.... ce 4 Septembre 17**.

LETTRE LVI.

La Préfidente DE TOURVEL au Vicomte DE VALMONT.

A QUOI vous ferviroit, Monfieur, la ré-ponfe que vous me demandez ? Croire à vos fentimens, ne feroit-ce pas une raifon de plus pour les craindre ? & fans attaquer ni défen-dre leur fincérité, ne me fuffit-il pas, ne doit-il pas vous fuffire à vous-même, de fa-voir que je ne veux ni ne dois y répondre ?

Suppofé que vous m'aimiez véritablement (& c'eft feulement pour ne plus revenir fur cet objet, que je confens à cette fuppofi-tion), les obftacles qui nous féparent en fe-roient-ils moins infurmontables ? & aurois-je autre chofe à faire, qu'à fouhaiter que vous puffiez bientôt vaincre cet amour, & fur-tout à vous y aider de tout mon pouvoir, en me hâtant de vous ôter toute efpérance? Vous convenez vous-même que *ce fentiment eft pénible, quand l'objet qui l'infpire ne le partage point.* Or, vous favez affez qu'il m'eft impoffible de le partager; & quand même ce malheur m'arriveroit, j'en ferois plus à plaindre, fans que vous en fuffiez plus heureux. J'efpere que vous m'eftimez affez pour n'en pas douter un inftant. Ceffez donc, je vous en conjure, ceffez de vouloir troubler un cœur à qui la tranquillité eft fi néceffaire; ne me forcez pas à regretter de vous avoir connu.

Chérie & eftimée d'un mari que j'aime & refpecte, mes devoirs & mes plaifirs fe raffemblent dans le même objet. Je fuis heureufe, je dois l'être. S'il exifte des plaifirs plus vifs, je ne les defire pas; je ne veux point les connoître. En eft-il de plus doux que d'être en paix avec foi-même, de n'avoir que des jours fereins, de s'endormir fans trouble, & de s'éveiller fans remords? Ce que vous appellez le bonheur n'eft qu'un tumulte des fens, un orage des paffions dont le fpectacle eft effrayant, même à le regarder du rivage. Eh! comment affronter ces tempêtes? comment ofer s'embarquer fur une mer couverte des débris de mille & mille naufrages? Et avec qui? Non, Monfieur, je refte à terre; je chéris les liens qui m'y attachent. Je pourrois les rompre, que je ne le voudrois pas; si je ne les avois, je me hâterois de les prendre.

Pourquoi vous attacher à mes pas? pourquoi vous obstiner à me suivre? Vos Lettres, qui devoient être rares, se succèdent avec rapidité. Elles devoient être sages, & vous ne m'y parlez que de votre fol amour. Vous m'entourez de votre idée, plus que vous ne le faisiez de votre personne. Ecarté sous une forme, vous vous reproduisez sous une autre. Les choses qu'on vous demande de ne plus dire, vous les redites seulement d'une autre maniere. Vous vous plaisez à m'embarrasser par des raisonnemens captieux; vous échappez aux miens. Je ne veux plus vous répondre, je ne vous répondrai plus.... Comme vous traitez les femmes que vous avez séduites! avec quel mépris vous en parlez! Je veux croire que quelques-unes le méritent : mais toutes sont-elles donc si méprisables? Ah! sans doute, puisqu'elles ont trahi leurs devoirs pour se livrer à un amour criminel. De ce moment, elles ont tout perdu, jusqu'à l'estime de celui à qui elles ont tout sacrifié. Ce supplice est juste, mais l'idée seule en fait frémir. Que m'importe, après tout? pourquoi m'occuperois-je d'elles ou de vous? de quel droit venez-vous troubler ma tranquillité? Laissez-moi, ne me voyez plus, ne

m'écrivez plus, je vous en prie ; je l'exige.
Cette Lettre est la derniere que vous recevrez de moi.

De.... ce 5 Septembre 17**.

L E T T R E LVII.

*Le Vicomte DE VALMONT à la Marquise DE
MERTEUIL.*

J'AI trouvé votre Lettre hier à mon arrivée.
Votre colere m'a tout-à-fait réjoui. Vous ne
sentiriez pas plus vivement les torts de Danceny, quand il les auroit eus avec vous.
C'est sans doute par vengeance, que vous
accoutumez sa Maîtresse à lui faire de petites infidélités ; vous êtes un bien mauvais sujet ! Oui, vous êtes charmante, & je ne
m'étonne pas qu'on vous résiste moins qu'à
Danceny.

Enfin je le sais par cœur, ce beau héros
de Roman ! il n'a plus de secrets pour moi.
Je lui ai tant dit que l'amour honnête étoit
le bien suprême, qu'un sentiment valoit mieux
que dix intrigues ; que j'étois moi-même, dans
ce moment, amoureux & timide ; il m'a trouvé
enfin une façon de penser si conforme à la
sienne, que dans l'enchantement où il étoit de
ma candeur, il m'a tout dit, & m'a juré une

amitié fans réferve. Nous n'en fommes gueres plus avancés pour notre projet.

D'abord, il m'a paru que fon fyftême
étoit qu'une demoifelle mérite beaucoup plus
de ménagemens qu'une femme, comme ayant
plus à perdre. Il trouve, fur-tout, que rien
ne peut juftifier un homme de mettre une fille
dans la néceffité de l'époufer, ou de vivre des-
honorée, quand la fille eft infiniment plus riche que l'homme, comme dans le cas où
il fe trouve. La fécurité de la mere, la candeur de la fille, tout l'intimide & l'arrête.
L'embarras ne feroit point de combattre fes
raifonnemens, quelque vrais qu'ils foient.
Avec un peu d'adreffe, & aidé par la paffion,
on les auroit bientôt détruits; d'autant qu'ils
prêtent au ridicule, & qu'on auroit pour foi
l'autorité de l'ufage. Mais ce qui empêche
qu'il n'y ait de prife fur lui, c'eft qu'il fe
trouve heureux comme il eft. En effet, fi
les premiers amours paroiffent, en général,
plus honnêtes, & comme on dit plus purs;
s'ils font au moins plus lents dans leur marche, ce n'eft pas, comme on le penfe, délicateffe ou timidité; c'eft que le cœur, étonné
par un fentiment inconnu, s'arrête, pour ainfi
dire, à chaque pas, pour jouir du charme
qu'il éprouve; & que ce charme eft fi puiffant fur un cœur neuf, qu'il l'occupe au point
de lui faire oublier tout autre plaifir. Cela eft

fi vrai, qu'un libertin amoureux , fi un libertin peût l'être , devient de ce moment même
moins preffé de jouir ; & qu'enfin , entre la
conduite de Danceny avec la petite Volanges , & la mienne avec la prudé M^de. de
Tourvel , il n'y a que la différence du plus
au moins.

Il auroit fallu , pour échauffer notre jeune
homme , plus d'obftacles qu'il n'en a rencon-
trés ; fur-tout , qu'il eût eu befoin de plus de
myftere , car le myftere mene à l'audace. Je
ne fuis pas éloigné de croire que vous nous
avez nui en le fervant fi bien ; votre conduite
eût été excellente avec un homme *ufagé*, qui
n'eût eu que des defirs : mais vous auriez pu
prévoir que pour un homme jeune , honnête & amoureux , le plus grand prix des faveurs eft d'être la preuve de l'amour ; & que
par conféquent , plus il feroit fûr d'être aimé,
moins il feroit entreprenant. Que faire à préfent ? Je n'en fais rien ; mais je n'efpere pas
que la petite foit prife avant le mariage , &
nous en ferons pour nos frais : j'en fuis fâché , mais je n'y vois pas de remede.

Pendant que je differte ici , vous faites
mieux avec votre Chevalier. Cela me fait
fonger que vous m'avez promis une infidélité en ma faveur ; j'en ai votre promeffe par
écrit , & je ne veux pas en faire *un billet de
la Châtre.* Je conviens que l'échéance n'eft pas

encore arrivée: mais il feroit généreux à vous de ne pas l'attendre ; & de mon côté, je vous tiendrois compte des intérêts. Qu'en dites-vous, ma belle amie ? eft-ce que vous n'êtes pas fatiguée de votre conftance ? Ce Cheva-lier eft donc bien merveilleux ? Oh ! laiffez-moi faire ; je veux vous forcer de convenir que fi vous lui avez trouvé quelque mérite, c'eft que vous m'aviez oublié.

Adieu, ma belle amie ; je vous embraffe comme je vous defire ; je défie tous les bai-fers du Chevalier d'avoir autant d'ardeur.

*De,...., ce 5 Septembre 17***.

LETTRE LVIII.

Le Vicomte DE VALMONT à la Préfidente DE TOURVEL.

PAR où ai-je donc mérité, Madame, & les reproches que vous me faites, & la colere que vous me témoignez ? L'attachement le plus vif & pourtant le plus refpectueux, la foumiffion la plus entiere à vos moindres vo-lontés ; voilà en deux mots l'hiftoire de mes fentimens & de ma conduite. Accablé par les peines d'un amour malheureux, je n'avois d'autre confolation que celle de vous voir ; vous m'avez ordonné de m'en priver ; j'ai

obéi fans me permettre un murmure. Pour
prix de ce facrifice, vous m'avez permis de
vous écrire, & aujourd'hui vous voulez
m'ôter cet unique plaifir. Me le laifferai-je
ravir, fans effayer de le défendre ? Non,
fans doute : eh ! comment ne feroit-il pas
cher à mon cœur ? c'eft le feul qui me refte,
& je le tiens de vous.

Mes Lettres, dites-vous, font trop fréquentes ! Songez donc, je vous prie, que depuis
dix jours que dure mon exil, je n'ai paffé
aucun moment fans m'occuper de vous, &
que cependant vous n'avez reçu que deux
Lettres de moi. *Je ne vous y parle que de mon
amour !* Eh ! que puis-je dire, que ce que je
penfe ? Tout ce que j'ai pu faire a été d'en
affoiblir l'expreffion ; & vous pouvez m'en
croire, je ne vous en ai laiffé voir que ce
qu'il m'a été impoffible d'en cacher. Vous
me menacez enfin de ne plus me répondre.
Ainfi, l'homme qui vous préfere à tout, &
qui vous refpecte encore plus qu'il ne vous
aime, non contente de le traiter avec rigueur, vous voulez y joindre le mépris ! Et
pourquoi ces menaces & ce courroux ? qu'en
avez-vous befoin ? n'êtes-vous pas fûre d'être
obéie, même dans vos ordres injuftes ? m'eft-
il donc poffible de contrarier aucun de vos
defirs, & ne l'ai-je pas déjà prouvé ? Mais
abuferez-vous de cet empire que vous avez
                                           fur

fur moi ? Après m'avoir rendu malheureux, après être devenue injuste, vous fera-t-il donc bien facile de jouir de cette tranquillité que vous affurez vous être fi néceffaire ? ne vous direz-vous jamais : il m'a laiffée maîtreffe de fon fort, & j'ai fait fon malheur ? il imploroit mes fecours, & je l'ai regardé fans pitié ? Savez-vous jufqu'où peut aller mon défefpoir ? non. Pour calculer mes maux, il faudroit favoir à quel point je vous aime, & vous ne connoiffez pas mon cœur.

A quoi me facrifiez-vous ? à des craintes chimériques. Et qui vous les infpire ? un homme qui vous adore ; un homme fur qui vous ne cefferez jamais d'avoir un empire abfolu. Que craignez-vous, que pouvez-vous craindre d'un fentiment que vous ferez toujours maîtreffe de diriger à votre gré ? Mais votre imagination fe crée des monftres, & l'effroi qu'ils vous caufent, vous l'attribuez à l'amour. Un peu de confiance, & ces fantômes difparoîtront.

Un Sage a dit que pour diffiper fes craintes, il fuffifoit prefque toujours d'en approfondir la caufe (1). C'eft fur-tout en amour

---

(1) On croit que c'eft Rouffeau dans Emile : mais la citation n'eft pas exacte, & l'application qu'en fait Valmont eft bien fauffe ; & puis, Madame de Tourvel avoit-elle lu Emile ?

IIme. Partie.   B

que cette vérité trouve son application. Aimez, & vos craintes s'évanouiront. A la
place des objets qui vous effrayent, vous
trouverez un sentiment délicieux, un Amant
tendre & soumis ; & tous vos jours, marqués
par le bonheur, ne vous laisseront d'autre
regret que d'en avoir perdu quelques-uns
dans l'indifférence. Moi-même, depuis que,
revenu de mes erreurs, je n'existe plus que
pour l'amour, je regrette un temps que je
croyois avoir passé dans les plaisirs ; & je
sens que c'est à vous seule qu'il appartient de
me rendre heureux. Mais, je vous en supplie, que le plaisir que je trouve à vous
écrire, ne soit plus troublé par la crainte de
vous déplaire. Je ne veux pas vous déso-
béir : mais je suis à vos genonx, j'y réclame
le bonheur que vous voulez me ravir, le seul
que vous m'avez laissé ; je vous crie, écoutez
mes prieres, & voyez mes larmes ; ah !
Madame, me refuserez-vous ?

*De...., ce 7 Septembre 17**.

LETTRE LIX.

Le Vicomte DE VALMONT à la Marquiſe DE MERTEUIL.

APPRENEZ-MOI, ſi vous le ſavez, ce que ſignifie ce radotage de Danceny. Que lui eſt-il arrivé, & qu'a-t-il donc perdu ? Sa Belle s'eſt peut-être fâchée de ſon reſpect éternel ? il faut être juſte, on ſe fâcheroit à moins. Que lui dirai-je ce ſoir, au rendez-vous qu'il me demande, & que je lui ai donné à tout haſard ? Aſſurément je ne perdrai pas mon temps à écouter ſes doléances, ſi cela ne doit nous mener à rien. Les complaintes amoureuſes ne ſont bonnes à entendre qu'en recitatif obligé ou en grandes arriettes. Inſtruiſez-moi donc de ce qui eſt, & de ce que je dois faire ; ou bien je déſerte, pour éviter l'ennui que je prévois. Pourrai-je cauſer avec vous ce matin ? Si vous êtes *occupée*, au moins écrivez-moi un mot, & donnez-moi les reclames de mon rôle.

Où étiez-vous donc hier ? Je ne parviens plus à vous voir. En vérité, ce n'étoit pas la peine de me retenir à Paris au mois de Septembre. Décidez-vous pourtant, car je

B 2

viens de recevoir une invitation fort preſſante de la Comteſſe de B**, pour aller la voir à la campagne ; &, comme elle me le mande aſſez plaiſamment, « ſon mari a le plus beau » bois du monde, qu'il conſerve ſoigneuſe-» ment pour les plaiſirs de ſes amis ». Or, vous ſavez que j'ai bien quelques droits ſur ce bois-là ; & j'irai le revoir ſi je ne vous ſuis pas utile. Adieu, ſongez que Danceny ſera chez moi ſur les quatre heures.

De.... ce 8 Septembre 17**.

LETTRE LX.

Le Chevalier DANCENY au Vicomte DE VALMONT.

(*Incluſe dans la précédente.*)

AH ! Monſieur, je ſuis déſeſpéré, j'ai tout perdu. Je n'oſe confier au papier le ſecret de mes peines : mais j'ai beſoin de les répandre dans le ſein d'un ami fidele & ſûr. A quelle heure pourrai-je vous voir, & aller cher-cher auprès de vous des conſolations & des conſeils ? J'étois ſi heureux le jour où je vous ouvris mon ame ! A préſent, quelle diffé-rence ! tout eſt changé pour moi. Ce que je fouffre pour mon compte n'eft encore que la moindre partie de mes tourmens ; mon inquiétude fur un objet bien plus cher, voilà ce que je ne puis fupporter. Plus heureux que moi, vous pourrez la voir, & j'attends de votre amitié que vous ne me refuferez pas cette démarche : mais il faut que je vous parle, que je vous inftruife. Vous me plaindrez, vous me fecourrez ; je n'ai d'efpoir qu'en vous. Vous êtes fenfible, vous connoiffez l'amour, & vous êtes le feul à qui je puiffe me confier ; ne me refufez pas vos fecours.

Adieu, Monfieur ; le feul foulagement que j'éprouve dans ma douleur, eft de fonger qu'il me refte un ami tel que vous. Faites-moi favoir, je vous prie, à quelle heure je pourrai vous trouver. Si ce n'eft pas ce matin, je défirerois que ce fût de bonne heure dans l'après-midi.

De....., ce 8 Septembre 17**.

LETTRE LXI.

CECILE-VOLANGES à SOPHIE CARNAY.

MA chere Sophie, plains ta Cécile, ta pauvre Cécile ; elle eft bien malheureufe ! Ma-

man fait tout. Je ne conçois pas comment
elle a pu se douter de quelque chose, &
pourtant elle a tout découvert. Hier au soir
Maman me parut bien avoir un peu d'humeur : mais je n'y fis pas grande attention ;
& même en attendant que sa partie fût finie,
je causai très-gaiement avec M^{de}. de Merteuil, qui avoit soupé ici, & nous parlâmes
beaucoup de Danceny. Je ne crois pourtant
pas qu'on ait pu nous entendre. Elle s'en alla,
& je me retirai dans mon appartement.

   Je me déshabillois, quand Maman entra &
fit sortir ma Femme-de-chambre ; elle me
demanda la clef de mon secrétaire. Le ton
dont elle me fit cette demande me causa un
tremblement si fort, que je pouvois à peine
me soutenir. Je faisois semblant de ne la pas
trouver : mais enfin il fallut obéir. Le premier tiroir qu'elle ouvrit, fut justement celui
où étoient les Lettres du Chevalier Danceny.
J'étois si troublée, que quand elle me de-
ma da ce que c'étoit, je ne sus lui répondre
autre chose, sinon que ce n'étoit rien : mais
quand je la vis commencer à lire celle qui se
présentoit la première, je n'eus que le temps
de gagner un fauteuil, & je me trouvai mal
au point que je perdis connoissance. Aussi-
tôt que je revins à moi, ma mere, qui avoit
appellé ma Femme-de-chambre, se retira,
en me disant de me coucher. Elle a emporté

toutes les Lettres de Danceny. Je frémis toutes les fois que je fonge qu'il me faudra reparoître devant elle. Je n'ai fait que pleurer
toute la nuit.

Je t'écris au point du jour, dans l'efpoir
que Joféphine viendra. Si je peux lui parler
feule, je la prierai de remettre chez M^{de}. de
Merteuil un petit billet que je vas lui écrire ;
finon, je le mettrai dans ta Lettre, & tu
voudras bien l'envoyer comme de toi. Ce
n'eft que d'elle que je puis recevoir quelque
confolation. Au moins, nous parlerons de
lui, car je n'efpere plus le voir. Je fuis bien
malheureufe ! Elle aura peut-être la bonté de
fe charger d'une Lettre pour Danceny. Je
n'ofe pas me confier à Joféphine pour cet
objet, & encore moins à ma Femme-de-
chambre ; car c'eft peut-être elle qui aura dit
à ma mere que j'avois des Lettres dans mon
fecrétaire.

Je ne t'écrirai pas plus longuement, parce
que je veux avoir le temps d'écrire à M^{de}. de
Merteuil, & auffi à Danceny, pour avoir
ma Lettre toute prête, fi elle veut bien s'en
charger. Après cela, je me recoucherai, pour
qu'on me trouve au lit quand on entrera dans
ma chambre. Je dirai que je fuis malade,
pour me difpenfer de paffer chez Maman.
Je ne mentirai pas beaucoup ; fûrement je
fouffre plus que fi j'avois la fievre. Les yeux

B 4

me brûlent à force d'avoir pleuré; & j'ai un poids fur l'eftomac, qui m'empêche de refpirer. Quand je fonge que je ne verrai plus Danceny, je voudrois être morte. Adieu, ma chere Sophie. Je ne peux pas t'en dire davantage; les larmes me fuffoquent.

*De...., ce 7 Septembre 17**.*

Nota. On a fupprimé la Lettre de Cécile Volanges à la Marquife, parce qu'elle ne contenoit que les mêmes faits de la Lettre précédente, & avec moins de détails. Celle au Chevalier Danceny ne s'eft point retrouvée: on en verra la raifon dans la Lettre LXIII, de Mde. de Merteuil au Vicomte.

LETTRE LXII.

Madame DE VOLANGES au Chevalier DANCENY.

APRÈS avoir abufé, Monfieur, de la confian e d'une mere & de l'innocence d'un enfant, vous ne ferez pas furpris, fans doute, de ne plus être reçu dans une maifon où vous n'avez répondu aux preuves de l'amitié la plus fincere, que par l'oubli de tous les procédés. Je préfere de vous prier de ne plus venir chez moi, à donner des ordres à ma porte, qui nous compromettroient tous également, par les remarques que les Valets ne

manqueroient pas de faire. J'ai droit d'efpérer que vous ne me forcerez pas de recourir
à ce moyen. Je vous préviens auffi que fi
vous faites, à l'avenir, la moindre tentative
pour entretenir ma fille dans l'égarement où
vous l'avez plongée, une retraite auftere &
éternelle la fouftraira à vos pourfuites. C'eft
à vous de voir, Monfieur, fi vous craindrez
auffi peu de caufer fon infortune, que vous
avez peu craint de tenter fon déshonneur.
Quant à moi, mon choix eft fait, & je l'en
ai inftruite.

Vous trouverez ci-joint le paquet de vos
Lettres. Je compte que vous me renverrez en
échange toutes celles de ma fille; & que vous
vous prêterez à ne laiffer aucune trace d'un
événement dont nous ne pourrions garder le
fouvenir, moi fans indignation, elle fans
honte, & vous fans remords. J'ai l'honneur
d'être, &c.

De...., ce 7 Septembre 17**.

LETTRE LXIII.

La Marquife DE MERTEUIL *au Vicomte DE*
VALMONT.

VRAIMENT oui, je vous expliquerai le
billet de Danceny. L'événement qui le lui a

B 5

fait écrire eſt mon ouvrage, & c'eſt, je crois,
mon chef-d'œuvre. Je n'ai pas perdu mon
temps depuis votre derniere Lettre, & j'ai
dit comme l'Architecte Athénien : « Ce qu'il
» a dit, je le ferai ».

Il lui faut donc des obſtacles, à ce beau
Héros de Roman, & il s'endort dans la félicité ! oh ! qu'il s'en rapporte à moi, je lui
donnerai de la beſogne ; & je me trompe, ou
ſon ſommeil ne ſera plus tranquille. Il falloit
bien lui apprendre le prix du temps ; & je me
flatte qu'à préſent il regrette celui qu'il a
perdu. Il falloit, dites-vous auſſi, qu'il eût
beſoin de plus de myſtere ; eh bien ! ce be-
ſoin-là ne lui manquera plus. J'ai cela de bon,
moi, c'eſt qu'il ne faut que me faire appercevoir de mes fautes ; je ne prends point de repos que je n'aie tout réparé. Apprenez donc
ce que j'ai fait.

En rentrant chez moi avant-hier matin, je
lus votre Lettre ; je la trouvai lumineuſe.
Perſuadée que vous aviez très-bien indiqué
la cauſe du mal, je ne m'occupai plus qu'à
trouver le moyen de le guérir. Je commençai pourtant par me coucher ; car l'infatiga-
ble Chevalier ne m'avoit pas laiſſé dormir
un moment, & je croyois avoir ſommeil :
mais point du tout ; toute entiere à Danceny,
le deſir de le tirer de ſon indolence, ou de
l'en punir, ne me permit pas de fermer l'œil,

& ce ne fut qu'après avoir bien concerté mon plan, que je pus trouver deux heures de repos.

J'allai le soir même chez M^de. de Volanges, &, suivant mon projet, je lui fis confidence que je me croyois sûre qu'il existoit entre sa fille & Danceny une liaison dangereuse. Cette femme, si clairvoyante contre vous, étoit aveuglée au point, qu'elle me répondit d'abord qu'à coup sûr je me trompois; que sa fille étoit un enfant, &c. &c. Je ne pouvois pas lui dire tout ce que j'en savois; mais je citai des regards, des propos, *dont ma vertu & mon amitié s'alarmoient.* Je parlai enfin presque aussi bien qu'auroit pu faire une Dévote; &, pour frapper le coup décisif, j'allai jusqu'à dire que je croyois avoir vû donner & recevoir une Lettre. Cela me rappelle, ajoutai-je, qu'un jour elle ouvrit devant moi un tiroir de son secrétaire, dans lequel je vis beaucoup de papiers, que sans doute elle conserve. Lui connoissez-vous quelque correspondance fréquente ? Ici la figure de M^de. de Volanges changea, & je vis quelques larmes rouler dans ses yeux. Je vous remercie, ma digne amie, me dit-elle, en me serrant la main; je m'en éclaircirai.

Après cette conversation, trop courte pour être suspecte, je me rapprochai de la jeune personne. Je la quittai bientôt après, pour de-

B 6

mander à la mere de ne pas me compromettre vis-à-vis de fa fille ; ce qu'elle me
promit d'autant plus volontiers, que je lui
fis obferver combien il feroit heureux que
cet enfant prît affez de confiance en moi pour
m'ouvrir fon cœur, & me mettre à portée
de lui donner *mes fages confeils*. Ce qui m'affure qu'elle me tiendra fa promeffe, c'eft
que je ne doute pas qu'elle ne veuille fe faire
honneur de fa pénétration auprès de fa fille.
Je me trouvois, par-là, autorifée à garder mon
ton d'amitié avec la petite, fans paroître
fauffe aux yeux de M^de. de Volanges ; ce que
je voulois éviter. J'y gagnois encore d'être,
par la fuite, auffi long-temps & auffi fecré-
tement que je voudrois, avec la jeune perfonne, fans que la mere en prît jamais d'ombrage.

J'en profitai dès le foir même ; & après
ma partie finie, je chambrai la petite dans
un coin, & la mis fur le chapitre de Danceny, fur lequel elle ne tarit jamais. Je
m'amufois à lui monter la tête fur le plaifir
qu'elle auroit à le voir le lendemain ; il n'eft
forte de folies que je ne lui aie fait dire. Il
falloit bien lui rendre en efpérance ce que
je lui ôtois en réalité ; & puis, tout cela devoit lui rendre le coup plus fenfible, & je
fuis perfuadée que plus elle aura fouffert,
plus elle fera preffée de s'en dédommager à

là première occasion. Il est bon, d'ailleurs,
d'accoutumer aux grands événemens, quelqu'un qu'on destine aux grandes avantures.

Après tout, ne peut-elle pas payer de quelques larmes, le plaisir d'avoir son Danceny?
elle en raffole! eh bien, je lui promets qu'elle
l'aura, & plutôt même qu'elle ne l'auroit eu
sans cet orage. C'est un mauvais rêve dont
le réveil sera délicieux; &, à tout prendre,
il me semble qu'elle me doit de la reconnoissance : au fait, quand j'y aurois mis un peu
de malice, il faut bien s'amuser : ·

   Les sots sont ici bas pour nos menus plaisirs (1).

Je me retirai enfin, fort contente de moi.
Ou Danceny, me disois-je, animé par les
obstacles, va redoubler d'amour, & alors je
le servirai de tout mon pouvoir ; ou si ce
n'est qu'un sot, comme je suis tentée quelquefois de le croire, il sera désespéré, & se
tiendra pour battu : or, dans ce cas, au
moins me serai-je vengée de lui, autant qu'il
étoit en moi : chemin faisant, j'aurai augmenté pour moi l'estime de la mere, l'amitié de la fille, & la confiance de toutes deux.
Quant à Gercourt, premier objet de mes
soins, je serois bien malheureuse ou bien

_____

(1) GRESSET, *le Méchant*, Comédie.

mal-adroite, fi, maîtreſſe de l'eſprit de ſa
femme, comme je le ſuis & vas l'être plus
encore, je ne trouvois pas mille moyens
d'en faire ce que je veux qu'il ſoit. Je me
couchai dans ces douces idées : auſſi je dor-
mis bien, & me reveillai fort tard.

A mon réveil, je trouvai deux billets,
un de la mere, & un de la fille ; & je ne
pus m'empêcher de rire, en trouvant dans
tous deux littéralement cette même phraſe :
*C'eſt de vous ſeule que j'attends quelque con-
ſolation.* N'eſt-il pas plaiſant, en effet, de
conſoler pour & contre, & d'être le ſeul
agent de deux intérêts directement contraires ?
Me voilà comme la Divinité ; recevant les
vœux oppoſés des aveugles mortels, & ne
changeant rien à mes décrets immuables. J'ai
quitté pourtant ce rôle auguſte, pour prendre celui d'Ange conſolateur ; & j'ai été, ſuivant le précepte, viſiter mes amis dans leur
affliction.

J'ai commencé par la mere ; je l'ai trouvée d'une triſteſſe, qui déjà vous venge, en
partie, des contrariétés qu'elle vous a fait
éprouver de la part de votre belle Prude.
Tout a réuſſi à merveille : ma ſeule inquiétude étoit que M^{de}. de Volanges ne profitât
de ce moment pour gagner la confiance de
ſa fille ; ce qui eût été bien facile, en n'em-
ployant, avec elle, que le langage de la

douceur & de l'amitié, & en donnant aux conseils de la raison, l'air & le ton de la tendresse indulgente. Par bonheur, elle s'est armée de sévérité ; elle s'est enfin si mal conduite, que je n'ai eu qu'à applaudir. Il est vrai qu'elle a pensé rompre tous nos projets, par le parti qu'elle avoit pris de faire rentrer sa fille au Couvent : mais j'ai paré ce coup ; & je l'ai engagée à en faire seulement la menace, dans le cas où Danceny continueroit ses poursuites : afin de les forcer tous deux à une circonspection que je crois nécessaire pour le succès.

Ensuite j'ai été chez la fille. Vous ne sauriez croire combien la douleur l'embellit ! Pour peu qu'elle prenne de coquetterie, je vous garantis qu'elle pleurera souvent : pour cette fois, elle pleuroit sans malice..... Frappée de ce nouvel agrément que je ne lui connoissois pas, & que j'étois bien aise d'observer, je ne lui donnai d'abord que de ces consolations gauches, qui augmentent plus les peines qu'elles ne les soulagent ; &, par ce moyen, je l'amenai au point d'être véritablement suffoquée. Elle ne pleuroit plus, & je craignis un moment les convulsions. Je lui conseillai de se coucher, ce qu'elle accepta ; je lui servis de Femme-de-chambre : elle n'avoit point fait de toilette, & bientôt ses cheveux épars tomberent sur ses épaules

& fur fa gorge entiérement découverte ; je l'embraffai ; elle fe laiffa aller dans mes bras, & fes larmes recommencerent à couler fans effort. Dieu ! qu'elle étoit belle ! ah ! fi Magdeleine étoit ainfi, elle dut être bien plus dangereufe, pénitente que pécherefle.

Quand la belle défolée fut au lit, je me mis à la confoler de bonne foi. Je la raffurai d'abord fur la crainte du Couvent. Je fis naître en elle l'efpoir de voir Danceny en fecret ; & m'affëyant fur le lit : « S'il étoit » là, lui dis-je » ; puis brodant fur ce thême, je la conduifis, de diftraction en diftraction, à ne plus fe fouvenir du tout qu'elle étoit affligée. Nous nous ferions féparées parfaitement contentes l'une de l'autre, fi elle n'avoit voulu me charger d'une Lettre pour Danceny ; ce que j'ai conftamment refufé. En voici les raifons, que vous approuverez fans doute.

D'abord, celle que c'étoit me compromettre vis-à-vis de Danceny ; & fi c'étoit la feule dont je pus me fervir avec la petite, il y en avoit beaucoup d'autres de vous à moi. Ne feroit-ce pas rifquer le fruit de mes travaux, que de donner fitôt à nos jeunes gens un moyen fi facile d'adoucir leurs peines ? Et puis, je ne ferois pas fachée de les obliger à mêler quelques domeftiques dans cette avanture : car enfin, fi elle fe conduit

à bien, comme je l'espere, il faudra qu'elle
se sache immédiatement après le mariage,
& il y a peu de moyens plus sûrs pour la
répandre ; ou, si par miracle ils ne parloient
pas, nous parlerions, nous, & il sera plus
commode de mettre l'indiscrétion sur leur
compte.

Il faudra donc que vous donniez aujour-
d'hui cette idée à Danceny ; & comme je ne
suis pas sûre de la Femme-de-chambre de la
petite Volanges, dont elle-même paroît se
défier, indiquez-lui la mienne, ma fidele Victoire. J'aurai soin que la démarche réussisse.
Cette idée me plaît d'autant plus, que la confidence ne sera utile qu'à nous, & point à
eux : car je ne suis pas à la fin de mon récit.

Pendant que je me défendois de me charger de la lettre de la petite, je craignois à
tout moment qu'elle ne me proposât de la
mettre à la Petite-Poste ; ce que je n'aurois
gueres pu refuser. Heureusement, soit trouble, soit ignorance de sa part, ou encore
qu'elle tînt moins à la Lettre qu'à la Réponse, qu'elle n'auroit pas pu avoir par ce
moyen, elle ne m'en a point parlé : mais,
pour éviter que cette idée ne lui vînt, ou au
moins qu'elle ne pût s'en servir, j'ai pris mon
parti sur le champ ; & en rentrant chez
la mere, je l'ai décidée à éloigner sa fille
pour quelque temps, à la mener à la Cam-

pagne.... Et où ? Le cœur ne vous bat pas de joie ?.... Chez votre tante, chez la vieille Ro-semonde. Elle doit l'en prévenir aujourd'hui : ainſi vous voilà autoriſé à aller retrouver vo-tre Dévote, qui n'aura plus à vous objecter le ſcandale du tête-à-tête ; & grace à mes ſoins, M^{de}. de Volanges réparera elle-même le tort qu'elle vous a fait.

Mais écoutez-moi, ne vous occupez pas ſi vivement de vos affaires, que vous perdiez celle-ci de vue ; ſongez qu'elle m'intéreſſe. Je veux que vous vous rendiez le correſpon-dant & le conſeil des deux jeunes gens. Ap-prenez donc ce voyage à Danceny, & offrez-lui vos ſervices. Ne trouvez de difficulté qu'à faire parvenir entre les mains de la Belle, vo-tre Lettre de créance ; & levez cet obſtacle ſur le champ, en lui indiquant la voie de ma Femme-de-chambre. Il n'y a point de doute qu'il n'accepte ; & vous aurez pour prix de vos peines, la confidence d'un cœur neuf, qui eſt toujours intéreſſante. La pauvre pe-tite ! comme elle rougira en vous remettant ſa première Lettre ! Au vrai, ce rôle de con-fident, contre lequel il s'eſt établi des préju-gés, me paroît un très-joli délaſſement, quand on eſt occupé d'ailleurs ; & c'eſt le cas où vous ſerez.

C'eſt de vos ſoins que va dépendre le dé-nouement de cette intrigue. Jugez du moment où il faudra réunir les Acteurs. La Campagne offre mille moyens ; & Danceny, à coup-sûr, sera prêt à s'y rendre à votre premier signal. Une nuit, un déguisement, une fenêtre.... que sais-je moi ? Mais enfin, si la petite fille en revient telle qu'elle y aura été, je m'en prendrai à vous. Si vous jugez qu'elle ait besoin de quelqu'encouragement de ma part, mandez-le moi. Je crois lui avoir donné une assez bonne leçon sur le danger de garder des Lettres, pour oser lui écrire à présent ; & je suis toujours dans le dessein d'en faire mon élève.

Je crois avoir oublié de vous dire que ses soupçons, au sujet de sa correspondance trahie, s'étoient portés d'abord sur sa Femme-de-chambre, & que je les ai détournés sur le Confesseur. C'est faire d'une pierre deux coups.

Adieu, Vicomte ; voilà bien long-temps que je suis à vous écrire, & mon dîner en a été retardé : mais l'amour-propre & l'amitié dictoient ma Lettre, & tous deux sont bavards. Au reste, elle sera chez vous à trois heures, & c'est tout ce qu'il vous faut.

Plaignez-vous de moi à présent, si vous l'osez : & allez revoir, si vous en êtes tenté, le bois du Comte de B**. Vous dites qu'il le garde pour le plaisir de ses amis ! Cet homme est donc l'ami de tout le monde ? Mais adieu ; j'ai faim.

*De....., ce 9 Septembre 17**.*

LETTRE LXIV.

Le Chevalier DANCENY *à Madame* DE
VOLANGES.

Minute jointe à la Lettre LXVI *du Vicomte à
la Marquise.*

SANS chercher , Madame , à juſtifier ma
conduite , & ſans me plaindre de la vôtre ,
je ne puis que m'affliger d'un événement
qui fait le malheur de trois perſonnes , toutes trois dignes d'un ſort plus heureux. Plus
ſenſible encore au chagrin d'en être la cauſe,
qu'à celui d'en être la victime, j'ai ſouvent
eſſayé , depuis hier , d'avoir l'honneur de
vous répondre , ſans pouvoir en trouver la
force. J'ai cependant tant de choſes à vous
dire , qu'il faut bien faire un effort ſur moi-
même ; & ſi cette Lettre a peu d'ordre & de
ſuite , vous devez ſentir aſſez combien ma
ſituation eſt douloureuſe , pour m'accorder
quelqu'indulgence.

Permettez-moi d'abord de réclamer contre
la premiere phraſe de votre Lettre. Je n'ai
abuſé, j'oſe le dire, ni de votre confiance,
ni de l'innocence de Mlle. de Volanges; j'ai
reſpecté l'une & l'autre dans mes actions.

Elles feules dépendoient de moi ; & quand vous me rendriez refponfable d'un fentiment involontaire , je ne crains pas d'ajouter , que celui que m'a infpiré Mlle. votre fille , eft tel qu'il peut vous déplaire , mais non vous offenfer. Sur cet objet qui me touche , plus que je ne puis vous dire , je ne veux que vous pour juge , & mes Lettres pour témoins.

Vous me défendez de me préfenter chez vous à l'avenir , & fans doute je me foumettrai à tout ce qu'il vous plaira d'ordonner à ce fujet : mais cette abfence fubite & totale ne donnera-t-elle donc pas autant de prife aux remarques , que vous voulez éviter , que l'ordre que , par cette raifon même , vous n'avez point voulu donner à votre porte ? J'infifterai d'autant plus fur ce point , qu'il eft bien plus important pour Mlle. de Volanges que pour moi. Je vous fupplie donc de pefer attentivement toutes chofes , & de ne pas permettre que votre févérité altere votre prudence. Perfuadé que l'intérêt feul de Mlle. votre fille dictera vos réfolutions , j'attendrai de nouveaux ordres de votre part.

Cependant, dans le cas où vous me permettriez de vous faire ma cour quelquefois , je m'engage, Madame (& vous pouvez compter fur ma promeffe) , à ne point abufer de ces occafions pour tenter de parler en particulier à Mlle. de Volanges , ou de lui faire te-

nir aucune Lettre. La crainte de ce qui pourroit compromettre fa réputation, m'engage à
ce facrifice; & le bonheur de la voir quelquefois m'en dédommagera.

Cet article de ma Lettre eft auffi la feule
réponfe que je puiffe faire à ce que vous me
dites, fur le fort que vous deftinez à Mlle de
Volanges, & que vous voulez rendre dé-
pendant de ma conduite. Ce feroit vous
tromper, que de vous promettre davantage.
Un vil féducteur peut plier fes projets aux
circonftances, & calculer avec les événemens: mais l'amour qui m'anime ne me permet que deux fentimens; le courage & la
conftance.

Qui, moi! confentir à être oublié de Mlle
de Volanges, à l'oublier moi-même? non,
non, jamais Je lui ferai fidele; elle en a reçu
le ferment, & je le renouvelle en ce jour.
Pardon, Madame, je m'égare, il faut
revenir.

Il me refte un autre objet à traiter avec
vous; celui des Lettres que vous me demandez. Je fuis vraiment peiné, d'ajouter un
refus aux torts que vous me trouvez déjà:
mais, je vous en fupplie, écoutez mes raifons, & daignez vous fouvenir, pour les apprécier, que la feule confolation au malheur
d'avoir perdu votre amitié, eft l'efpoir de
conferver votre eftime.

Les Lettres de Mlle. de Volanges, toujours
ſi précieuſes pour moi, me le deviennent
bien plus dans ce moment. Elles ſont l'unique bien qui me reſte ; elles ſeules me retra-
cent encore un ſentiment qui fait tout le charme
de ma vie. Cependant, vous pouvez m'en
croire, je ne balancerois pas un inſtant à vous
en faire le ſacrifice, & le regret d'en être
privé céderoit au deſir de vous prouver ma
déférence reſpectueuſe : mais des conſidérations puiſſantes me retiennent, & je m'aſſure
que vous-même ne pourrez les blâmer.

Vous avez, il eſt vrai, le ſecret de Mlle.
de Volanges ; mais permettez-moi de le dire,
je ſuis autoriſé à croire que c'eſt l'effet de la
ſurpriſe, & non de la confiance. Je ne prétends pas blâmer une démarche, qu'autoriſe
peut-être la ſollicitude maternelle. Je reſpecte
vos droits, mais ils ne vont pas juſqu'à me
diſpenſer de mes devoirs. Le plus ſacré de
tous, eſt de ne jamais trahir la confiance
qu'on nous accorde. Ce ſeroit y manquer,
que d'expoſer aux yeux d'un autre les ſe-
crets d'un cœur qui n'a voulu les dévoiler
qu'aux miens. Si Mlle. votre fille conſent à
vous les confier, qu'elle parle ; ſes Lettres vous
ſont inutiles. Si elle veut, au contraire, renfermer ſon ſecret en elle-même, vous n'attendez pas, ſans doute, que ce ſoit moi qui
vous en inſtruiſe.

Quant au myſtere dans lequel vous deſirez que cette événement reſte enſeveli, ſoyez
tranquille, Madame; ſur tout ce qui intéreſſe
Mlle. de Volanges, je peux défier le cœur
même d'une mere. Pour achever de vous
ôter toute inquiétude, j'ai tout prévu. Ce dépôt précieux, qui portoit juſqu'ici pour ſouſ-
cription : *papiers à brûler*; porte à préſent: *pa-*
piers appartenans à M^{de}. de Volanges. Ce parti
que je prends, doit vous prouver auſſi que
mes refus ne portent pas ſur la crainte que
vous trouviez dans ces Lettres, un ſeul ſentiment dont vous ayez perſonnellement à vous
plaindre.

Voilà, Madame, une bien longue Lettre.
Elle ne le feroit pas encore aſſez, ſi elle vous
laiſſoit le moindre doute de l'honnêteté de
mes ſentimens, du regret bien ſincere de vous
avoir déplu, & du profond reſpect avec lequel j'ai l'honneur d'être, &c.

De.... ce 9 Septembre 17**.

LETTRE LXV.

LETTRE LXV.

Le Chevalier DANCENY *à* CECILE VOLANGES.

(Envoyée ouverte à la Marquise de Merteuil,
dans la Lettre LXVI du Vicomte).

O MA CÉCILE ! qu'allons-nous devenir ?
quel Dieu nous sauvera des malheurs qui
nous menacent ? Que l'amour nous donne
au moins le courage de les supporter ! Comment vous peindre mon étonnement, mon
désespoir à la vue de mes Lettres, à la lecture du billet de M^de. de Volanges ? Qui a
pu nous trahir ? Sur qui tombent vos soupçons ? Auriez-vous commis quelqu'imprudence ? Que faites-vous à présent ? Que vous
a-t-on dit ? Je voudrois tout savoir, & j'ignore
tout. Peut-être vous-même, n'êtes-vous pas
plus instruite que moi.

Je vous envoie le billet de votre Maman,
& la copie de ma Réponse. J'espere que
vous approuverez ce que je lui dis. J'ai bien
besoin que vous approuviez aussi les démarches que j'ai faites depuis ce fatal événement;
elles ont toutes pour but d'avoir de vos nouvelles, de vous donner des miennes ; &, que

IIme. Partie. C

fait-on ? peut-être de vous revoir encore, &
plus librement que jamais.

Concevez-vous, ma Cécile, quel plaifir
de nous retrouver enfemble, de pouvoir nous
jurer de nouveau un amour éternel, & de
voir dans nos yeux, de fentir dans nos ames
que ce ferment ne fera pas trompeur ? Quelles peines un moment fi doux ne feroit-il pas
oublier ? Hé bien, j'ai l'efpoir de le voir naître, & je le dois à ces mêmes démarches que
je vous fupplie d'approuver. Que dis-je ? je
le dois aux foins confolateurs de l'ami le
plus tendre ; & mon unique demande, eft
que vous permettiez que cet ami foit auffi
le vôtre.

Peut-être ne devois-je pas donner votre
confiance fans votre aveu ? mais j'ai pour
excufe le malheur & la néceffité. C'eft l'amour
qui m'a conduit ; c'eft lui qui réclame votre
indulgence, qui vous demande de pardonner
une confidence néceffaire, & fans laquelle
nous reftions peut-être à jamais féparés (1).
Vous connoiffez l'ami dont je vous parle ; il
eft celui de la femme que vous aimez le mieux,
C'eft le Vicomte de Valmont.

Mon projet, en m'adreffant à lui, étoit

---

(1) M. Danceny n'accufe pas vrai. Il avoit déjà fait fa
confidence à M. de Valmont avant cet événement. Voyez
la Lettre LVII.

d'abord de le prier d'engager M^{de}. de Merteuil
à se charger d'une Lettre pour vous. Il n'a
pas cru que ce moyen pût réussir ; mais au
défaut de la Maîtresse, il répond de la Femme-
de-chambre, qui lui a des obligations. Ce
sera elle qui vous remettra cette Lettre, &
vous pourrez lui donner votre Réponse.

Ce secours ne nous sera gueres utile, si,
comme le croit M. de Valmont, vous partez
incessamment pour la campagne. Mais alors
c'est lui-même qui veut nous servir. La femme
chez qui vous allez est sa parente. Il profi-
tera de ce prétexte pour s'y rendre dans le
même-temps que vous ; & ce sera par lui
que passera notre correspondance mutuelle.
Il assure même que, si vous voulez vous
laisser conduire, il nous procurera les moyens
de nous y voir, sans risquer de vous compromettre en rien.

A présent, ma Cécile, si vous m'aimez,
si vous plaignez mon malheur, si comme je
l'espere, vous partagez mes regrets, refuserez-vous votre confiance à un homme qui
sera notre ange tutélaire ? Sans lui, je serois
réduit au désespoir de ne pouvoir même adoucir les chagrins que je vous cause. Ils finiront,
je l'espere : mais, ma tendre amie, promettez-moi de ne pas trop vous y livrer, de
ne point vous en laisser abattre. L'idée de
votre douleur m'est un tourment insupporta-

ble. Je donnerois ma vie pour vous rendre heureuſe ! Vous le ſavez bien. Puiſſe la certitude d'être adorée, porter quelque conſolation dans votre ame ! La mienne a beſoin que vous m'aſſuriez que vous pardonnez à l'amour, les maux qu'il vous fait ſouffrir.

Adieu, ma Cécile ; adieu, ma tendre amie.

De.... ce 9 Septembre. 17**.

LETTRE LXVI.

Le Vicomte DE VALMONT à la Marquiſe DE MERTEUIL.

VOUS verrez, ma belle amie, en liſant les deux Lettres ci-jointes, ſi j'ai bien rempli votre projet. Quoique toutes deux ſoient datées d'aujourd'hui, elles ont été écrites hier chez moi, & ſous mes yeux : celle à la petite fille, dit tout ce que nous voulions. On ne peut que s'humilier devant la profondeur de vos vues, ſi on en juge par le ſuccès de vos démarches. Danceny eſt tout de feu, & ſûrement à la premiere occaſion, vous n'aurez plus de reproches à lui faire. Si ſa belle ingénue veut être docile, tout ſera terminé peu de temps après ſon arrivée à la campagne ;

j'ai cent moyens tout prêts. Graces à vos foins, me voilà bien décidément *l'ami de Danceny* ; il ne lui manque plus que d'être *Prince* (1).

Il eſt encore bien jeune, ce Danceny ! croiriez-vous que je n'ai jamais pu obtenir de lui qu'il promît à la mere de renoncer à ſon amour ; comme s'il étoit bien gênant de promettre, quand on eſt décidé à ne pas tenir ! ce feroit tromper, me répétoit-il ſans ceſſe : ce ſcrupule n'eſt-il pas édifiant, ſurtout en voulant féduire la fille ? Voilà bien les hommes ! tous également ſcélérats dans leurs projets, ce qu'ils mettent de foibleſſe dans l'exécution, ils l'appellent probité.

C'eſt votre affaire d'empêcher que M^{de}. de Volanges ne s'effarouche des petites échappées que notre jeune homme s'eſt permiſes dans ſa Lettre ; préſervez-nous du Couvent ; tâchez auſſi de faire abandonner la demande des Lettres de la petite. D'abord il ne les rendra point, il ne le veut pas, & je ſuis de ſon avis ; ici l'amour & la raiſon ſont d'accord. Je les ai lues ces Lettres, j'en ai dévoré l'ennui. Elles peuvent devenir utiles. Je m'explique.

_____

(1) Expreſſion relative à un paſſage d'un Poëme de M. de Voltaire.

Malgré la prudence que nous y mettrons,
il peut arriver un éclat ; il feroit manquer le
mariage , n'eſt-il pas vrai, & échouer tous
nos projets Gercourt ? Mais comme , pour
mon compte, j'ai auſſi à me venger de la
mere, je me réſerve en ce cas de déshonorer
la fille. En choiſiſſant bien dans cette correſpondance , & n'en produiſant qu'une partie,
la petite Volanges paroîtroit avoir fait toutes
les premieres démarches, & s'être abſolument
jettée à la tête. Quelques-unes des Lettres
pourroient même compromettre la mere , &
l'entacheroient au moins d'une négligence im-
pardonnable. Je ſens bien que le ſcrupuleux
Danceny ſe révolteroit d'abord; mais comme
il feroit perſonnellement attaqué , je crois
qu'on en viendroit à bout. Il y a mille à pa-
rier contre un, que la chance ne tournera pas
ainſi ; mais il faut tout prévoir.

Adieu , ma belle amie : vous feriez bien
aimable de venir ſouper demain chez la Maréchale de*** ; je n'ai pas pu refuſer.

J'imagine que je n'ai pas beſoin de vous recommander le ſecret , vis-à-vis Mde. de Volanges , ſur mon projet de campagne ; elle
auroit bientôt celui de reſter à la Ville : au
lieu qu'une fois arrivée , elle ne repartira pas
le lendemain ; & ſi elle nous donne ſeulement
huit jours, je réponds de tout.

De.... *ce 9 Septembre* 17**.

LETTRE LXVII.

La Présidente DE TOURVEL au Vicomte DE VALMONT.

JE ne voulois plus vous répondre, Monsieur, & peut-être l'embarras que j'éprouve en ce moment, est-il lui-même une preuve qu'en effet je ne le devrois pas. Cependant je ne veux vous laisser aucun sujet de plainte contre moi; je veux vous convaincre que j'ai fait pour vous tout ce que je pouvois faire.

Je vous ai permis de m'écrire, dites-vous? J'en conviens : mais quand vous me rappellez cette permission, croyez-vous que j'oublie à quelles conditions elle vous fut donnée ? Si j'y eusse été aussi fidelle que vous l'avez été peu, auriez-vous reçu une seule réponse de moi ? Voilà pourtant la troisieme ; & quand vous faites tout ce qu'il faut pour m'obliger à rompre cette correspondance, c'est moi qui m'occupe des moyens de l'entretenir. Il en est un, mais c'est le seul ; & si vous refusez de le prendre, ce sera, quoique vous puissiez dire, me prouver assez combien peu vous y mettez de prix.

Quittez donc un langage que je ne puis ni

C 4

ne veux entendre ; renoncez à un fentiment
qui m'offenfe & m'effraie, & auquel, peut-
être, vous devriez être moins attaché en fon-
geant qu'il eft l'obftacle qui nous fépare. Ce
fentiment eft-il donc le feul que vous puiffiez
connoître, & l'amour aura-t-il ce tort de
plus à mes yeux, d'exclure l'amitié ? vous
même, auriez-vous celui de ne pas vouloir
pour votre amie, celle en qui vous avez defiré des fentimens plus tendres ? Je ne veux
pas le croire : cette idée humiliante me révolteroit, m'éloigneroit de vous fans retour.

En vous offrant mon amitié, Monfieur,
je vous donne tout ce qui eft à moi, tout ce
dont je puis difpofer. Que pouvez-vous defirer davantage ? Pour me livrer à ce fentiment fi doux, fi bien fait pour mon cœur, je
n'attends que votre aveu ; & la parole que
j'exige de vous, que cette amitié fuffira à votre bonheur. J'oublierai tout ce qu'on a pu
me dire ; je me repoferai fur vous du foin
de juftifier mon choix.

Vous voyez ma franchife, elle doit vous
prouver ma confiance ; il ne tiendra qu'à vous
de l'augmenter encore : mais je vous préviens
que le premier mot d'amour la détruit à jamais, & me rend toutes mes craintes ; que
fur-tout il deviendra pour moi le fignal d'un
filence éternel vis-à-vis de vous.

Si, comme vous le dites, vous êtes *revenu*

de vos erreurs, n'aimerez-vous pas mieux être l'objet de l'amitié d'une femme honnête, que celui des remords d'une femme coupable? Adieu, Monfieur; vous fentez qu'après avoir parlé ainfi, je ne puis plus rien dire que vous ne m'ayez répondu.

De.... ce 9 Septembre. 17**.

LETTRE LXVIII.

Le Vicomte DE VALMONT à la Préfidente DE TOURVEL.

COMMENT répondre, Madame, à votre derniere Lettre? Comment ofer être vrai, quand ma fincérité peut me perdre auprès de vous? N'importe, il le faut; j'en aurai le courage. Je me dis, je me répete, qu'il vaut mieux vous mériter que vous obtenir ; & duffiez-vous me refufer toujours un bonheur que je defirerai fans ceffe, il faut vous prouver au moins que mon cœur en eft digne.

Quel dommage que, comme vous le dites, je fois *revenu de mes erreurs !* avec quels tranfports de joie j'auro s lu cette même Lettre à laquelle je tremble de répondre aujourd'hui! Vous m'y parlez avec *franchife*, vous

C 5

me témoignez de la *confiance*, vous m'offrez enfin votre *amitié*: que de biens, Madame, & quels regrets de ne pouvoir en profiter! Pourquoi ne fuis-je plus le même?

Si je l'étois en effet; fi je n'avois pour vous qu'un goût ordinaire, que ce goût léger, enfant de la féduction & du plaifir, qu'aujourd'hui pourtant on nomme amour, je me hâterois de tirer avantage de tout ce que je pourrois obtenir. Peu délicat fur les moyens, pourvu qu'ils me procuraffent le fuccès, j'encouragerois votre franchife par le befoin de vous deviner; je defirerois votre confiance, dans le deffein de la trahir; j'accepterois votre amitié, dans l'efpoir de l'égarer.... Quoi! Madame, ce tableau vous effraie?.... hé bien! il feroit pourtant tracé d'après moi, fi je vous difois que je confens à n'être que votre ami....

Qui, moi! je confentirois à partager avec quelqu'un un fentiment émané de votre ame? Si jamais je vous le dis, ne me croyez plus. De ce moment je chercherai à vous tromper; je pourrai vous defirer encore, mais à coup-fûr je ne vous aimerai plus.

Ce n'eft pas que l'aimable franchife, la douce confiance, la fenfible amitié, foient fans prix à mes yeux.... Mais l'amour! l'amour véritable, & tel que vous l'infpirez, en réuniffant tous ces fentimens, en leur donnant plus d'énergie, ne fauroit fe prêter, comme eux, à cette tranquillité, à cette froideur de l'ame, qui permet des comparaifons, qui fouffre même des préférences. Non, Madame, je ne ferai point votre ami; je vous aimerai de l'amour le plus tendre, & même le plus ardent, quoique le plus refpectueux. Vous pourrez le défefpérer, mais non l'anéantir.

De quel droit prétendez-vous difpofer d'un cœur dont vous refufez l'hommage ? Par quel raffinement de cruauté, m'enviez-vous jufqu'au bonheur de vous aimer ? Celui-là eft à moi, il eft indépendant de vous; je faurai le défendre. S'il eft la fource de mes maux, il en eft auffi le remede.

Non, encore une fois, non. Perfiftez dans vos refus cruels; mais laiffez-moi mon amour. Vous vous plaifez à me rendre malheureux ! eh bien ! foit; effayez de laffer mon courage, je faurai vous forcer au moins à décider de mon fort; &, peut-être, quelque jour vous me rendrez plus de juftice. Ce n'eft pas que j'efpere vous rendre jamais fenfible : mais fans être perfuadée, vous ferez convaincue; vous vous direz : je l'avois mal jugé.

Difons mieux, c'eft à vous que vous faites injuftice. Vous connoître fans vous aimer, vous aimer fans être conftant, font tous deux également impoffibles; & malgré la modeftie qui vous pare, il doit vous être plus facile

C 6

de vous plaindre, que de vous étonner, des sentimens que vous faites naître. Pour moi, dont le seul mérite est d'avoir su vous apprécier, je ne veux pas le perdre ; & loin de consentir à vos offres insidieuses, je renouvelle, à vos pieds, le serment de vous aimer toujours.

De....., ce 10 Septembre 17**.

LETTRE LXIX.

CECILE VOLANGES au Chevalier DANCENY.

Billet écrit au crayon, & recopié par Danceny.

VOUS me demandez ce que je fais ; je vous aime, & je pleure. Ma mere ne me parle plus ; elle m'a ôté papier, plumes & encre ; je me sers d'un crayon, qui par bonheur m'est resté, & je vous écris sur un morceau de votre Lettre. Il faut bien que j'approuve tout ce que vous avez fait ; je vous aime trop pour ne pas prendre tous les moyens d'avoir de vos nouvelles & de vous donner des miennes. Je n'aimois pas M. de Valmont, & je ne le croyois pas tant votre ami ; je tâcherai de m'accoutumer à lui, & je l'aimerai à caufe de vous. Je ne fais pas qui eft-ce qui nous a trahis ; ce ne peut être que ma Femme-de-chambre ou mon Confefleur. Je fuis bien malheureufe : nous partons demain pour la campagne ; j'ignore pour combien de temps. Mon Dieu! ne plus vous voir ! Je n'ai plus de place. Adieu ; tâchez de me lire. Ces mots tracés au crayon s'effaceront peut-être, mais jamais les fentimens gravés dans mon cœur.

De ... ce 10 Septembre 17**.

LETTRE LXX.

Le Vicomte DE VALMONT à la Marquife DE MERTEUIL.

J'AI un avis important à vous donner, ma chere amie. Je foupai hier , comme vous favez, chez la Maréchale de *** : on y parla de vous, & j'en dis, non pas tout le bien que j'en penfe, mais tout celui que je n'en penfe pas. Tout le monde paroiffoit être de mon avis, & la converfation languifloit, comme il arrive toujours quand on ne dit que du bien de fon prochain, lorfqu'il s'éleva un contradicteur ; c'étoit Prévan.

« A Dieu ne plaiſe, dit-il en ſe levant, que
» je doute de la ſageſſe de M^de. de Merteuil!
» mais j'oſerois croire qu'elle la doit plus à ſa
» légéreté qu'à ſes principes. Il eſt peut-être
» plus difficile de la ſuivre que de lui plaire;
» & comme on ne manque gueres en courant
» après une femme, d'en rencontrer d'autres
» ſur ſon chemin; comme, à tout prendre,
» ces autres-là peuvent valoir autant & plus
» qu'elle; les uns ſont diſtraits par un goût
» nouveau, les autres s'arrêtent de laſſitude;
» &, c'eſt peut-être la femme de Paris qui a
» eu le moins à ſe défendre ». Pour moi,
ajouta-t-il, (encouragé par le ſourire de quelques femmes), « je ne croirai à la vertu de
» M^de. de Merteuil, qu'après avoir crevé ſix
» chevaux à lui faire ma cour ».

Cette mauvaiſe plaiſanterie réuſſit, comme
toutes celles qui tiennent à la médiſance; &
pendant le rire qu'elle excitoit, Prévan reprit
ſa place, & la converſation générale changea.
Mais les deux Comteſſes de B***, auprès de
qui étoit notre incrédule, en firent avec lui
leur converſation particuliere, qu'heureuſement je me trouvois à portée d'entendre.

Le défi de vous rendre ſenſible a été accepté; la parole de tout dire a été donnée; & de
toutes celles qui ſe donneroient dans cette aventure, ce ſeroit ſûrement la plus religieuſement
gardée. Mais vous voilà bien avertie, & vous
ſavez le proverbe.

Il me refte à vous dire que ce Prévan, que vous ne connoiffez pas, eft infiniment aimable, & encore plus adroit. Que fi quelquefois vous m'avez entendu dire le contraire, c'eft feulement que je ne l'aime pas, que je me plais à contrarier fes fuccès, & que je n'ignore pas de quel poids eft mon fuffrage auprès d'une trentaine de nos femmes les plus à la mode.

En effet, je l'ai empêché long-temps, par ce moyen, de paroître fur ce que nous appellons le grand théâtre ; & il faifoit des prodiges, fans en avoir plus de réputation. Mais l'éclat de fa triple aventure, en fixant les yeux fur lui, lui a donné cette confiance qui lui manquoit jufques-là, & l'a rendu vraiment redoutable. C'eft enfin aujourd'hui le feul homme, peut-être, que je craindrois de rencontrer fur mon chemin ; & votre intérêt à part, vous me rendrez un vrai fervice de lui donner quelque ridicule, chemin faifant. Je le laiffe en bonnes mains ; & j'ai l'efpoir qu'à mon retour, ce fera un homme noyé.

Je vous promets en revanche, de mener à bien l'aventure de votre pupille, & de m'occuper d'elle autant que de ma belle Prude.

Celle-ci vient de m'envoyer un projet de capitulation. Toute fa Lettre annonce le defir d'être trompée. Il eft impoffible d'en offrir un moyen plus commode & auffi plus ufé. Elle veut que je fois *fon ami*. Mais moi, qui aime

les méthodes nouvelles & difficiles , je ne prétends pas l'en tenir quitte à fi bon marché ; &
affurément je n'aurai pas pris tant de peine
auprès d'elle , pour terminer par une féduction ordinaire.

Mon projet au contraire , eft qu'elle fente ,
qu'elle fente bien la valeur & l'étendue de chacun des facrifices qu'elle me fera ; de ne pas
la conduire fi vîte , que le remords ne puiffe la
fuivre ; de faire expirer fa vertu dans une lente
agonie ; de la fixer fans ceffe fur ce défolant
fpectacle ; & de ne lui accorder le bonheur de
m'avoir dans fes bras , qu'après l'avoir forcée
à n'en plus diffimuler le defir. Au fait je vaux
bien peu , fi je ne vaux pas la peine d'être demandé. Et puis - je me venger moins d'une
femme hautaine , qui femble rougir d'avouer
qu'elle m'adore.

J'ai donc refufé la précieufe amitié & m'en
fuis tenu à mon titre d'Amant. Comme je ne
diffimule point que ce titre , qui ne paroît
d'abord qu'une difpute de mots , eft pourtant
d'une importance réelle à obtenir , j'ai mis
beaucoup de foin à ma Lettre , & j'ai tâché d'y
répandre ce défordre , qui peut feul peindre
le fentiment. J'ai enfin déraifonné le plus qu'il
m'a été poffible : car fans déraifonnement ,
point de tendreffe ; & c'eft je crois , par cette
raifon , que les femmes nous font fi fupérieu-
res dans les Lettres d'amour.

J'ai fini la mienne par une cajolerie, & c'est encore une suite de mes profondes observations. Après que le cœur d'une femme a été exercé quelques temps, il a besoin de repos; & j'ai remarqué qu'une cajolerie étoit, pour toutes, l'oreiller le plus doux à leur offrir.

Adieu, ma belle amie. Je pars demain. Si vous avez des ordres à me donner pour la Comtesse de ***, je m'arrêterai chez elle, au moins pour dîner. Je suis fâché de partir sans vous voir. Faites-moi passer vos sublimes instructions, & aidez-moi de vos sages conseils, dans ce moment décisif.

Sur-tout, défendez-vous de Prévan; & puissé-je un jour, vous dédommager de ce sacrifice! Adieu.

De.... ce 11 Septembre 17**.

L E T T R E   LXXI.

Le Vicomte DE VALMONT à la Marquise DE MERTEUIL

MON étourdi de Chasseur n'a-t-il pas laissé mon porte-feuille à Paris! Les Lettres de ma Belle, celles de Danceny pour la petite Volanges, tout est resté, & j'ai besoin de tout. Il va partir pour réparer fa fottife; & tandis qu'il felle fon cheval, je vous raconterai mon hiftoire de cette nuit: car je vous prie de croire que je ne perds pas mon temps.

L'aventure, par elle-même, eft bien peu de chofe; ce n'eft qu'un réchauffé avec la Vicomteffe de M..... Mais elle m'a intéreffé par les détails. Je fuis bien aife d'ailleurs de vous faire voir que fi j'ai le talent de perdre les femmes, je n'ai pas moins, quand je veux, celui de les fauver. Le parti le plus difficile ou le plus gai, eft toujours celui que je prends; & je ne me reproche pas une bonne action, pourvu qu'elle m'exerce ou m'amufe.

J'ai donc trouvé la Vicomteffe ici, & comme elle joignoit fes inftances aux perfécutions qu'on me faifoit pour paffer la nuit au Château: » Eh bien! j'y confens, lui dis-je, à condition » que je la pafferai avec vous. — Cela m'eft im- » poffible, me répondit-elle, Vreffac eft ici ». Jufques-là je n'avois cru que lui dire une honnêteté: mais ce mot d'impoffible me révolta comme de coutume. Je me fentis humilié d'être facrifié à Vreffac, & je réfolus de ne le pas fouffrir: j'infiftai donc.

Les circonftances ne m'étoient pas favorables. Ce Vreffac a eu la gaucherie de donner de l'ombrage au Vicomte; en forte que la Vicomteffe ne peut plus le recevoir chez elle: & ce voyage chez la bonne Comteffe avoit été concerté entr'eux, pour tâcher d'y dérober quelques nuits. Le Vicomte avoit même d'abord montré de l'humeur d'y rencontrer Vreffac; mais comme il est encore plus Chaffeur que jaloux, il n'en est pas moins resté: & la Comteffe, toujours telle que vous la connoiffez, après avoir logé la femme dans le grand corridor, a mis le mari d'un côté & l'Amant de l'autre, & les a laiffés s'arranger entr'eux. Le mauvais deftin de tous deux a voulu que je fuffe logé vis-à-vis.

Ce jour-là même, c'eft-à-dire hier, Vreffac, qui, comme vous pouvez croire, cajole le Vicomte, chaffoit avec lui, malgré fon peu de goût pour la chaffe, & comptoit bien fe confoler la nuit, entre les bras de la femme, de l'ennui que le mari lui caufoit tout le jour : mais moi, je jugeai qu'il auroit befoin de repos, & je m'occupai des moyens de décider fa Maîtreffe à lui laiffer le temps d'en prendre.

Je réuffis, & j'obtins qu'elle lui feroit une querelle de cette même partie de chaffe, à laquelle, bien évidemment, il n'avoit confenti que pour elle. On ne pouvoit prendre un plus mauvais prétexte : mais nulle femme n'a mieux que la Vicomteffe, ce talent commun à toutes, de mettre l'humeur à la place de la raifon, & de n'être jamais fi difficile à appaifer que quand elle a tort. Le moment d'ailleurs n'étoit pas commode pour les explications ; & ne vou-

lant qu'une nuit, je confentois qu'il fe raccom-
modaffent le lendemain.

V reffac fut donc boudé à fon retour. Il voulut en demander la caufe, on le querella. Il
effaya de fe juftifier ; le mari qui étoit préfent
fervit de prétexte pour rompre la converfation ; il tenta enfin de profiter un moment où le
mari étoit abfent, pour demander qu'on voulût
bien l'entendre le foir : ce fut alors que la Vicomteffe devint fublime. Elle s'indigna contre
l'audace des hommes qui, parce qu'ils ont
éprouvé les bontés d'une femme, croient avoir
le droit d'en abufer encore, même alors qu'elle
a à fe plaindre d'eux ; & ayant changé de thefe
par cette adreffe, elle parla fi bien délicateffe
& fentiment, que V reffac refta muet & confus ;
& que moi-même je fus tenté de croire qu'elle
avoit raifon : car vous faurez que comme ami
de tous deux, j'étois en tiers dans cette converfation.

Enfin, elle déclara pofitivement qu'elle n'a-
jouteroit pas les fatigues de l'amour à celles de
la chaffe, & qu'elle fe reprocheroit de troubler
d'auffi doux plaifirs. Le mari rentra. Le défolé
Vreffac, qui n'avoit plus la liberté de répondre, s'adreffa à moi ; & après m'avoir fort
longuement conté fes raifons, que je favois
auffi bien que lui, il me pria de parler à la Vicomteffe, & je le lui promis. Je lui parlai en
effet ; mais ce fut pour la remercier, & conve-

nir avec elle de l'heure & des moyens de notre rendez-vous.

Elle me dit que logée entre son mari & son Amant, elle avoit trouvé plus prudent d'aller chez Vressac, que de le recevoir dans son appartement ; & que puisque je logeois vis-à-vis d'elle, elle croyoit plus sûr aussi de venir chez moi ; qu'elle s'y rendroit aussi-tôt que sa Femme-de-chambre l'auroit laissée seule ; que je n'avois qu'à tenir ma porte entr'ouverte, & l'attendre.

Tout s'exécuta comme nous en étions convenus ; & elle arriva chez moi vers une heure du matin.

. . . . Dans le simple appareil
D'une beauté qu'on vient d'arracher au sommeil (1).

Comme je n'ai point de vanité, je ne m'arrête pas aux détails de la nuit : mais vous me connoissez, & j'ai été content de moi.

Au point du jour, il a fallu se séparer. C'est ici que l'intérêt commence. L'étourdie avoit cru laisser sa porte entr'ouverte, nous la trouvâmes fermée, & la clef étoit restée en dedans : vous n'avez pas d'idée de l'expression de désespoir avec laquelle la Vicomtesse me dit aussi-tôt : « Ah ! je suis perdue ». Il faut convenir

_____

(1) RACINE, *Tragédie de Britannicus.*

qu'il eût été plaisant de la laisser dans cette
situation : mais pouvois-je souffrir qu'une femme fût perdue pour moi, sans l'être par moi ?
Et devois-je, comme le commun des hommes,
me laisser maîtriser par les circonstances ? Il
falloit donc trouver un moyen. Qu'eussiez-
vous fait, ma belle amie ? Voici ma conduite,
& elle a réussi.

J'eus bientôt reconnu que la porte en question pouvoit s'enfoncer, en se permettant de
faire beaucoup de bruit. J'obtins donc de la
Vicomtesse, non sans peine, qu'elle jetteroit
des cris perçans & d'effroi, comme *au voleur,*
à l'assassin, &c. &c. Et nous convînmes qu'au
premier cri j'enfoncerois la porte, & qu'elle
courroit à son lit. Vous ne sauriez croire combien il fallut de temps pour la décider, même
après qu'elle eût consenti. Il fallut pourtant
finir par-là, & au premier coup de pied la
porte céda.

La Vicomtesse fit bien de ne pas perdre de
temps, car au même instant le Vicomte &
Vressac furent dans le corridor ; & la Femme-
de-chambre accourut aussi à la chambre de
sa Maîtresse.

J'étois seul de sang froid, & j'en profitai pour
aller éteindre une veilleuse qui brûloit encore
& la renverser par terre ; car vous jugez combien il eût été ridicule de feindre cette terreur
panique, en ayant de la lumiere dans sa cham-

bre. Je querellai enfuite le mari & l'Amant fur leur fommeil léthargique, en les affurant que les cris auxquels j'étois accourus, & mes efforts pour enfoncer la porte, avoient duré au moins cinq minutes.

La Vicomteffe qui avoit retrouvé fon courage dans fon lit, me feconda affez bien, & jura fes grands Dieux qu'il y avoit un voleur dans fon appartement; elle protefta avec plus de fincérité, que de la vie elle n'avoit eu tant de peur. Nous cherchions par-tout & nous ne trouvions rien, lorfque je fis appercevoir la veilleufe renverfée, & conclus que, fans doute, un rat avoit caufé le dommage & la frayeur; mon avis paffa tout d'une voix, & après quelques plaifanteries rebattues fur les rats, le Vicomte s'en alla le premier regagner fa chambre & fon lit, en priant fa femme d'avoir à l'avenir des rats plus tranquilles.

Vreffac refté feul avec nous, s'approcha de la Vicomteffe pour lui dire tendrement que c'étoit une vengeance de l'Amour; à quoi elle répondit en me regardant : « Il étoit donc bien » en colere, car il s'eft beaucoup vengé; mais, » ajouta-t-elle, je fuis rendue de fatigue, & je » veux dormir ».

J'étois dans un moment de bonté; en conféquence, avant de nous féparer, je plaidai la caufe de Vreffac, & j'amenai le raccommodement. Les deux Amans s'embrafferent, & je fus à mon tour embraſſé par tous deux. Je ne me ſouciois plus des baiſers de la Vicomteſſe; mais j'avoue que celui de Vreſſac me fit plaiſir. Nous ſortîmes enſemble; & après avoir reçu ſes longs remerciemens, nous allâmes chacun nous remettre au lit.

Si vous trouvez cette hiſtoire plaiſante, je ne vous en demande pas le ſecret. A préſent que je m'en ſuis amuſé, il eſt juſte que le public ait ſon tour. Pour le moment je ne parle que de l'hiſtoire; peut-être bientôt en dirons-nous autant de l'héroïne?

Adieu, il y a une heure que mon Chaſſeur attend; je ne prends plus que le moment de vous embraſſer, & de vous recommander ſur-tout de vous garder de Prévan.

*Du Château de .... ce 13 Septembre 17***

LETTRE LXXII.

Le Chevalier DANCENY à CECILE VOLANGES.

(*Remiſe ſeulement le 14.*).

O MA CÉCILE! que j'envie le ſort de Valmont! demain il vous verra. C'eſt lui qui vous remettra cette Lettre; & moi, languiſſant loin de vous, je traînerai ma pénible exiſtence entre les regrets & le malheur. Mon amie, ma tendre amie, plaignez-moi de mes maux; ſurtout

tout plaignez-moi des vôtres : c'est contr'eux que le courage m'abandonne.

Qu'il m'est affreux de causer votre malheur ! sans moi vous feriez heureuse & tranquille. Me pardonnez-vous ? dites ! ah ! dites que vous me pardonnez ; dites-moi aussi que vous m'aimez, que vous m'aimerez toujours. J'ai besoin que vous me le répétiez. Ce n'est pas que j'en doute : mais il me semble que plus on en est sûr, & plus il est doux de se l'entendre dire. Vous m'aimez, n'est-ce pas ? oui, vous m'aimez de toute votre ame. Je n'oublie pas que c'est là dernière parole que je vous ai entendu prononcer. Comme je l'ai recueillie dans mon cœur ! comme elle s'y est profondément gravée ! & avec quels transports le mien y a répondu !

Hélas ! dans ce moment de bonheur, j'étois loin de prévoir le sort affreux qui nous attendoit. Occupons-nous, ma Cécile, des moyens de l'adoucir. Si j'en crois mon ami, il suffira pour y parvenir, que vous preniez en lui une confiance qu'il mérite.

J'ai été peiné, je l'avoue, de l'idée défavantageuse que vous paroissez avoir de lui. J'y ai reconnu les préventions de votre Maman : c'étoit pour m'y soumettre que j'avois négligé, depuis quelque temps, cet homme vraiment aimable, qui aujourd'hui fait tout pour moi ; qui, enfin, travaille à nous réunir, lorsque votre Maman nous a séparés. Je vous en con-

IIme. Partie. D

jure, ma chere amie, voyez-le d'un œil plus favorable. Songez qu'il eſt mon ami, qu'il veut être le vôtre ; qu'il peut me rendre le bonheur de vous voir. Si ces raiſons ne vous ramenent pas, ma Cécile, vous ne m'aimez pas autant que je vous aime, vous ne m'aimez plus autant que vous m'aimiez. Ah ! ſi jamais vous deviez m'aimer moins....., Mais non, le cœur de ma Cécile eſt à moi, il y eſt pour la vie ; & ſi j'ai à craindre les peines d'un amour malheureux, ſa conſtance au moins me ſauvera les tourmens d'un amour trahi.

Adieu, ma charmante amie ; n'oubliez pas que je ſouffre, & qu'il ne tient qu'à vous de me rendre heureux, parfaitement heureux. Ecoutez le vœu de mon cœur, & recevez les plus tendres baiſers de l'amour.

Paris, ce 11 Septembre 17**.

LETTRE LXXIII.

Le *Vicomte* DE VALMONT à CECILE VOLANGES.

(*jointe à la précédente.*)

L'AMI qui vous ſert a ſu que vous n'aviez rien de ce qu'il vous falloit pour écrire, & il y

a déjà pourvu. Vous trouverez dans l'anti-
chambre de l'appartement que vous occupez,
sous la grande armoire à main gauche, une
provifion de papier, de plumes & d'encre,
qu'il renouvellera quand vous voudrez, &
qu'il lui femble que vous pouvez laiffer à cette
même place, fi vous n'en trouvez pas de plus
sûre.

Il vous demande de ne pas vous offenfer,
s'il a l'air de ne faire aucune attention à vous
dans le cercle, & de ne vous y regarder que
comme un enfant. Cette conduite lui paroît néceffaire pour infpirer la fécurité dont il a befoin, & pouvoir travailler plus efficacement
au bonheur de fon ami & au vôtre. Il tâchera
de faire naître les occafions de vous parler,
quand il aura quelque chofe à vous apprendre
ou à vous remettre ; & il efpere y parvenir,
fi vous mettez du zele à le feconder.

Il vous confeille auffi de lui rendre, à me-
fure, les lettres que vous aurez reçues, afin de
rifquer moins de vous compromettre.

Il finit par vous affurer que fi vous voulez
lui donner votre confiance, il mettra tous fes
foins à adoucir la perfécution qu'une mere trop
cruelle fait éprouver à deux perfonnes, dont
l'une eft déjà fon meilleur ami, & l'autre lui
paroît mériter l'intérêt le plus tendre.

*Au Château de.... ce 14 Septembre 17**.*

LETTRE LXXIV.

La Marquise DE MERTEUIL, *au Vicomte* DE
VALMONT.

EH! depuis quand, mon ami, vous effrayez-
vous ſi facilement? Ce Prévan eſt donc bien
redoutable ? Mais voyez combien je ſuis ſim-
ple & modeſte! Je l'ai rencontré ſouvent,
ce ſuperbe vainqueur; à peine l'avois-je regardé! Il ne falloit pas moins que votre Lettre
pour m'y faire faire attention. J'ai réparé mon
injuſtice hier. Il étoit à l'Opéra, preſque vis-
à-vis de moi, & je m'en ſuis occupée. Il eſt
joli au moins, mais très-joli; des traits fins
& délicats! il doit gagner à être vu de près.
Et vous dites qu'il veut m'avoir! aſſurément
il me fera honneur & plaiſir. Sérieuſement,
j'en ai fantaiſie, & je vous confie ici que j'ai
fait les premieres démarches. Je ne ſais pas ſi
elles réuſſiront. Voilà le fait.

Il étoit à deux pas de moi, à la ſortie de
l'Opéra, & j'ai donné, très-haut, rendez-vous
à la Marquiſe de... pour ſouper le Vendredi
chez la Maréchale. C'eſt je crois la ſeule maiſon où je peux le rencontrer. Je ne doute pas
qu'il ne m'ait entendu.... Si l'ingrat alloit n'y
pas venir? Mais dites-moi donc, croyez-vous

qu'il y vienne? Savez-vous que s'il n'y vient pas, j'aurai de l'humeur toute la foirée? Vous voyez qu'il ne trouvera pas tant de difficulté *à me fuivre* ; & ce qui vous étonnera davantage, c'eft qu'il en trouvera moins encore *à me plaire.* Il veut, dit-il, crever fix chevaux à me faire fa cour! Oh! je fauverai la vie à ces chevaux-là. Je n'aurai jamais la patience d'attendre fi long-temps. Vous favez qu'il n'eft pas dans mes principes de faire languir, quand une fois je fuis décidée, & je le fuis pour lui.

Oh! çà, convenez qu'il y a plaifir à me parler raifon! Votre *avis important* n'a-t-il pas un grand fuccès? Mais que voulez-vous? je végete depuis fi long-temps! Il y a plus de fix femaines que je ne me fuis pas permis une gaieté. Celle-là fe préfente; puis-je me la refufer? le fujet n'en vaut-il pas la peine? en eft-il de plus agréable, dans quelque fens que vous preniez ce mot?

Vous même, vous êtes forcé de lui rendre juftice; vous faites plus que le louer, vous en êtes jaloux. Eh bien! je m'établis juge entre vous deux : mais d'abord, il faut s'inftruire, & c'eft ce que je veux faire. Je ferai juge integre, & vous ferez pefés tous deux dans la même balance. Pour vous, j'ai déjà vos mémoires, & votre affaire eft parfaitement inftruite. N'eft-il pas jufte que je m'occupe à préfent de votre adverfaire? Allons, exécutez-vous de

bonne grace ; &, pour commencer, apprenez-
moi, je vous prie, quelle eſt cette triple aventure dont il eſt le héros. Vous m'en parlez,
comme ſi je ne connoiſſois autre choſe, & je
n'en ſais pas le premier mot. Apparemment
elle ſe ſera paſſée pendant mon voyage à Ge-
neve, & votre jalouſie vous aura empêché de
me l'écrire. Réparez cette faute au plutôt ; ſongez que *rien de ce qui l'intéreſſe ne m'eſt étranger*. Il me ſemble bien qu'on en parloit encore
à mon retour : mais j'étois occupée d'autre
choſe, & j'écoute rarement en ce genre tout
ce qui n'eſt pas du jour ou de la veille.

Quand ce que je vous demande vous con-
trarieroit un peu, n'eſt-ce pas le moindre prix
que vous deviez aux ſoins que je me ſuis donnés pour vous ? ne ſont-ce pas eux qui vous
ont rapproché de votre Préſidente, quand vos
ſottiſes vous en avoient éloigné ? n'eſt-ce pas
encore moi qui ai remis entre vos mains, de
quoi vous venger du zele amer de M^{de}. de
Volanges ? Vous vous êtes plaint ſi ſouvent du
temps que vous perdiez à aller chercher vos
aventures ! A préſent vous les avez ſous la
main. L'amour, la haine, vous n'avez qu'à
choiſir, tout couche ſous le même toit ; & vous
pouvez, doublant votre exiſtence, carreſſer
d'une main & frapper de l'autre.

C'eſt même encore à moi, que vous devez
l'aventure de la Vicomteſſe. J'en ſuis aſſez con-

tente : mais, comme vous dites, il faut qu'on
en parle ; car fi l'occafion a pu vous engager,
comme je le conçois, à préférer pour le moment le myftere à l'éclat, il faut convenir
pourtant que cette femme ne méritoit pas un
procédé fi honnête.

J'ai d'ailleurs à m'en plaindre. Le Chevalier de Belleroche la trouve plus jolie que je
ne voudrois ; & par beaucoup de raifons, je
ferai bien aife d'avoir un prétexte pour rompre avec elle : or, il n'en eft pas de plus commode, que d'avoir à dire : On ne peut plus
voir cette femme-là.

Adieu, Vicomte ; fongez que placé où vous
êtes, le temps eft précieux : je vais employer
le mien à m'occuper du bonheur de Prévan.

Paris, ce 15 Septembre 17**.

LETTRE LXXV.

CECILE VOLANGES à SOPHIE CARNAY.

(*Nota....* Dans cette Lettre, Cécile Volanges rend compte
avec le plus grand détail de tout ce qui eft relatif à elle
dans les événemens que le Lecteur a vus à la fin de la premiere Partie. On a cru devoir fupprimer cette répétition.
Elle parle enfin du Vicomte de Valmont, & elle s'exprime
ainfi) :

. . . . . JE t'affure que c'eft un homme bien
extraordinaire. Maman en dit beaucoup de

D 4

mal ; mais le Chevalier Danceny en dit beaucoup de bien, & je crois que c'eſt lui qui a raiſon. Je n'ai jamais vu d'homme auſſi adroit.
Quand il m'a rendu la Lettre de Danceny ,
c'étoit au milieu de tout le monde, & perſonne n'en a rien vu ; il eſt vrai que j'ai eu
bien peur, parce que je n'étois prévenue de
rien : mais à préſent je m'y attendrai. J'ai déjà
fort bien compris comment il vouloit que je
fiſſe pour lui remettre ma Réponſe. Il eſt bien
facile de s'entendre avec lui, car il a un regard qui dit tout ce qu'il veut. Je ne ſais pas
comment il fait : il me diſoit dans le billet, dont
je t'ai parlé, qu'il n'auroit pas l'air de s'occuper de moi devant Maman : en effet, on diroit toujours qu'il n'y ſonge pas ; & pourtant
toutes les fois que je cherche ſes yeux, je
ſuis ſûre de les rencontrer tout de ſuite.

Il y a ici une bonne amie de Maman ,
que je ne connoiſſois pas, qui a auſſi l'air de
ne gueres aimer M. de Valmont, quoiqu'il
ait bien des attentions pour elle. J'ai peur
qu'il ne s'ennuie bientôt de la vie qu'on mene
ici, & qu'il ne s'en retourne à Paris ; cela
ſeroit bien fâcheux. Il faut qu'il ait bien bon
cœur d'être venu exprès pour rendre ſervice
à ſon ami & à moi ! Je voudrois bien lui
en témoigner ma reconnoiſſance, mais je ne
ſais comment faire pour lui parler ; & quand
j'en trouverois l'occaſion, je ſerois ſi hon-

teufe, que je ne faurois peut-être que lui dire.

Il n'y a que Madame de Merteuil avec qui je parle librement, quand je parle de mon amour. Peut-être même qu'avec toi, à qui je dis tout, fi c'étoit en caufant, je ferois embarraffée. Avec Danceny lui-même, j'ai fouvent fenti, comme malgré moi, une certaine crainte qui m'empêchoit de lui dire tout ce que je penfois. Je me le reproche bien à préfent, & je donnerois tout au monde pour trouver le moment de lui dire une fois, une feule fois, combien je l'aime. M. de Valmont lui a promis que fi je me laiffois conduire, il nous procureroit l'occafion de nous revoir. Je ferai bien affez ce qu'il voudra ; mais je ne peux pas concevoir que cela foit poffible.

Adieu, ma bonne amie, je n'ai plus de place (1).

*Du Château de . . . ce 14 Septembre 17**.*

---

(1) Mlle. de Volanges ayant peu de temps après changé de confidente, comme on le verra par la fuite de ces Lettres ; on ne trouvera plus dans ce Recueil aucune de celles qu'elle a continué d'écrire à fon amie du Couvent : elles n'apprendroient rien au Lecteur.

LETTRE LXXVI.

Le Vicomte DE VALMONT à la Marquise DE MERTEUIL.

Ou votre lettre est un persiflage, que je n'ai pas compris ; ou vous étiez, en me l'écrivant, dans un délire très-dangereux. Si je vous connoissois moins, ma belle amie, je serois vraiment très-effrayé ; & quoique vous en puissiez dire, je ne m'effraierois pas trop facilement.

J'ai beau vous lire & vous relire, je n'en suis pas plus avancé ; car, de prendre votre Lettre dans le sens naturel qu'elle présente, il n'y a pas moyen. Qu'avez-vous donc voulu dire ?

Est-ce seulement qu'il étoit inutile de se donner tant de soins contre un ennemi si peu redoutable ? mais, dans ce cas, vous pourriez avoir tort. Prévan est réellement aimable ; il l'est plus que vous ne le croyez ; il a surtout le talent très-utile d'occuper beaucoup de son amour, par l'adresse qu'il a d'en parler dans le cercle, & devant tout le monde, en se servant de la premiere conversation qu'il trouve. Il est peu de femmes qui se sauvent alors du piege d'y répondre, parce que toutes ayant des prétentions à la finesse, au-

cune ne veut perdre l'occaſion d'en montrer.
Or, vous ſavez aſſez que femme qui conſent
à parler d'amour, finit bientôt par en prendre, ou au moins par ſe conduire comme ſi
elle en avoit. Il gagne encore à cette méthode
qu'il a réellement perfectionnée, d'appeller
ſouvent les femmes elles-mêmes en témoigna-
ge de leur défaite ; & cela, je vous en parle
pour l'avoir vu.

Je n'étois dans le ſecret que de la ſeconde
main ; car jamais je n'ai été lié avec Prévan :
mais enfin nous y étions ſix : & la Comteſſe
de P. . . ., tout en ſe croyant bien fine , &
ayant l'air en effet, pour tout ce qui n'étoit
pas inſtruit, de tenir une converſation générale, nous raconta dans le plus grand détail ,
& comme quoi elle s'étoit rendue à Prévan,
& tout ce qui s'étoit paſſé entr'eux. Elle faiſoit ce récit avec une telle ſécurité, qu'elle ne
fut pas même troublée par un ſou-rire qui nous
prit à tous ſix en même temps ; & je me ſou-
viendrai toujours qu'un de nous ayant voulu ,
pour s'excuſer , feindre de douter de ce qu'elle
diſoit , ou plutôt de ce qu'elle avoit l'air de dire,
elle répondit gravement qu'à coup ſûr nous n'é-
tions aucun auſſi bien inſtruits qu'elle ; & elle ne
craignit pas même de s'adreſſer à Prévan, pour
lui demander ſi elle s'étoit trompée d'un mot.

J'ai donc pu croire cet homme dangereux
pour tout le monde : mais pour vous, Mar-

D 6

quife, ne fuffifoit-il pas qu'il fût *joli*, *très-joli*, comme vous le dites vous-même ? ou qu'il vous fît *une de ces attaques*, *que vous vous plaifez quelquefois à récompenfer*, *fans autre motif que de les trouver bien faites ?* ou que vous euffiez trouvé plaifant de vous rendre par une raifon quelconque ? ou... que fais-je ? puis-je deviner les mille & mille caprices qui gouvernent la tête d'une femme, & par qui feuls vous tenez encore à votre fexe ? A préfent que vous êtes avertie du danger, je ne doute pas que vous ne vous en fauviez facilement : mais pourtant falloit-il vous avertir. Je reviens donc à mon texte, qu'avez-vous voulu dire ?

Si ce n'eft qu'un perfiflage fur Prévan, outre qu'il eft bien long, ce n'étoit pas vis-à-vis de moi qu'il étoit utile ; c'eft dans le monde qu'il faut lui donner quelque bon ridicule, & je vous renouvelle ma priere à ce fujet.

Ah ! je crois tenir le mot de l'énigme, votre Lettre eft une prophétie, non de ce que vous ferez, mais de ce qu'il vous croira prête à faire au moment de la chûte que vous lui préparez. J'approuve affez ce projet ; il exige pourtant de grands ménagemens. Vous favez comme moi que, pour l'effet public, avoir un homme ou recevoir fes foins, eft abfolument la même chofe, à moins que cet homme ne foit un fot ; & Prévan ne l'eft pas, à beaucoup près. S'il peut gagner feulement une apparence, il fe vantera, & tout fera dit. Les fots y croiront, les méchans auront l'air d'y croire : quelles feront vos reffources ? Tenez, j'ai peur. Ce n'eft pas que je doute de votre adreffe : mais ce font les bons nageurs qui fe noient.

Je ne me crois pas plus bête qu'un autre ; des moyens de déshonorer une femme, j'en ai trouvé cent, j'en ai trouvé mille : mais quand je me fuis occupé de chercher comment elle pourroit s'en fauver, je n'en ai jamais vu la poffibilité. Vous-même, ma belle amie, dont la conduite eft un chef-d'œuvre, cent fois j'ai cru vous voir plus de bonheur que de bien joué.

Mais après tout, je cherche peut-être une raifon à ce qui n'en a point. J'admire comment, depuis une heure, je traite férieufement ce qui n'eft, à coup fûr, qu'une plaifanterie de votre part. Vous allez vous moquer de moi ! Hé bien ! foit ; mais dépêchez-vous, & parlons d'autre chofe. D'autre chofe ! je me trompe, c'eft toujours de la même ; toujours des femmes à avoir ou à perdre, & fouvent tous les deux.

J'ai ici, comme vous l'avez fort bien remarqué, de quoi m'exercer dans les deux genres, mais non pas avec la même facilité. Je prévois que la vengeance ira plus vîte que l'amour. La petite Volanges eft rendue, j'en

réponds ; elle ne dépend plus que de l'occasion, & je me charge de la faire naître. Mais
il n'en est pas de même de M^{de}. de Tourvel :
cette femme est désolante, je ne la conçois
pas ; j'ai cent preuves de son amour, mais j'en
ai mille de sa résistance ; & en vérité, je crains
qu'elle ne m'échappe.

Le premier effet qu'avoit produit mon retour, me faisoit espérer davantage. Vous
devinez que je voulois en juger par moi-même ;
& pour m'assurer de voir les premiers mouvemens, je ne m'étois fait précéder par personne,
& j'avois calculé ma route pour arriver pendant qu'on seroit à table. En effet, je tombai
des nues, comme une Divinité d'Opéra qui
vient faire un dénouement.

Ayant fait assez de bruit en entrant pour
fixer les regards sur moi, je pus voir du même coup-d'œil, la joie de ma vieille tante,
le dépit de M^{de}. de Volanges, & le plaisir dé-
contenancé de sa fille. Ma Belle, par la place
qu'elle occupoit, tournoit le dos à la porte.
Occupée dans ce moment à couper quelque
chose, elle ne tourna seulement pas la tête :
mais j'adressai la parole à M^{de} de Rosemonde ;
& au premier mot, la sensible dévote ayant
reconnu ma voix, il lui échappa un cri, dans
lequel je crus reconnoître plus d'amour que de
surprise ou d'effroi. Je m'étois alors assez avancé
pour voir sa figure : le tumulte de son ame,

le combat de fes idées & de fes fentimens, s'y peignirent de vingt façons différentes. Je me mis à table à côté d'elle ; elle ne favoit exactement rien de ce qu'elle faifoit ni de ce qu'elle difoit. Elle effaya de continuer de manger ; il n'y eut pas moyen ; enfin, moins d'un quart-d'heure après, fon embarras & fon plaifir devenant plus forts, qu'elle, elle n'imagina rien de mieux, que de demander permiffion de fortir de table, & elle fe fauva dans le parc, fous le prétexte d'avoir befoin de prendre l'air. M^de. de Volanges voulut l'accompagner ; la tendre Prude ne le permit pas : trop heureufe, fans doute, de trouver un prétexte pour être feule, & fe livrer fans contrainte à la douce émotion de fon cœur !

J'abrégeai le dîner le plus qu'il me fut poffible. A peine avoit-on fervi le deffert, que l'infernale Volanges, preffée apparemment du befoin de me nuire, fe leva de fa place pour aller trouver la charmante malade : mais j'avois prévu ce projet, & je le traverfai. Je feignis donc de prendre ce mouvement particulier pour le mouvement général ; & m'étant levé en même-temps, la petite Volanges & le Curé du lieu fe laifferent entraîner par ce double exemple ; enforte que M^de. de Rofemonde fe trouva feule à table avec le vieux Commandeur de T... & tous deux prirent auffi le parti d'en fortir, Nous allâmes donc tous re-

joindre ma belle, que nous trouvâmes dans
le bofquet près du Château; & comme elle
avoit befoin de folitude & non de promenade,
elle aima autant revenir avec nous, que nous
faire refter avec elle.

Dès que je fus affuré que M^de. de Volanges n'auroit pas l'occafion de lui parler feule,
je fongeai à exécuter vos ordres, & je m'occupai des intérêts de votre pupille. Auffi-tôt
après le café, je montai chez moi, & j'entrai
auffi chez les autres, pour reconnoître le ter-
rein; je fis mes difpofitions pour affurer la
correfpondance de la petite; & après ce premier bienfait, j'écrivis un mot pour l'en inftruire & lui demander fa confiance; je joignis
mon billet à la Lettre de Danceny. Je revins
au fallon. J'y trouvai ma Belle établie fur une
chaife longue & dans un abandon délicieux.

Ce fpectacle, en éveillant mes defirs, ani-
ma mes regards; je fentis qu'ils devoient être
tendres & preffans, & je me plaçai de maniere
à pouvoir en faire ufage. Leur premier effet
fut de faire baiffer les grands yeux modeftes
de la célefte Prude. Je confidérai quelque
temps cette figure angélique; puis, parcourant
toute fa perfonne, je m'amufois à deviner les
contours & les formes à travers un vêtement
léger, mais toujours importun. Après être def-
cendu de la tête aux pieds, je remontois des
pieds à la tête... Ma belle amie, le doux re-

gards étoit fixé fur moi; fur le champ il fe baiffa de nouveau ; mais voulant en favorifer le retour, je détournai mes yeux. Alors s'établit entre nous cette convention tacite, premier traité de l'amour timide, qui, pour fatisfaire le befoin mutuel de fe voir, permet aux regards de fe fuccéder en attendant qu'ils fe confondent.

Perfuadé que ce nouveau plaifir occupoit ma Belle toute entiere, je me chargeai de veiller à notre commune fûreté ; mais après m'être affuré qu'une converfation affez vive nous fauvoit des remarques du cercle, je tâchai d'obtenir de fes yeux qu'ils parlaffent franchement leur langage. Pour cela je furpris d'abord quelques regards ; mais avec tant de réferve, que la modeftie n'en pouvoit être alarmée ; & pour mettre la timide perfonne plus à fon aife, je paroiffois moi-même auffi embarraffé qu'elle. Peu-à-peu nos yeux, accoutumés à fe rencontrer, fe fixerent plus long-temps ; enfin ils ne fe quitterent plus, & j'apperçus dans les fiens cette douce langueur, fignal heureux de l'amour & du defir ; mais ce ne fut qu'un moment ; & bientôt revenue à elle-même, elle changea, non fans quelque honte, fon maintien & fon regard.

Ne voulant pas qu'elle pût douter que j'euffe remarqué fes divers mouvemens, je me levai avec vivacité, en lui demandant, avec l'air de l'effroi, fi elle fe trouvoit mal. Auffi-tôt tout le monde vint l'entourer. Je les laiffai tous paffer devant moi ; & comme la petite Volanges, qui travailloit à la tapifferie auprès d'une fenêtre, eut befoin de quelque temps pour quitter fon métier, je faifis ce moment pour lui remettre la Lettre de Danceny.

J'étois un peu loin d'elle ; je jetai l'Epître fur fes genoux. Elle ne favoit en vérité qu'en faire. Vous auriez trop ri de fon air de furprife & d'embarras ; pourtant je ne riois point, car je craignois que tant de gaucherie ne nous trahît. Mais un coup-d'œil & un gefte fortemens prononcés, lui firent enfin comprendre qu'il falloit mettre le paquet dans fa poche.

Le refte de la journée n'eut rien d'intéreffant. Ce qui s'eft paffé depuis amenera peut-être des événemens dont vous ferez contente, au moins pour ce qui regarde votre pupille : mais il vaut mieux employer fon temps à exécuter fes projets qu'à les raconter. Voilà d'ailleurs la huitieme page que j'écris, & j'en fuis fatigué ; ainfi, adieu.

Vous vous doutez bien, fans que je vous le dife, que la petite a répondu à Danceny (1). J'ai eu auffi une Réponfe de ma Belle, à qui

(1) Cette Lettre ne s'eft pas retrouvée.

j'avois écrit le lendemain de mon arrivée. Je vous envoie les deux Lettres Vous les lirez ou vous ne les lirez pas ; car ce perpétuel rabachage, qui déjà ne m'amufe pas trop, doit être bien infipide pour toute perfonne défintéreffée.

Encore une fois ; adieu. Je vous aime toujours beaucoup : mais je vous en prie, fi vous me reparlez de Prévan, faites en forte que je vous entende.

Du Château de....., ce 17 Septembre 17**.

L E T T R E LXXVII.

Le Vicomte DE VALMONT à la Préfidente DE TOURVEL.

D'OU peut venir, M^{de}., le foin cruel que vous mettez à me fuir ? comment fe peut-il que l'empreffement le plus tendre de ma part, n'obtienne de la vôtre que des procédés qu'on fe permettroit à peine envers l'homme dont on auroit le plus à fe plaindre ? Quoi ! l'amour me ramene à vos piéds ; & quand un heureux hafard me place à côté de vous, vous aimez mieux feindre une indifpofition, alarmer vos amis, que de confentir à refter près de moi ! Combien de fois hier n'avez-vous pas détourné vos yeux pour me priver de la faveur d'un regard ? & fi un feul inftant j'ai pu y voir moins de févérité, ce moment a été fi court, qu'il femble que vous ayez voulu moins m'en faire jouir, que me faire fentir ce que je perdois à en être privé.

Ce n'eft-là, j'ofe le dire, ni le traitement que mérite l'amour, ni celui que peut fe permettre l'amitié ; & toutefois, de ces deux fentimens, vous favez fi l'un m'anime, & j'étois, ce me femble, autorifé à croire que vous ne vous refufiez pas à l'autre. Cette amitié précieufe, dont fans doute vous m'avez cru digne, puifque vous avez bien voulu me l'offrir, qu'ai-je donc fait pour l'avoir perdue depuis ? me ferois-je nui par ma confiance, & me puniriez-vous de ma franchife ? ne craignez-vous pas au moins d'abufer de l'une & de l'autre ? En effet, n'eft-ce pas dans le fein de mon amie, que j'ai dépofé le fecret de mon cœur ? n'eft-ce pas vis-à-vis d'elle feule, que j'ai pu me croire obligé de refufer des conditions qu'il me fuffifoit d'accepter, pour me donner la facilité de ne les pas tenir, & peut-être celle d'en abufer utilement ? Voudriez-vous enfin, par une rigueur fi peu méritée, me forcer à croire qu'il n'eût fallu que vous tromper pour obtenir plus d'indulgence ?

Je ne me repens point d'une conduite que je vous devois, que je me devois à moi-même ; mais par quelle fatalité , chaque action louable devient-elle pour moi le signal d'un malheur nouveau ?

C'est après avoir donné lieu au seul éloge que vous ayez encore daigné faire de ma conduite , que j'ai eu, pour la premiere fois, à gémir du malheur de vous avoir déplu. C'est après vous avoir prouvé ma soumission parfaite , en me privant du bonheur de vous voir , uniquement pour rassurer votre délicatesse , que vous avez voulu rompre toute correspondance avec moi , m'ôter ce foible dédommagement d'un sacrifice que vous aviez exigé, & me ravir jusqu'à l'amour qui seul avoit pu vous en donner le droit. C'est enfin après vous avoir parlé avec une sincérité , que l'intérêt même de cet amour n'a pu affoiblir, que vous me fuyez aujourd'hui comme un séducteur dangereux , dont vous auriez reconnu la perfidie.

Ne vous lasserez-vous donc jamais d'être injuste ? Apprenez-moi du moins quels nouveaux torts ont pu vous porter à tant de sévérité , & ne refusez pas de me dicter les ordres que vous voulez que je suive ; quand je m'engage à les exécuter , est-ce trop prétendre que de demander à les connoître ?

De.... ce 15 Septembre 17**.

LETTRE LXXVIII.

La Présidente de TOURVEL *au Vicomte* DE
VALMONT.

VOUS paroiffez , M. , furpris de ma conduite , & peu s'en faut même que vous ne
m'en demandiez compte , comme ayant le
droit de la blâmer. J'avoue que je me ferois crue plus autorifée que vous à m'étonner & à me plaindre; mais depuis le refus
contenu dans votre derniere réponfe , j'ai
pris le parti de me renfermer dans une indifférence qui ne laiffe plus lieu ni aux remarques
ni aux reproches. Cependant , comme vous
me demandez des éclairciffemens , & que,
graces au Ciel , je ne fens rien en moi qui
puiffe m'empêcher de vous les donner; je veux
bien entrer encore une fois en explication
avec vous.

Qui liroit vos Lettres , me croiroit injufte ou
bifarre. Je crois mériter que perfonne n'ait cette
idée de moi; il me femble fur-tout que vous
étiez moins qu'un autre dans le cas de la prendre. Sans doute , vous avez fenti qu'en néceffitant ma juftification , vous me forciez à rappeller tout ce qui s'eft paffé entre nous. Appa-

remment vous avez cru n'avoir qu'à gagner à cet examen : comme de mon côté, je ne crois pas avoir à y perdre, au moins à vos yeux, je ne crains pas de m'y livrer. Peut-être eft-ce, en effet, le feul moyen de con- noître qui de nous deux a le droit de fe plain- dre de l'autre.

A compter, M., du jour de votre arri- vée dans ce château, vous avouerez, je crois, qu'au moins votre réputation m'autorifoit à ufer de quelque réferve avec vous; & que j'aurois pu, fans craindre d'être taxée d'un excès de pruderie, m'en tenir aux feules ex- preffions de la politeffe la plus froide. Vous- même m'euffiez traitée avec indulgence, & vous euffiez trouvé fimple qu'une femme auffi peu formée, n'eût pas même le mérite nécef- faire pour apprécier le vôtre. C'étoit fure- ment-là le parti de la prudence ; & il m'eût d'autant moins coûté à fuivre que je ne vous cacherai pas que, quand M^{de}. de Rofemonde vint me faire part de votre arrivée, j'eus befoin de me rappeller mon amitié pour elle, & celle qu'elle a pour vous, pour ne pas lui laiffer voir combien cette nouvelle me con- trarioit.

Je conviens volontiers que vous vous êtes montré d'abord fous un afpect plus favora- ble que je ne l'avois imaginé ; mais vous con- viendrez à votre tour qu'il a bien peu duré,

& que vous vous êtes bientôt laffé d'une contrainte, dont apparemment vous ne vous êtes
pas cru fuffifamment dédommagé par l'idée
avantageufe qu'elle m'avoit fait prendre de
vous.

C'eft alors qu'abufant de ma bonne foi,
de ma fécurité, vous n'avez pas craint de
m'entretenir d'un fentiment dont vous ne pouviez pas douter que je ne me trouvaffe offen-
fée ; & moi, tandis que vous ne vous occu-
piez qu'à aggraver vos torts en les multipliant,
je cherchois un motif pour les oublier, en
vous offrant l'occafion de les réparer, au
moins en partie. Ma demande étoit fi jufte,
que vous-même ne crûtes pas devoir vous y
refufer : mais vous faifant un droit de mon indulgence, vous en profitâtes pour me demander une permiffion que, fans doute, je n'aurois pas dû accorder, & que pourtant vous
avez obtenue. Des conditions qui y furent
mifes, vous n'en avez tenu aucune ; & votre
correfpondance a été telle, que chacune de
vos Lettres me faifoit un devoir de ne plus
vous répondre. C'eft dans le moment même
où votre obftination me forçoit à vous éloigner de moi, que, par une condefcendance
peut-être blâmable, j'ai tenté le feul moyen
qui pouvoit me permettre de vous en rapprocher : mais de quel prix eft à vos yeux un

fentiment

fentimeut honnête ? Vous méprifez l'amitié ; & dans votre folle ivreffe, comptant pour rien les malheurs & la honte, vous ne cherciez que des plaifirs & des victimes.

Auffi léger dans vos démarches qu'incon-féquent dans vos reproches, vous oubliez vos promeffes, ou plutôt vous vous faites un jeu de les violer, & après avoir confenti à vous éloigner de moi, vous revenez ici fans y être rappellé ; fans égard pour mes prieres, pour mes raifons ; fans avoir même l'attention de m'en prévenir. Vous n'avez pas craint de m'expofer à une furprife dont l'effet, quoique bien fimple affurément, auroit pu être inter-prêté défavorablement pour moi, par les per-fonnes qui nous entouroient. Ce moment d'em-barras que vous aviez fait naître, loin de cher-cher à en diftraire, ou à le diffiper, vous avez paru mettre tous vos foins à l'augmenter encore. A table, vous choififfez précifément votre place à côté de la mienne : une légere indifpofition me force d'en fortir avant les au-tres ; & au lieu de refpecter ma folitude, vous engagez tout le monde à venir la troubler. Ren-trée au fallon, fi je fais un pas, je vous trouve à côté de moi ; fi je dis une parole, c'eft toujours vous qui me répondez. Lemot le plus indifférent vous fert de prétexte pour ramener une con-verfation que je ne voulois pas entendre, qui pouvoit même me compromettre ; car enfin ,

IIme. Partie.   E

M. , quelqu'adreſſe que vous y mettiez ,
ce que je comprends , je crois que les autres
peuvent auſſi le comprendre.

Forcée ainſi par vous à l'immobilité & au
ſilence , vous n'en continuez pas moins de me
pourſuivre ; je ne puis lever les yeux ſans
rencontrer les vôtres. Je ſuis ſans ceſſe obligée de détourner mes regards ; & par une
inconſéquence bien incompréhenſible , vous
fixez ſur moi ceux du cercle , dans un moment où j'aurois voulu pouvoir même me
dérober aux miens.

Et vous vous plaignez de mes procédés ! &
vous vous étonnez de mon empreſſement à vous
fuir ! Ah ! blâmez-moi plutôt de mon indulgence , étonnez-vous que je ne ſois pas partie au moment de votre arrivée. Je l'aurois dû peut-être , & vous me forcerez à
ce parti violent mais néceſſaire , ſi vous ne
ceſſez enfin des pourſuites offenſantes. Non,
je n'oublie point , je n'oublierai jamais ce
que je me dois , ce que je dois à des nœuds
que j'ai formés , que je reſpecte & que je
chéris ; & je vous prie de croire que , ſi jamais
je me trouvois réduite à ce choix malheureux , de les ſacrifier ou de me ſacrifier moi-
même , je ne balancerois pas un inſtant.
Adieu , Monſieur.

*De.... ce 16 Septembre 17**.*

LETTRE LXXIX.

Le Vicomte de VALMONT à la Marquise DE
MERTEUIL.

J E comptois aller à la chasse ce matin ; mais
il fait un temps détestable. Je n'ai pour toute
lecture qu'un Roman nouveau, qui ennuie-
roit même une Pensionnaire. On déjeûnera au
plutôt dans deux heures : ainsi, malgré ma
longue Lettre d'hier, je vais encore causer
avec vous. Je suis bien sûr de ne pas vous
ennuyer, car je vous parlerai *du très - joli*
Prévan. Comment n'avez-vous pas su sa fa-
meuse aventure, celle qui a séparé les *insé-*
parables? Je parie que vous vous la rappellerez
au premier mot. La voici pourtant, puisque vous la desirez.

Vous vous souvenez que tout Paris s'é-
tonnoit que trois femmes, toutes trois jolies,
ayant toutes trois les mêmes talens, & pouvant avoir les mêmes prétentions, restassent
intimément liées entr'elles depuis le moment
de leur entrée dans le monde. On crut d'a-
bord en trouver la raison dans leur extrême
timidité : mais bientôt, entourées d'une cour
nombreuse dont elles partageoient les hom-

E 2

mages, & éclairées fur leur valeur par l'empreffement & les foins dont elles étoient l'objet, leur union n'en devint pourtant que plus
forte ; & l'on eût dit que le triomphe de l'une
étoit toujours celui des deux autres. On ef-
péroit au moins que le moment de l'amour
ameneroit quelque rivalité. Nos agréables fe
difputoient l'honneur d'être la pomme de
difcorde ; & moi-même, je me ferois mis
alors fur les rangs, fi la grande faveur où
la Comteffe de.... s'éleva dans ce même-
temps, m'eût permis de lui être infidele avant
d'avoir obtenu l'agrément que je demandois.

　Cependant nos trois Beautés, dans le même
carnaval, firent leur choix comme de concert ; & loin qu'il excitât les orages qu'on s'en
étoit promis, il ne fit que rendre leur amitié plus
intéreffante, par le charme des confidences.

　La foule des prétendans malheureux fe joi-
gnit alors à celle des femmes jaloufes, & la
fcandaleufe conftance fut foumife à la
cenfure publique. Les uns prétendoient
que dans cette fociété *des inféparables* (ainfi
la nomma-t-on alors), la Loi fondamentale
étoit la communauté de biens, & que l'a-
mour même y étoit foumis ; d'autres affu-
roient que les trois Amans, exempts de rivaux, ne l'étoient pas de rivales : on alla
même jufqu'à dire qu'ils n'avoient été admis
que par décence, & n'avoient obtenu qu'un
titre fans fonction.

Ces bruits, vrais ou faux, n'eurent pas l'effet qu'on s'en étoit promis. Les trois couples, au contraire, sentirent qu'ils étoient perdus, s'ils se séparoient dans ce moment; ils prirent le parti de faire tête à l'orage. Le public, qui se lasse de tout, se lassa bientôt d'une satyre infructueuse. Emporté par sa légéreté naturelle, il s'occupa d'autres objets : puis, revenant à celui-ci avec son inconséquence ordinaire, il changea la critique en éloge. Comme ici tout est de mode, l'enthousiasme gagna ; il devenoit un vrai délire, lorsque Prévan entreprit de vérifier ces prodiges, & de fixer sur eux l'opinion publique & la sienne.

Il rechercha donc ces modeles de perfection. Admis facilement dans leur société, il en tira un favorable augure. Il savoit assez que les gens heureux, ne sont pas d'un accès si facile. Il vit bientôt, en effet, que ce bonheur si vanté étoit, comme celui des Rois, plus envié que desirable. Il remarqua que, parmi ces prétendus inséparables, on commençoit à rechercher les plaisirs du dehors, qu'on s'y occupoit même de distraction ; & il en conclut que les liens d'amour ou d'amitié étoient déjà relâchés ou rompus, & que ceux de l'amour-propre & de l'habitude conservoient seuls quelque force.

Cependant les femmes, que le besoin rassembloit, conservoient entr'elles l'apparence

E 3

de la même intimité : mais les hommes, plus
libres dans leurs démarches, retrouvoient des
devoirs à remplir, ou des affaires à suivre ;
ils s'en plaignoient encore, mais ne s'en dif-
pensoient plus, & rarement les soirées étoient
complettes.

Cette conduite de leur part fut profitable à
l'assidu Prévan, qui, placé naturellement auprès de la délaissée du jour, trouvoit à offrir
alternativement, & selon les circonstances, le
même hommage aux trois amies. Il sentit facilement que faire un choix entr'elles, c'étoit
se perdre : que la fausse honte de se trouver
la premiere infidele, effaroucheroit la préfé-
rée ; que la vanité blessée des deux autres,
les rendroit ennemies du nouvel Amant, &
qu'elles ne manqueroient pas de déployer contre lui la sévérité des grands principes ; enfin,
que la jalousie rameneroit à coup sûr les soins
d'un rival qui pouvoit être encore à craindre.
Tout fût devenu obstacle ; tout devenoit facile dans son triple projet ; chaque femme
étoit indulgente, parce qu'elle y étoit inté-
ressée ; chaque homme, parce qu'il croyoit
ne pas l'être.

Prévan, qui n'avoit alors qu'une seule
femme à sacrifier, fut assez heureux pour
qu'elle prît de la célébrité. Sa qualité d'étrangere, & l'hommage d'un grand Prince assez
adroitement refusé, avoient fixé sur elle l'at-

tention de la Cour & de la Ville : son Amant
en partageoit l'honneur, & en profita auprès
de ses nouvelles Maîtresses. La seule difficulté
étoit de mener de front ces trois intrigues,
dont la marche devoit forcément se régler sur
la plus tardive ; en effet, je tiens d'un de ses
confidens, que sa plus grande peine fut d'en
arrêter une, qui se trouva prête à éclore près
de quinze jours avant les autres.

Enfin, le grand jour arriva. Prévan, qui
avoit obtenu les trois aveux, se trouvoit déjà
maître des démarches, & les régla comme
vous allez voir. Des trois maris, l'un étoit
absent, l'autre partoit le lendemain au point
du jour, le troisieme étoit à la Ville. Les inséparables amies devoient souper chez la veuve
future ; mais le nouveau Maître n'avoit pas
permis que les anciens Serviteurs y fussent in-
vités. Le matin même de ce jour, il fait trois
lots des Lettres de sa Belle ; il accompagne
l'un du portrait qu'il avoit reçu d'elle, le
second d'un chiffre amoureux qu'elle même
avoit peint, le troisieme d'une boucle de ses
cheveux ; chacune reçut pour complet ce tiers
de sacrifice, & consentit, en échange, à envoyer à l'Amant disgracié, une Lettre écla-
tante de rupture.

C'étoit beaucoup ; ce n'étoit pas assez. Celle
dont le mari étoit à la Ville ne pouvoit dis-
poser que de la journée ; il fut convenu qu'une

feinte indifpofition la difpenferoit d'aller foû-
per chez fon amie, & que la foirée feroit
toute à Prévan : la nuit fut accordée par celle
dont le mari étoit abfent : & le point du jour,
moment du départ du troifieme époux, fut
marqué par la derniere, pour l'heure du
Berger.

Prévan qui ne néglige rien, court enfuite
chez la belle étrangere, y porte & y fait naître l'humeur dont il avoit befoin, & n'en fort
qu'après avoir établi une querelle qui lui affure vingt-quatre heures de liberté. Ses difpofitions ainfi faites, il rentra chez lui, comptant prendre quelque repos ; d'autres affaires
l'y attendoient.

Les Lettres de rupture avoient été un coup
de lumiere pour les Amans difgraciés : chacun d'eux ne pouvoit douter qu'il n'eût été
facrifié à Prévan ; & le dépit d'avoir été
joué, fe joignant à l'humeur que donne prefque toujours la petite humiliation d'être quitté,
tous trois, fans fe communiquer, mais comme
de concert, avoient réfolu d'en avoir raifon,
& pris le parti de la demander à leur fortuné rival.

Celui-ci trouva donc chez lui les trois car-
tels ; ils les accepta loyalement : mais ne voulant perdre ni les plaifirs, ni l'éclat de cette
aventure, il fixa les rendez-vous au lendemain
matin, & les affigna tous les trois au même

lieu & à la même heure. Ce fut à une des portes du bois de Boulogne.

Le soir venu, il courut sa triple carriere avec un succès égal; au moins s'est-il vanté depuis, que chacune de ses nouvelles Maîtresses avoit reçu trois fois le gage & le serment de son amour. Ici, comme vous le jugez bien, les preuves manquent à l'histoire; tout ce que peut faire l'Historien impartial, c'est de faire remarquer au Lecteur incrédule, que la vanité & l'imagination exaltées peuvent enfanter des prodiges; & de plus, que la matinée qui devoit suivre une si brillante nuit, paroissoit devoir en dispenser le Héros de tout ménagement pour l'avenir. Quoi qu'il en soit, les faits suivans ont plus de certitude.

Prévan se rendit exactement au rendez-vous qu'il avoit indiqué; il y trouva ses trois rivaux, un peu surpris de leur rencontre, & peut-être chacun d'eux déjà consolé en partie, en se voyant des compagnons d'infortune. Il les aborda d'un air affable & cavalier, & leur tint ce discours, qu'on m'a rendu fidellement:

» Messieurs, leur dit-il, en vous trouvant » rassemblés ici, vous avez deviné, sans doute, » que vous aviez tous trois le même sujet de » plainte contre moi. Je suis prêt à vous ren- » dre raison. Que le sort décide, entre vous,

E 5

» qui des trois tentera le premier une ven-
» geance à laquelle vous avez tous un droit
» égal. Je n'ai amené ici ni second ni témoins.
» Je n'en ai point pris pour l'offense ; je n'en
» demande point pour la réparation ». Puis
cédant à son caractere joueur : « Je sais,
» ajouta-t-il, qu'on gagne rarement *le sept &*
» *le va ;* mais quelque soit le sort qui m'attend,
» on a toujours assez vécu, quand on a eu le
» temps d'acquérir l'amour des femmes &
» l'estime des hommes ».

Pendant que ses adversaires étonnés se re-
gardoient en silence, & que leur délicatesse
calculoit peut-être que ce triple combat ne
laissoit pas la partie égale, Prévan reprit la
parole : « Je ne vous cache pas, continua-t-
» il donc, que la nuit que je viens de passer
» m'a cruellement fatigué. Il seroit généreux
» à vous de me permettre de réparer mes for-
» ces. J'ai donné mes ordres pour qu'on tînt
» ici un déjeûner prêt ; faites-moi l'honneur
» de l'accepter. Déjeûnons ensemble, & sur-
» tout déjeûnons gaiement. On peut se battre
» pour de semblables bagatelles ; mais elles ne
» doivent pas, je crois, altérer notre humeur ».

Le déjeûner fut accepté. Jamais, dit-on,
Prévan ne fut plus aimable. Il eut l'adresse
de n'humilier aucun de ses rivaux ; de leur
persuader que tous eussent eu facilement les
mêmes succès, & sur-tout de les faire con-

vénir qu'ils n'en euffent pas plus que lui laiffé
échapper l'occafion. Ces faits une fois avoués,
tout s'arrangeoit de foi-même. Auffi le déjeûner n'étoit-il pas fini, qu'on y avoit déjà ré-
pété dix fois que de pareilles femmes ne mé-
ritoient pas que d'honnêtes gens fe battiffent
pour elles. Cette idée amena la cordialité ; le
vin la fortifia fi bien que, peu de momens
après, ce ne fut pas affez de n'avoir plus de
rancune, on fe jura amitié fans réferve.

Prévan, qui fans doute aimoit bien autant
ce dénouement que l'autre, ne vouloit pourtant y rien perdre de fa célébrité. En conféquence, pliant adroitement fes projets aux
circonftances : « En effet, dit-il aux trois of-
» fenfés, ce n'eft pas de moi, mais de vos in-
» fidelles Maîtreffes que vous avez à vous
» venger. Je vous en offre l'occafion. Déjà je
» reffens, comme vous-mêmes, une injure
» que bientôt je partagerois : car fi chacun de
» vous n'a pu parvenir à en fixer une feule,
» puis-je efpérer de les fixer toutes trois ? Vo-
» tre querelle devient la mienne. Acceptez
» pour ce foir, un fouper dans ma petite
» maifon, & j'efpere ne pas différer plus
» long-temps votre vengeance ». On voulut
le faire expliquer : mais lui, avec ce ton de
fupériorité que la circonftance l'autorifoit à
prendre : « Meffieurs, répondit-il, je crois
» vous avoir prouvé que j'avois quelqu'ef-

E 6

» prit de conduite ; repofez-vous fur moi ».
Tous confentirent ; & après avoir embraſſé
leur nouvel ami, ils ſe ſéparerent juſqu'au
ſoir, en attendant l'effet des ſes promeſſes.

Celui-ci, ſans perdre de temps, retourne à
Paris, & va, ſuivant l'uſage, viſiter ſes nouvelles conquêtes. Il obtint de toutes trois,
qu'elles viendroient le ſoir même ſouper *en
tête-à-tête* à ſa petite maiſon. Deux d'entr'elles
firent bien quelques difficultés ; mais que reſte-
t-il à refuſer le lendemain ? Il donna le rendez-vous à une heure de diſtance, temps néceſſaire à ſes projets. Après ces préparatifs,
il ſe retira, fit avertir les trois autres conjurés,
& tous quatre allerent gaiement attendre leurs
victimes.

On entend arriver la premiere. Prévan ſe
préſente ſeul, la reçoit avec l'air de l'empreſſement, la conduit juſques dans le ſanctuaire
dont elle ſe croyoit la Divinité ; puis diſpa-
roiſſant ſur un léger prétexte, il ſe fait remplacer auſſi-tôt par l'Amant outragé.

Vous jugez que la confuſion d'une femme
qui n'a point encore l'uſage des avantures,
rendoit, en ce moment, le triomphe bien facile :
tout reproche qui ne fut pas fait, fut compté
pour une grace ; & l'eſclave fugitive, livrée
de nouveau à ſon ancien maître, fut trop
heureuſe de pouvoir eſpérer ſon pardon, en
reprenant ſa premiere chaîne. Le traité de

paix fe ratifia dans un lieu plus folitaire ; &
la fcene, reftée vuide, fut alternativement
remplie par les autres Acteurs, à-peu-près de
la même maniere, & fur-tout avec le même
dénouement.

Chacune des femmes pourtant fe croyoit
encore feule en jeu. Leur étonnement & leur
embarras augmenterent, quand au moment
du fouper, les trois couples fe réunirent ; mais
la confufion fut au comble, quand Prévan,
qui reparut au milieu de tous, eut la cruauté
de faire aux trois infidelles des excufes, qui,
en livrant leur fecret, leur apprenoient entiérement jufqu'à quel point elles avoient été
jouées.

Cependant on fe mit à table, & peu après
la contenance revint ; les hommes fe livre-
rent, les femmes fe foumirent. Tous avoient
la haine dans le cœur ; mais les propos n'en
étoient pas moins tendres : la gaieté éveilla le
defir, qui à fon tour lui prêta de nouveaux
charmes. Cette étonnante orgie dura jufqu'au
matin ; & quand on fe fépara, les femmes
durent fe croire pardonnées : mais les hommes, qui avoient confervé leur reffentiment,
firent dès le lendemain une rupture qui n'eut
point de retour ; & non contents de quitter
leurs légeres Maîtreffes, ils acheverent leur
vengeance, en publiant leur aventure. Depuis ce temps, une d'elles eft au Couvent, &

les deux autres languiffent exilées dans leurs Terres.

Voilà l'hiftoire de Prévan ; c'eft à vous de voir fi vous voulez ajouter à fa gloire, & vous atteler à fon char de triomphe. Votre Lettre m'a vraiment donné de l'inquiétude, & j'attends avec impatience une réponfe plus fage & plus claire à la derniere que je vous ai écrite.

Adieu, ma belle amie ; méfiez-vous des idées plaifantes ou bifarres qui vous féduifent toujours trop facilement. Songez que dans la carriere que vous courez, l'efprit ne fuffit pas, qu'une feule imprudence y devient un mal fans remede. Souffrez enfin , que la prudente amitié foit quelquefois le guide de vos plaifirs.

Adieu. Je vous aime pourtant comme fi vous étiez raifonnable.

De.... ce 18 Septembre 17**.

LETTRE LXXX.

Le Chevalier DANCENY *à* CECILE VOLANGES.

CÉCILE, ma chere Cécile, quand viendra le temps de nous revoir ? qui m'apprendra à

vivre loin de vous ? qui m'en donnera la
force & le courage ? Jamais, non jamais, je
ne pourrai supporter cette fatale absence.
Chaque jour ajoute à mon malheur : & n'y
point voir de terme ! Valmont qui m'avoit
promis des secours, des consolations, Valmont me néglige, & peut-être m'oublie. Il
est auprès de ce qu'il aime ; il ne sait plus
ce qu'on souffre quand on en est éloigné. En
me faisant passer votre derniere Lettre, il
ne m'a point écrit. C'est lui pourtant qui doit
m'apprendre quand je pourrai vous voir,
& par quel moyen. N'a-t-il donc rien à me
dire ? Vous-même, vous ne m'en parlez pas ;
feroit-ce que vous n'en partagez plus le desir ?
Ah ! Cécile, Cécile, je suis bien malheureux.
Je vous aime plus que jamais : mais cet amour,
qui fait le charme de ma vie, en devient le
tourment.

Non, je ne peux plus vivre ainsi, il faut
que je vous voie, il le faut, ne fût-ce qu'un
moment. Quand je me leve, je me dis : je
ne la verrai pas. Je me couche en difant : je ne l'ai point vue. Les journées, si longues, n'ont pas un moment pour le bonheur.
Tout est privation, tout est regret, tout est
désespoir ; & tous ces maux me viennent d'où
j'attendois tous mes plaisirs ! ajoutez à ces peines mortelles, mon inquiétude sur les vôtres, & vous aurez une idée de ma situation.

Je penfe à vous fans ceffe, & n'y penfe jamais fans trouble. Si je vous vois affligée,
malheureufe, je fouffre de tous vos chagrins;
fi je vous vois tranquille & confolée, ce font
les miens qui redoublent. Par-tout je trouve
le malheur.

Ah! qu'il n'en étoit pas ainfi, quand vous
habitiez les mêmes lieux que moi! Tout alors
étoit plaifir. La certitude de vous voir em-
belliffoit même les momens de l'abfence; le
temps qu'il falloit paffer loin de vous, m'ap-
prochoit de vous en s'écoulant. L'emploi que
j'en faifois, ne vous étoit jamais étranger. Si
je rempliffois des devoirs, ils me rendoient
plus digne de vous; fi je cultivois quelque
talent, j'efpérois vous plaire davantage. Lors
même que les diftractions du monde m'em-
portoient loin de vous, je n'en étois point fé-
paré. Au Spectacle, je cherchois à deviner
ce qui vous auroit plu; un concert me rap-
pelloit vos talens & nos fi douces occupations. Dans le cercle, comme aux promenades, je faififfois la plus légere reffemblance.
Je vous comparois à tout; par-tout vous aviez
l'avantage. Chaque moment du jour étoit
marqué par un hommage nouveau, & chaque foir j'en apportois le tribut à vos pieds.

A préfent, que me refte-t-il? des regrets
douloureux, des privations eternelles, & un
léger efpoir que le filence de Valmont dimi-

nue, que le vôtre change en inquiétude. Dix
lieues feulement nous féparent, & cet efpace
fi facile à franchir, devient pour moi feul un
obftacle infurmontable ! & quand, pour m'ai-
der à le vaincre, j'implore mon ami, ma
Maîtreffe, tous deux reftent froids & tranquilles ! Loin de me fecourir ils ne me ré-
pondent même pas.

Qu'eft donc devenue l'amitié active de
Valmont ? que font devenus, fur-tout, vos
fentimens fi tendres, & qui vous rendoient
fi ingénieufe pour trouver les moyens de
nous voir tous les jours ? Quelquefois, je
m'en fouviens, fans ceffer d'en avoir le defir,
je me trouvois forcé de le facrifier à des con-
fidérations, à des devoirs ; que ne me difiez-
vous pas alors ? Par combien de prétextes ne
combattiez-vous pas mes raifons ? Et qu'il
vous en fouvienne, ma Cécile, toujours mes
raifons cédoient à vos defirs. Je ne m'en fais
point un mérite ; je n'avois pas même celui
du facrifice. Ce que vous defiriez d'obtenir,
je brûlois de l'accorder. Mais enfin je demande à mon tour ; & quelle eft cette demande ? de vous voir un moment, de vous
renouveller, & de recevoir le ferment d'un
amour éternel. N'eft-ce donc plus votre bonheur comme le mien ? Je repouffe cette idée
défefpérante, qui mettroit le comble à mes
maux. Vous m'aimez, vous m'aimerez tou-

jours; je le crois, j'en fuis fûr, je ne veux jamais en douter : mais ma fituation eft af-freufe, & je ne puis la foutenir plus long-temps. Adieu, Cécile.

*Paris.... ce 18 Septembre 17**.*

LETTRE LXXXI.

La Marquife DE MERTEUIL au Vicomte DE VALMONT.

QUE vos craintes me caufent de pitié ! Combien elles me prouvent ma fupériorité fur vous ! & vous voulez m'enfeigner, me conduire? Ah! mon pauvre Valmont, quelle diftance il y a encore de vous à moi ! Non, tout l'orgueil de votre fexe ne fuffiroit pas pour remplir l'intervalle qui nous fépare. Parce que vous ne pourriez exécuter mes projets, vous les jugez impoffibles ! Etre orgueilleux & foible, il te fied bien de vouloir calculer mes moyens & juger de mes reffources ! Au vrai, Vicomte, vos confeils m'ont donné de l'humeur, & je ne puis vous le cacher.

Que pour mafquer votre incroyable gaucherie auprès de votre Préfidente, vous m'étaliez comme un triomphe d'avoir déconcerté un moment cette femme timide & qui vous aime, j'y confens ; d'en avoir obtenu un regard, un feul regard, je fouris & vous le paffe. Que fentant, malgré vous, le peu de valeur de votre conduite, vous efpériez la dérober a mon attention, en me flattant de l'effort fublime de rapprocher deux enfans qui, tous deux, brûlent de fe voir, & qui, foit dit en paffant, doivent à moi feule l'ardeur de ce defir ; je le veux bien encore. Qu'enfin vous vous autorifiez de ces actions d'éclat, pour me dire d'un ton doctoral, qu'*il vaut mieux employer fon temps à exécuter fes projets qu'à les raconter ;* cette vanité ne me nuit pas, & je la pardonne. Mais que vous puiffiez croire que j'aie befoin de votre prudence, que je m'égarerois en ne déférant pas à vos avis, que je dois leur facrifier un plaifir, une fantaifie : en vérité, Vicomte, c'eft auffi vous trop énorgueillir de la confiance que je veux bien avoir en vous !

Et qu'avez-vous donc fait, que je n'aie furpaffé mille fois ? Vous avez féduit, perdu même beaucoup de femmes : mais quelles difficultés avez-vous eues à vaincre ? quels obftacles à furmonter ? où eft là le mérite qui foit véritablement à vous ? Une belle figure, pur effet du hafard ; des graces, que l'ufage donne prefque toujours ; de l'efprit à la vérité, mais auquel du jargon fuppléeroit au befoin ;

une impudence affez louable, mais peut-être
uniquement due à la facilité de vos premiers
fuccès ; fi je ne me trompe, voilà tous vos
moyens : car pour la célébrité que vous avez
pu acquérir, vous n'exigerez pas, je crois,
que je compte pour beaucoup l'art de faire
naître ou de faifir l'occafion d'un fcandale.

Quant à la prudence, à la fineffe, je ne
parle pas de moi : mais quelle femme n'en
auroit pas plus que vous ? Eh ! votre Préfidente vous mene comme un enfant.

Croyez-moi, Vicomte, on acquiert rarement les qualités dont on peut fe paffer. Com-
battant fans rifque, vous devez agir fans précaution. Pour vous autres hommes, les défai-
tes ne font que des fuccès de moins. Dans
cette partie fi inégale, notre fortune eft de
ne pas perdre, & votre malheur de ne pas
gagner. Quand je vous accorderois autant
de talens qu'à nous, de combien encore ne
devrions-nous pas vous furpaffer, par la néceffité où nous fommes d'en faire un con-
tinuel ufage !

Suppofons, j'y confens, que vous mettiez
autant d'adreffe à nous vaincre, que nous
à nous défendre ou à céder, vous conviendrez au moins, qu'elle vous devient inutile
après le fuccès. Uniquement occupé de votre
nouveau goût, vous vous y livrez fans crainte,
fans réferve : ce n'eft pas à vous que fa durée
importe !

En effet, ces liens réciproquement donnés & reçus, pour parler le jargon de l'amour, vous seul pouvez, à votre choix, les resserrer ou les rompre : heureuses encore, si dans votre légéreté, préférant le mystere à l'éclat, vous vous contentez d'un abandon humiliant, & ne faites pas de l'idole de la veille la victime du lendemain !

Mais qu'une femme infortunée sente la premiere le poids de sa chaîne, quels risques n'a-t-elle pas à courir, si elle tente de s'y soustraire, si elle ose seulement la soulever ? Ce n'est qu'en tremblant qu'elle essaie d'éloigner d'elle, l'homme que son cœur repousse avec effort. S'obstine-t-il à rester, ce qu'elle accordoit à l'amour, il faut le livrer à la crainte.

Ses bras s'ouvrent encor quand son cœur est fermé.

Sa prudence doit dénouer avec adresse, ces mêmes liens que vous auriez rompus. A la merci de son ennemi ; elle est sans ressource, s'il est sans générosité : & comment en espérer de lui, lorsque si quelquefois on le loue d'en avoir, jamais pourtant on ne le blâme d'en manquer ?

Sans doute vous ne nierez pas ces vérités que leur évidence a rendu triviales. Si cependant vous m'avez vue, disposant des événemens

& des opinions, faire de ces hommes fi redoutables le jouet de mes caprices ou de
mes fantaifies ; ôter aux uns la volonté, aux
autres la puiffance de me nuire ; fi j'ai fu
tour-à-tour, & fuivant mes goûts mobiles,
attacher à ma fuite ou rejetter loin de moi,

Ces Tyrans détronés devenus mes efclaves (1) ;

fi, au milieu de ces révolutions fréquentes,
ma réputation s'eft pourtant confervée pure ;
n'avez-vous pas dû en conclure que, née
pour venger mon fexe & maîtrifer le vôtre,
j'avois fu me créer des moyens inconnus jufqu'à moi ?

Ah ! gardez vos confeils & vos craintes
pour ces femmes à délire, & qui fe difent
à fentiment ; dont l'imagination exaltée feroit
croire que la nature a placé leurs fens dans
leur tête ; qui n'ayant jamais réfléchi, confondent fans ceffe l'amour & l'Amant ; qui,
dans leur folle illufion, croient que celui-là

───────────

(1) On ne fait fi ce vers, ainfi que celui qui fe trouve
plus haut, *Ses bras s'ouvrent encor quand fon cœur eft fermé*,
font des citations d'Ouvrages peu connus ; ou s'ils font
partie de la profe de Mde. de Merteuil. Ce qui le feroit
croire, c'eft la multitude de fautes de ce genre qui fe trouvent dans toutes les Lettres de cette correfpondance.
Celles du Chevalier Danceny font les feules qui en foient
exemptes : peut-être que comme il s'occupoit quelquefois
de Poëfie, fon oreille plus exercée lui faifoit éviter plus
facilement ce défaut.

feul avec qui elles ont cherché le plaifir, en eft l'unique dépofitaire ; & vraies fuperf-titieufes, ont pour le Prêtre, le refpect & la foi qui n'eft dû qu'à la Divinité.

Craignez encore pour celles qui, plus vai-nes que prudentes, ne favent pas au befoin confentir à fe faire quitter.

Tremblez fur-tout pour ces femmes acti-ves dans leur oifiveté, que vous nommez *fenfibles*, & dont l'amour s'empare fi faci-lement & avec tant de puiffance ; qui fen-tent le befoin de s'en occuper encore, même lorfqu'elles n'en jouiffent pas ; & s'aban-donnant fans réferve à la fermentation de leurs idées, enfantent par elles ces Lettres fi douces, mais fi dangereufes à écrire ; & ne craignent pas de confier ces preuves de leur foibleffe à l'objet qui les caufe : impru-dentes, qui dans leur Amant actuel ne favent pas voir leur ennemi futur.

Mais moi, qu'ai-je de commun avec ces femmes inconfidérées ? quand m'avez-vous vue m'écarter des regles que je me fuis pref-crites, & manquer à mes principes ? je dis mes principes, & je le dis à deffein : car ils ne font pas, comme ceux des autres femmes, donnés au hafard, reçus fans exa-men & fuivis par habitude ; ils font le fruit de mes profondes réflexions ; je les ai créés, & je puis dire que je fuis mon ouvrage.

Entrée dans le monde dans le temps où fille encore, j'étois vouée par état au silence & à l'inaction, j'ai su en profiter pour observer & réfléchir. Tandis qu'on me croyoit étourdie ou distraite, écoutant peu à la vérité les discours qu'on s'empressoit à me tenir, je recueillois avec soin ceux qu'on cherchoit à me cacher.

Cette utile curiosité, en servant à m'instruire, m'apprit encore à dissimuler, forcée souvent de cacher les objets de mon attention aux yeux de ceux qui m'entouroient, j'essayai de guider les miens à mon gré ; j'obtins dès-lors de prendre à volonté ce regard distrait que vous avez loué si souvent. Encouragée par ce premier succès, je tâchai de régler de même les divers mouvemens de ma figure. Ressentois-je quelque chagrin, je m'étudiois à prendre l'air de la sérénité, même celui de la joie ; j'ai porté le zele jusqu'à me causer des douleurs volontaires, pour chercher pendant ce temps l'expression du plaisir. Je me suis travaillée avec le même soin & plus de peine, pour réprimer les symptômes d'une joie inattendue. C'est ainsi que j'ai su prendre sur ma physionomie, cette puissance dont je vous ai vu quelquefois si étonné.

J'étois bien jeune encore, & presque sans intérêt : mais je n'avois à moi que ma pensée,

fée, & je m'indignois qu'on pût me la ravir
ou me la furprendre contre ma volonté.
Munie de ces premieres armes, j'en effayai
l'ufage : non contente de ne plus me laiffer
pénétrer, je m'amufois à me montrer fous
des formes différentes ; fûre de mes geftes,
j'obfervois mes difcours ; je réglois les uns &
les autres, fuivant les circonftances, ou même
fuivant mes fantaifies : dès ce moment, ma
façon de penfer fut pour moi feule, & je ne
montrai plus que celle qu'il m'étoit utile de
laiffer voir.

Ce travail fur moi-même avoit fixé mon
attention fur l'expreffion des figures & le
caractere des phyfionomies ; & j'y gagnai
ce coup-d'œil pénétrant, auquel l'expérience
m'a pourtant appris à ne pas me fier entiérement ; mais qui, en tout, m'a rarement
trompée.

Je n'avois pas quinze ans, je poffédois
déjà les talens auxquels la plus grande partie
de nos Politiques doivent leur réputation, &
je ne me trouvois encore qu'aux premiers
élémens de la fcience que je voulois acquérir.

Vous jugez bien que, comme toutes les jeunes filles, je cherchois à deviner l'amour & fes
plaifirs : mais n'ayant jamais été au Couvent,
n'ayant point de bonne amie, & furveillée
par une mere vigilante, je n'avois que des
idées vagues, & que je ne pouvois fixer ; la

IIme. Partie. F

nature même, dont affurément je n'ai eu qu'à me louer depuis, ne me donnoit encore aucun indice. On eût dit qu'elle travailloit en filence à perfectionner fon ouvrage. Ma tête feule fermentoit; je ne defirois pas de jouir, je voulois favoir; le defir de m'inftruire m'en fuggéra les moyens.

Je fentis que le feul homme avec qui je pouvois parler fur cet objet fans me compromettre, étoit mon Confeffeur. Auffi-tôt je pris mon parti; je furmontai ma petite honte; & me vantant d'une faute que je n'avois pas commife, je m'accufai d'avoir fait *tout ce que font les femmes*. Ce fut mon expreffion; mais en parlant ainfi, je ne favois, en vérité, quelle idée j'exprimois. Mon efpoir ne fut ni tout-à-fait trompé, ni entiérement rempli; la crainte de me trahir m'empêchoit de m'éclairer: mais le bon Pere me fit le mal fi grand, que j'en conclus que le plaifir devoit être extrême; & au defir de le connoître, fuccéda celui de le goûter.

Je ne fais où ce defir m'auroit conduite; & alors dénuée d'expérience, peut-être une feule occafion m'eût perdue : heureufement pour moi, ma mere m'annonça peu de jours après que j'allois me marier; fur le champ la certitude de favoir éteignit ma curiofité, & j'arrivai vierge entre les bras de M. de Merteuil.

J'attendois avec fécurité le moment qui devoit m'inftruire, & j'eus befoin de réflexion pour montrer de l'embarras & de la crainte. Cette premiere nuit, dont on fe fait pour l'ordinaire une idée fi cruelle ou fi douce, ne me préfentoit qu'une occafion d'expérience : douleur & plaifir, j'obfervai tout exactement, & ne voyois, dans ces diverfes fenfations, que des faits à recueillir & à méditer.

Ce genre d'étude parvint bientôt à me plaire : mais fidelle à mes principes, & fentant, peut-être par inftinct, que nul ne devoit être plus loin de ma confiance que mon mari, je réfolus, par cela feul que j'étois fenfible, de me montrer impaffible à fes yeux. Cette froideur apparente fut par la fuite le fondement inébranlable de fon aveugle confiance : j'y joignis, par une feconde réflexion, l'air d'étourderie qu'autorifoit mon âge ; & jamais il ne me jugea plus enfant, que dans les momens où je le jouois avec plus d'audace.

Cependant, je l'avouerai, je me laiffai d'abord entraîner par le tourbillon du monde, & me livrai toute entiere à fes diftractions futiles. Mais au bout de quelques mois M. de Merteuil m'ayant menée à fa trifte campagne, la crainte de l'ennui fit revenir le goût de l'étude ; & ne m'y trouvant entourée que de gens dont la diftance avec moi me mettoit à l'abri de tout foupçon, j'en profitai pour

F 2

donner un champ plus vaſte à mes expérien-
ces. Ce fut là, ſur-tout, que je m'aſſurai que
l'amour, que l'on nous vante comme la cauſe
de nos plaiſirs, n'en eſt au plus que le prétexte.

La maladie de M. de Merteuil vint interrompre de ſi douces occupations ; il fallut le
ſuivre à la Ville où il venoit chercher des
ſecours. Il mourut, comme vous ſavez, peu
de temps après ; & quoiqu'à tout prendre, je
n'euſſe pas à me plaindre de lui, je n'en ſentis
pas moins vivement le prix de la liberté qu'alloit me donner mon veuvage, & je me promis bien d'en profiter.

Ma mere comptoit que j'entrerois au Couvent, ou reviendrois vivre avec elle. Je re-
fuſai l'un & l'autre parti ; & tout ce que j'accordai à la décence, fut de retourner dans
cette même campagne, où il me reſtoit bien
encore quelques obſervations à faire.

Je les fortifiai par le ſecours de la lecture :
mais ne croyez pas qu'elle fût toute du genre
que vous la ſuppoſez. J'étudiai nos mœurs
dans les Romans ; nos opinions dans les Phi-
loſophes ; je cherchai même dans les Mora-
liſtes les plus ſéveres ce qu'ils exigeoient de
nous, & je m'aſſurai ainſi de ce qu'on pouvoit faire, de ce qu'on devoit penſer, & de
ce qu'il falloit paroître. Une fois fixée ſur ces
trois objets, le dernier ſeul préſentoit quelques

difficultés dans son exécution ; j'espérai les vaincre, & j'en méditai les moyens.

Je commençois à m'ennuyer de mes plaisirs rustiques, trop peu variés pour ma tête active ; je sentois un besoin de coquetterie qui me raccommoda avec l'amour ; non pour le ressentir, à la vérité, mais pour l'inspirer & le feindre. En vain m'avoit-on dit, & avois-je lu qu'on ne pouvoit feindre ce sentiment ; je voyois pourtant que, pour y parvenir, il suffisoit de joindre à l'esprit d'un Auteur, le talent d'un Comédien. Je m'exercai dans les deux genres, & peut-être avec quelque succès : mais au lieu de rechercher les vains applaudissemens du Théatre, je résolus d'employer à mon bonheur, ce que tant d'autres sacrifioient à la vanité.

Un an se passa dans ces occupations différentes. Mon deuil me permettant alors de reparoître, je revins à la Ville avec mes grands projets ; je ne m'attendois pas au premier obstacle que j'y rencontrai.

Cette longue solitude, cette austere retraite, avoient jeté sur moi un vernis de pruderie qui effrayoit nos plus agréables : ils se tenoient à l'écart, & me laissoient livrée à une foule d'ennuyeux, qui tous prétendoient à ma main. L'embarras n'étoit pas de les refuser ; mais plusieurs de ces refus déplaisoient à ma famille ; & je perdois dans ces

tracafferies intérieures, le temps dont je m'étois
promis un fi charmant ufage. Je fus donc obligée, pour rappeller les uns & éloigner les autres, d'afficher quelques inconféquences, &
d'employer à nuire à ma réputation, le foin
que je comptois mettre à la conferver. Je
réuffis facilement, comme vous pouvez croire.
Mais n'étant emportée par aucune paffion,
je ne fis que ce que je jugeai néceffaire, & me-
furai avec prudence les dofes de mon étourderie.

Dès que j'eus touché le but que je voulois
atteindre, je revins fur mes pas, & fis honneur de mon amendement à quelques-unes de
ces femmes, qui dans l'impuiffance d'avoir
des prétentions à l'agrément, fe rejetent fur
celles du mérite & de la vertu. Ce fut un coup
de partie qui me valut plus que je n'avois ef-
péré. Ces reconnoiffantes Duegnes s'établi-
rent mes apologiftes; & leur zele aveugle pour
ce qu'elles appelloient leur ouvrage, fut porté
au point qu'au moindre propos qu'on fe permettoit fur moi, tout le parti Prude crioit au
fcandale & à l'injure. Le même moyen me
valut encore le fuffrage de nos femmes à prétentions, qui, perfuadées que je renonçois à
courir la même carriere qu'elles, me choifi-
rent pour l'objet de leurs éloges, toutes les
fois qu'elles vouloient prouver qu'elles ne
médifoient pas de tout le monde.

Cependant ma conduite précédente avoit ramené les Amans ; & pour me ménager en-tr'eux & mes fidelles protectrices, je me montrai comme une femme fenfible, mais difficile, à qui l'excès de fa délicateffe four-niffoit des armes contre l'amour.

Alors je commençai à déployer fur le grand Théatre, les talens que je m'étois donnés. Mon premier foin fut d'acquérir le renom d'invincible. Pour y parvenir, les hommes qui ne me plaifoient point furent toujours les feuls dont j'eus l'air d'accepter les homma-ges. Je les employois utilement à me procurer les honneurs de la réfiftance, tandis que je me livrois fans crainte à l'Amant préféré. Mais, celui-là, ma feinte timidité ne lui a jamais permis de me fuivre dans le monde ; & les regards du cercle ont été, ainfi, toujours fixés fur l'Amant malheureux.

Vous favez combien je me décide vîte : c'eft pour avoir obfervé que ce font prefque toujours les foins antérieurs qui livrent le fe-cret des femmes. Quoi qu'on puiffe faire, le ton n'eft jamais le même, avant ou après le fuccès. Cette différence n'échappe point à l'obfervateur attentif ; & j'ai trouvé moins dangereux de me tromper dans le choix, que de le laiffer pénétrer. Je gagne encore par-là d'ôter les vraifemblances, fur lefquelles feules on peut nous juger.

F 4

Ces précautions & celle de ne jamais écrire, de ne livrer jamais aucune preuve de ma défaite, pouvoient paroître excessives, & ne m'ont jamais paru suffisantes. Descendue dans mon cœur, j'y ai étudié celui des autres. J'y ai vu qu'il n'est personne qui n'y conserve un secret qu'il lui importe qui ne soit point dévoilé : vérité que l'antiquité paroît avoir mieux connue que nous, & dont l'histoire de Samson pourroit n'être qu'un ingénieux emblême. Nouvelle Dalila, j'ai toujours, comme elle, employé ma puissance à surprendre ce secret important. Hé ! de combien de nos Samson modernes, ne tiens-je pas la chevelure sous le ciseau ! Et ceux-là, j'ai cessé de les craindre : ce sont les seuls que je me sois permis d'humilier quelquefois. Plus souple avec les autres, l'art de les rendre infidelles pour éviter de leur paroître volage, une feinte amitié, une apparente confiance, quelques procédés généreux, l'idée flatteuse & que chacun conserve d'avoir été mon seul Amant, m'ont obtenu leur discrétion. Enfin, quand ces moyens m'ont manqué, j'ai su, prévoyant mes ruptures, étouffer d'avance, sous le ridicule ou la calomnie, la confiance que ces hommes dangereux auroient pu obtenir.

Ce que je vous dis-là, vous me le voyez pratiquer sans cesse ; & vous doutez de ma prudence ! Hé bien ! rappellez-vous le temps où vous me rendîtes vos premiers foins : jamais hommage ne me flatta autant ; je vous defirois avant de vous avoir vu. Séduite par votre réputation, il me fembloit que vous manquiez à ma gloire ; je brûlois de vous combattre corps à corps. C'eft le feul de mes goûts qui ait jamais pris un moment d'empire fur moi. Cependant, fi vous euffiez voulu me perdre, quels moyens euffiez-vous trouvés ? de vains difcours qui ne laiffent aucune trace après eux, que votre réputation même eût aidé à rendre fufpects, & une fuite de faits fans vraifemblance, dont le récit fincere auroit eu l'air d'un Roman mal tiffu. A la vérité, je vous ai depuis livré tous mes fecrets : mais vous favez quels intérêts nous uniffent, & fi de nous deux, c'eft moi qu'on doit taxer d'imprudence (1).

Puifque je fuis en train de vous rendre compte, je veux le faire exactement. Je vous entends d'ici me dire que je fuis au moins à la merci de ma Femme-de-chambre ; en effet, fi elle n'a pas le fecret de mes fentimens, elle a celui de mes actions. Quand vous m'en parlâtes jadis, je vous répondis feulement

---

(1) On faura dans la fuite, Lettre CLII, non pas le fecret de M. de Valmont, mais à-peu-près de quel genre il étoit ; & le Lecteur fentira qu'on n'a pu l'éclaircir davantage fur cet objet.

F 5

que j'étois sûre d'elle ; & la preuve que cette réponse suffit alors à votre tranquillité, c'est que vous lui avez confié depuis, & pour votre compte, des secrets assez dangereux. Mais à présent que Prévan vous donne de l'ombrage, & que la tête vous en tourne, je me doute bien que vous ne me croyez plus sur ma parole. Il faut donc vous édifier.

Premiérement, cette fille est ma sœur de lait, & ce lien qui ne nous en paroît pas un, n'est pas sans force pour les gens de cet état : de plus, j'ai son secret, & mieux encore ; victime d'une folie de l'amour, elle étoit perdue si je ne l'eusse sauvée. Ses parens, tout hérissés d'honneur, ne vouloient pas moins que la faire enfermer. Ils s'adresserent à moi. Je vis d'un coup-d'œil, combien leur courroux pouvoit m'être utile. Je le secondai, & sollicitai l'ordre, que j'obtins. Puis, passant tout-à-coup au parti de la clémence auquel j'amenai ses parens, & profitant de mon crédit auprès du vieux Ministre, je les fis tous consentir à me laisser dépositaire de cet ordre, & maîtresse d'en arrêter ou demander l'exécution, suivant que je jugerois du mérite de la conduite future de cette fille. Elle sait donc que j'ai son sort entre les mains ; & quand, par impossible, ces moyens puissans ne l'arrêteroient point, n'est-il pas évident que sa conduite dévoilée & sa pu-

nition authentique ôteroient bientôt toute
créance à ses discours !

A ces précautions que j'appelle fondamen-
tales, s'en joignent mille autres, ou locales,
ou d'occasion, que la réflexion & l'habitude
font trouver au besoin ; dont le détail seroit
minutieux, mais dont la pratique est impor-
tante, & qu'il faut vous donner la peine de
recueillir dans l'ensemble de ma conduite, si
vous voulez parvenir à les connoître.

Mais de prétendre que je me sois donné
tant de soins pour n'en pas retirer de fruits ;
qu'après m'être autant élevée au-dessus des
autres femmes par mes travaux pénibles, je
consente à ramper comme elles dans ma marche, entre l'imprudence & la timidité ; que
sur-tout je puisse redouter un homme au point
de ne plus voir mon salut que dans la fuite ?
Non, Vicomte, jamais. Il faut vaincre ou
périr. Quant à Prévan, je veux l'avoir,
& je l'aurai ; il veut le dire, & il ne le dira
pas : en deux mots, voilà notre Roman.
Adieu.

*De.... ce 20 Septembre 17** ;*

F 6

LETTRE LXXXII.

CECILE VOLANGES au Chevalier DANCENY.

MON Dieu, que votre Lettre m'a fait de peine ! J'avois bien befoin d'avoir tant d'impatience de la recevoir ! J'efpérois y trouver de la confolation, & voilà que je fuis plus affligée qu'avant de l'avoir reçue. J'ai bien pleuré en la lifant : ce n'eft pas cela que je vous reproche ; j'ai déjà bien pleuré des fois à caufe de vous, fans que ça me faffe de la peine. Mais cette fois-ci, ce n'eft pas la même chofe.

Qu'eft-ce donc que vous voulez dire, que votre amour devient un tourment pour vous, que vous ne pouvez plus vivre ainfi, ni foutenir plus long-temps votre fituation ? Eft-ce que vous allez ceffer de m'aimer, parce que cela n'eft pas fi agréable qu'autrefois ? Il me femble que je ne fuis pas plus heureufe que vous, bien au contraire ; & pourtant je ne vous en aime que davantage. Si M. de Valmont ne vous a pas écrit, ce n'eft pas ma faute ; je n'ai pas pu l'en prier, parce que je n'ai pas été feule avec lui, & que nous fommes convenus que nous ne nous parlerions jamais devant le monde : & ça, c'eſt encore pour vous ; afin qu'il puiſſe faire plutôt ce que vous deſirez. Je ne dis pas que je ne le deſire pas auſſi, & vous devez en être bien ſûr : mais comment voulez-vous que je faſſe ? Si vous croyez que c'eſt ſi facile, trouvez donc le moyen, je ne demande pas mieux.

Croyez-vous qu'il me ſoit bien agréable d'être grondée tous les jours par Maman, elle qui auparavant ne me diſoit jamais rien ; bien au contraire ? A préſent, c'eſt pis que ſi j'étois au Couvent. Je m'en conſolois pourtant, en ſongeant que c'étoit pour vous ; il y avoit même des momens où je trouvois que j'en étois bien aiſe ; mais quand je vois que vous êtes fâché auſſi, & ça ſans qu'il y ait du tout de ma faute, je deviens plus chagrine que pour tout ce qui vient de m'arriver juſqu'ici.

Rien que pour recevoir vos Lettres, c'eſt un embarras, que ſi M. de Valmont n'étoit pas auſſi complaiſant & auſſi adroit qu'il l'eſt, je ne ſaurois comment faire ; & pour vous écrire, c'eſt plus difficile encore. De toute la matinée, je n'oſe pas, parce que Maman eſt tout près de moi, & qu'elle vient à tout moment dans ma chambre. Quelquefois je le peux l'après midi, ſous prétexte de chanter ou de jouer de la harpe ; encore faut-il que j'interrompe à chaque ligne pour qu'on entende que j'étudie. Heureuſement ma Femme,

de-chambre s'endort quelquefois le foir, &
je lui dis que je me coucherai bien toute feule,
afin qu'elle s'en aille & me laiffe de la lumiere. Et puis, il faut que je me mette fous
mon rideau, pour qu'on ne puiffe pas voir de
clarté, & puis que j'écoute au moindre bruit,
pour pouvoir tout cacher dans mon lit, fi on
venoit. Je voudrois que vous y fuffiez pour
voir ! Vous verriez bien qu'il faut bien aimer
pour faire ça. Enfin, il eft bien vrai que je fais
tout ce que je peux, & que je voudrois en
pouvoir faire davantage·

Affurément, je ne refufe pas de vous dire
que je vous aime, & que je vous aimerai toujours; jamais je ne l'ai dit de meilleur cœur;
& vous êtes fâché ! Vous m'aviez pourtant
bien affuré, avant que je vous l'euffe dit, que
cela fuffifoit pour vous rendre heureux. Vous
ne pouvez pas le nier : c'eft dans vos Lettres.
Quoique je ne les aie plus, je m'en fouviens
comme quand je les lifois tous les jours. Et
parce que nous voilà abfens, vous ne penfez
plus de même ! Mais cette abfence ne durera
pas toujours, peut-être ? Mon Dieu, que je fuis
malheureufe ! & c'eft bien vous qui en êtes
caufe !....

A propos de vos Lettres, j'efpere que vous
avez gardé celles que Maman m'a prifes ; &
qu'elle vous a renvoyées ; il faudra bien qu'il
vienne un temps où je ne ferai plus fi gênée

qu'à préfent, & vous me les rendrez toutes.
Comme je ferai heureufe, quand je pourrai
les garder toujours, fans que perfonne ait rien
à y voir ! A préfent, je les remets à M. de
Valmont, parce qu'il y auroit trop à rifquer
autrement : malgré cela je ne lui en rends jamais, que cela ne me faffe bien de la peine.

Adieu, mon cher ami. Je vous aime de tout
mon cœur. Je vous aimerai toute ma vie. J'efpere qu'à préfent vous n'êtes plus fâché ; & fi
j'en étois fûre, je ne le ferois plus moi-même.
Ecrivez-moi le plutôt que vous pourrez, car
je fens que jufques-là je ferai toujours trifte.

Du Château de .... ce 21 Septembre 17**

LETTRE LXXXIII.

Le Vicomte DE VALMONT à la Préfidente DE TOURVEL.

DE grace, Madame, renouons cet entretien fi malheureufement rompu ! Que je puiffe
achever de vous prouver combien je differe
de l'odieux portrait qu'on vous avoit fait de
moi ; que je puiffe, fur-tout, jouir encore de
cette aimable confiance que vous commenciez
à me témoigner ! que de charmes vous favez
prêter à la vertu ! comme vous embelliffez &

faites chérir tous les fentimens honnêtes ! Ah ! c'eft là votre féduction ; c'eft la plus forte ; c'eft la feule qui foit, à-la-fois, puiffante & refpectable.

Sans doute il fuffit de vous voir, pour de-firer de vous plaire ; de vous entendre dans le cercle, pour que ce defir augmente. Mais celui qui a le bonheur de vous connoître da-vantage, qui peut quelquefois lire dans votre ame, cede bientôt à un plus noble enthou-fiafme, & pénétré de vénération comme d'amour, adore en vous l'image de toutes les vertus. Plus fait qu'un autre, peut-être, pour les aimer & les fuivre, entraîné par quelques erreurs qui m'avoient éloigné d'elles, c'eft vous qui m'en avez rapproché, qui m'en avez de nouveau fait fentir tout le charme : me ferez-vous un crime de ce nouvel amour ? blame-rez-vous votre ouvrage ? vous reprocheriez-vous même l'intérêt que vous pourriez y pren-dre ? Quel mal peut-on craindre d'un fenti-ment fi pur, & quelles douceurs n'y auroit-il pas à le goûter ?

Mon amour vous effraie, vous le trouvez violent, effréné ! Temperez-le par un amour plus doux ; ne refufez pas l'empire que je vous offre, auquel je jure de ne jamais me fouftraire, & qui, j'ofe le croire, ne feroit pas entiérement perdu pour la vertu. Quel facri-fice pourroit me paroître pénible, fûr que

votre cœur m'en garderoit le prix ? Quel eſt
donc l'homme aſſez malheureux pour ne pas
ſavoir jouir des privations qu'il s'impoſe ;
pour ne pas préférer un mot, un regard ac-
cordés, à toutes les jouiſſances qu'il pourroit
ravir ou ſurprendre ! & vous avez cru que
j'étois cet homme-là ! & vous m'avez craint !
Ah ! pourquoi votre bonheur ne dépend-il pas
de moi ! comme je me vengerois de vous, en
vous rendant heureuſe ! Mais ce doux empire,
la ſtérile amitié ne le produit pas ; il n'eſt dû
qu'à l'amour.

Ce mot vous intimide ! & pourquoi ? un attachement plus tendre, une union plus forte,
une ſeule penſée, le même bonheur comme
les mêmes peines, qu'y a-t-il donc là d'étranger à votre ame ? Tel eſt pourtant l'amour !
tel eſt au moins celui que vous inſpirez & que
je reſſens ! C'eſt lui ſur-tout qui, calculant ſans
intérêt, fait apprécier les actions ſur leur mérite, & non ſur leur valeur ; tréſor inépuiſa-
ble des ames ſenſibles, tout devient précieux,
fait par lui ou pour lui.

Ces vérités ſi faciles à ſaiſir, ſi douces à
pratiquer, qu'ont-elles donc d'effrayant ?
Quelles craintes peut auſſi vous cauſer un
homme ſenſible, à qui l'amour ne permet plus
un autre bonheur que le vôtre ? C'eſt aujour-
d'hui l'unique vœu que je forme : je ſacrifie-
rai tout pour le remplir, excepté le ſentiment

qui l'infpire ; & ce fentiment lui-même, con-
confentez à le partager, & vous le réglerez
à votre choix. Mais ne fouffrons plus qu'il
nous divife, lorfqu'il devroit nous réunir. Si
l'amitié que vous m'avez offerte n'eft pas un
vain mot ; fi, comme vous me le difiez hier,
c'eft le fentiment le plus doux que votre ame
connoiffe ; que ce foit elle qui ftipule entre
nous, je ne la recuferai point : mais juge de
l'amour, qu'elle confente à l'écouter ; le refus
de l'entendre deviendroit une injuftice, &
l'amitié n'eft point injufte.

Un fecond entretien n'aura pas plus d'in-
convéniens que le premier : le hafard peut encore en fournir l'occafion ; vous pourriez vous-
même en indiquer le moment. Je veux croire
que j'ai tort ; n'aimerez-vous pas mieux me
ramener que me combattre, & doutez-vous
de ma docilité ? Si ce tiers importun ne fût pas
venu nous interrompre, peut-être ferois-je
déjà entiérement revenu à votre avis ; qui fait
jufqu'où peut aller votre pouvoir ?

Vous le dirai-je ? cette puiffance invincible,
à laquelle je me livre fans ofer la calculer, ce
charme irréfiftible, qui vous rend fouveraine
de mes penfées comme de mes actions, il m'arrive quelquefois de les craindre. Hélas ! cet
entretien que je vous demande, peut-être eft-
ce à moi à le redouter ! peut-être après, en-
chaîné par mes promeffes, me verrai-je ré-

duit à brûler d'un amour que je fens bien qui
ne pourra s'éteindre, fans ofer même implorer
votre fecours! Ah! Madame, de grace, n'abufez pas de votre empire! Mais quoi! fi vous
devez en être plus heureufe, fi je dois vous
en paroître plus digne de vous, quelles peines
ne font pas adoucies par ces idées confo-
lantes! Oui, je le fens; vous parler encore,
c'eft vous donner contre moi de plus fortes
armes; c'eft me foumettre plus entiérement
à votre volonté. Il eft plus aifé de fe défendre contre vos Léttres; ce font bien vos
mêmes difcours, mais vous n'êtes pas là pour
leur prêter des forces. Cependant le plaifir de
vous entendre, m'en fait braver le danger: au
moins aurai-je ce bonheur d'avoir tout fait
pour vous, même contre moi; & mes facrifices deviendront un hommage. Trop heureux
de vous prouver de mille manieres, comme
je le fens de mille façons, que, fans m'en excepter, vous êtes, vous ferez toujours l'objet
le plus cher à mon cœur.

*Du Château de...., ce 23 Septembre 17**.*

LETTRE LXXXIV.

Le Vicomte DE VALMONT à CECILE VOLANGES.

VOUS avez vu combien nous avons été contrariés hier. De toute la journée je n'ai pas pu vous remettre la Lettre que j'avois pour vous; j'ignore si j'y trouverai plus de facilité aujourd'hui. Je crains de vous compromettre, en y mettant plus de zele que d'adresse; & je ne me pardonnerois pas une imprudence qui vous deviendroit si fatale, & causeroit le désespoir de mon ami, en vous rendant éternellement malheureuse. Cependant je connois les impatiences de l'amour; je sens combien il doit être pénible, dans votre situation, d'éprouver quelque retard à la seule consolation que vous puissiez goûter dans ce moment. A force de m'occuper des moyens d'écarter les obstacles, j'en ai trouvé un dont l'exécution sera aisée, si vous y mettez quelque soin.

Je crois avoir remarqué que la clef de la porte de votre Chambre, qui donne sur le corridor, est toujours sur la cheminée de votre maman. Tout deviendroit facile avec cette clef, vous devez bien le sentir; mais à son dé-

faut, je vous en procurerai une femblable, &
qui la fuppléera. Il me fuffira, pour y parvenir, d'avoir l'autre une heure ou deux à ma
difpofition. Vous devez trouver aifément l'occafion de la prendre; & pour qu'on ne s'apper-
çoive pas qu'elle manque, j'en joins ici une à
moi, qui eft affez femblable, pour qu'on n'en
voie pas la différence, à moins qu'on ne l'effaie;
ce qu'on ne tentera pas. Il faudra feulement
que vous ayez foin d'y mettre un ruban, bleu
& paffé, comme celui qui eft à la vôtre.

Il faudroit tacher d'avoir cette clef pour demain ou après demain, à l'heure du déjeûner,
parce qu'il vous fera plus facile de me la donner
alors, & qu'elle pourra être remife à fa place
pour le foir, temps où votre Maman pourroit y faire plus d'attention. Je pourrai vous
la rendre au moment du dîner, fi nous nous
entendons bien.

Vous favez que quand on paffe du fallon à la
falle à manger, c'eft toujours M^de. de Rofemonde qui marche la derniere. Je lui donnerai la main. Vous n'aurez qu'à quitter votre
métier de tapifferie lentement, ou bien laiffer
tomber quelque chofe, de façon à refter en
arriere : vous faurez bien alors prendre la
clef, que j'aurai foin de tenir derriere moi. Il
ne faudra pas négliger, auffi-tôt après l'avoir
prife, de rejoindre ma vieille tante, & de lui
faire quelques careffes. Si par hafard vous

laiſſiez tomber cette clef, n'allez pas vous
déconcerter ; je feindrai que c'eſt moi, & je
vous réponds de tout.

Le peu de confiance que vous témoigne
votre Maman , & ſes procédés ſi durs envers
vous, autoriſent de reſte cette petite ſuper-
cherie. C'eſt au ſurplus le ſeul moyen de continuer à recevoir les Lettres de Danceny, &
à lui faire paſſer les vôtres; tout autre eſt réellement trop dangereux , & pourroit vous perdre tous deux ſans reſſource : auſſi ma prudente amitié ſe reprocheroit-elle de les employer davantage.

Une fois maîtres de la clef , il nous reſtera
quelques précautions à prendre contre le bruit
de la porte & de la ſerrure : mais elles ſont
bien faciles. Vous trouverez , ſous la même
armoire où j'avois mis votre papier , de
l'huile & une plume. Vous allez quelquefois
chez vous à des heures où vous y êtes ſeule :
il faut en profiter pour huiler la ſerrure &
les gonds. La ſeule attention à avoir, eſt de
prendre garde aux taches qui dépoſeroient
contre vous. Il faudra auſſi attendre que la
nuit ſoit venue , parce que, ſi cela ſe fait
avec l'intelligence dont vous êtes capable, il
n'y paroîtra plus le lendemain matin.

Si pourtant on s'en apperçoit, n'héſitez
pas de dire que c'eſt le Frotteur du Château.
Il faudroit, dans ce cas, ſpécifier le temps ,

même les difcours qu'il vous aura tenus : comme par exemple , qu'il prend ce foin contre la rouille , pour toutes les ferrures dont on ne fait pas ufage. Car vous fentez qu'il ne feroit pas vraifemblable que vous euffiez été témoin de ce tracas fans en demander la caufe. Ce font ces petits détails qui donnent la vraifemblance , & la vraifemblance rend les menfonges fans conféquence , en ôtant le defir de les vérifier.

Après que vous aurez lu cette Lettre , je vous prie de la relire , & même de vous en occuper : d'abord , c'eft qu'il faut bien favoir ce qu'on veut bien faire ; enfuite , pour vous affurer que je n'ai rien omis. Peu accoutumé à employer la fineffe pour mon compte , je n'en ai pas grand ufage ; il n'a pas même fallu moins que ma vive amitié pour Danceny , & l'intérêt que vous infpirez , pour me déterminer à me fervir de ces moyens , quelqu'innocens qu'ils foient. Je hais tout ce qui a l'air de la tromperie ; c'eft là mon caractere. Mais vos malheurs m'ont touché au point , que je tenterai tout pour les adoucir.

Vous penfez bien que cette communication une fois établie entre nous , il me fera bien plus facile de vous procurer , avec Danceny , l'entretien qu'il defire. Cependant ne lui parlez pas encore de tout ceci ; vous ne feriez qu'augmenter fon impatience , & le moment de la satisfaire, n'est pas encore tout-à-fait venu. Vous lui devez, je crois, de la calmer plutôt que de l'aigrir. Je m'en rapporte là-dessus à votre délicatesse. Adieu, ma belle pupille : car vous êtes ma pupille. Aimez un peu votre tuteur, & sur-tout ayez avec lui de la docilité, vous vous en trouverez bien. Je m'occupe de votre bonheur, & soyez sûre que j'y trouverai le mien.

*De... ce 24 Septembre 17**.*

LETTRE LXXXV.

La Marquise DE MERTEUIL au Vicomte DE VALMONT.

ENFIN vous serez tranquille, & sur-tout vous me rendrez justice. Ecoutez & ne me confondez plus avec les autres femmes. J'ai mis à fin mon aventure avec Prévan ; *à fin!* entendez-vous bien ce que cela veut dire? A présent vous allez juger qui de lui ou de moi pourra se vanter. Le récit ne sera pas si plaisant que l'action : aussi ne seroit-il pas juste que, tandis que vous n'avez fait que raisonner bien ou mal sur cette affaire, il vous en revînt autant de plaisir qu'à moi, qui y donnois mon temps & ma peine.

Cependant,

Cependant, si vous avez quelque grand coup à faire, si vous devez tenter quelqu'entreprise où ce rival dangereux vous paroisse à craindre, arrivez. Il vous laisse le champ libre, au moins pour quelque temps; peut-être même ne se relevera-t-il jamais du coup que je lui ai porté.

Que vous êtes heureux de m'avoir pour amie ! Je suis pour vous une Fée bienfaisante. Vous languissez loin de la beauté qui vous engage; je dis un mot, & vous vous retrouvez auprès d'elle. Vous voulez vous venger d'une femme qui vous nuit; je vous marque l'endroit où vous devez frapper, & la livre à votre discrétion. Enfin, pour écarter de la lice un concurrent redoutable, c'est encore moi que vous invoquez, & je vous exauce. En vérité, si vous ne passez pas votre vie à me remercier, c'est que vous êtes un ingrat. Je reviens à mon aventure, & la reprends d'origine.

Le rendez-vous, donné si haut, à la sortie de l'Opéra (1), fut entendu comme je l'avois espéré. Prévan s'y rendit; & quand la Maréchale lui dit obligeamment qu'elle se félicitoit de le voir deux fois de suite à ses jours, il eut soin de répondre que depuis Mardi soir

(1) Voyez la Lettre LXXIV.

IIme. Partie. G

il avoit défait mille arrangemens, pour pouvoir difpofer ainfi de cette foirée. *A bon en-
tendeur, falut!* Comme je voulois pourtant
favoir, avec plus de certitude, fi j'étois ou
non le véritable objet de cet empreffement
flatteur, je voulus forcer le foupirant nouveau de choifir entre moi & fon goût do-
minant. Je déclarai que je ne jouerois point :
en effet, il trouva, de fon côté, mille prétextes pour ne pas jouer ; & mon premier
triomphe fut fur le lanfquenet.

Je m'emparai de l'Evêque de.... pour ma
converfation ; je le choifis à caufe de fa liaifon avec le héros du jour, à qui je voulois
donner toute facilité de m'aborder. J'étois bien
aife auffi d'avoir un témoin refpectable qui
pût au befoin dépofér de ma conduite & de
mes difcours. Cet arrangement réuffit.

Après les propos vagues & d'ufage, Prévan s'étant bientôt rendu maître de la converfation, prit tour-à-tour différens tons,
pour effayer celui qui pourroit me plaire.
Je refufai celui du fentiment, comme n'y
croyant pas ; j'arrêtai par mon férieux, fa
gaieté qui me parut trop légere pour un début ; il fe rabattit fur la délicate amitié ; &
ce fut fous ce drapeau bannal, que nous com-
mençâmes notre attaque réciproque.

Au moment du fouper, l'Evêque ne def-
cendoit pas ; Prévan me donna donc la main,

& se trouva naturellement placé à table à côté de moi. Il faut être juste ; il soutint avec beaucoup d'adresse notre conversation particuliere, en ne paroissant s'occuper que de la conversation générale, dont il eut l'air de faire tous les frais. Au déssert, on parla d'une Piece nouvelle qu'on devoit donner le Lundi suivant aux François. Je témoignai quelques regrets de n'avoir pas ma loge ; il m'offrit la sienne que je refusai d'abord, comme cela se pratique : à quoi il répondit assez plaisamment que je ne l'entendois pas ; qu'à coup-sûr il ne feroit pas le sacrifice de sa loge à quelqu'un qu'il ne connoissoit pas, mais qu'il m'avertissoit seulement que M^{de}. la Maréchale en disposeroit. Elle se prêta à cette plaisanterie, & j'acceptai.

Remonté au sallon, il demanda, comme vous pouvez croire, une place dans cette loge ; & comme la Maréchale, qui le traite avec beaucoup de bonté, la lui promit *s'il étoit sage*, il en prit l'occasion d'une de ces conversations à double entente , pour lesquelles vous m'avez vanté son talent. En effet, s'étant mis à ses genoux, comme un enfant soumis, disoit-il, sous prétexte de lui demander ses avis, & d'implorer sa raison, il dit beaucoup de choses flatteuses & assez tendres, dont il m'étoit facile de me faire l'application. Plusieurs personnes ne s'étant

pas remifes au jeu l'après-fouper, la converfation fut plus générale & moins intéreffante :
mais nos yeux parlerent beaucoup. Je dis
nos yeux ; je devrois dire les fiens, car les
miens n'eurent qu'un langage, celui de la
furprife. Il dut penfer que je m'étonnois &
m'occupois exceffivement de l'effet prodi-
gieux qu'il faifoit fur moi. Je crois que je
le laiffai fort fatisfait ; je n'étois pas moins
contente.

Le lundi fuivant, je fus aux François comme
nous en étions convenus. Malgré votre curiofité littéraire, je ne puis vous rien dire du Spectacle, finon que Prévan a un talent merveilleux
pour la cajolerie, & que la Piece eft tombée :
voilà tout ce que j'y ai appris. Je voyois avec
peine finir cette foirée, qui réellement me
plaifoit beaucoup ; & pour la prolonger,
j'offris à la Maréchale de venir fouper chez
moi, ce qui me fournit le prétexte de le propofer à l'aimable cajoleur, qui ne demanda
que le temps de courir, pour fe dégager,
jufques chez les Comteffes de P*** (1). Ce
nom me rendit toute ma colere ; je vis clairement qu'il alloit commencer les confidences :
je me rappellai vos fages confeils, & me
promis bien . . . . . de pourfuivre l'aventure ;

(1) Voyez la Lettre LXX.

sûre que je le guérirois de cette dangereuse indiscrétion.

Etranger dans ma société, qui ce soir-là étoit peu nombreuse, il me devoit les soins d'usage ; aussi, quand on alla souper, m'offrit-il la main. J'eus la malice, en l'acceptant, de mettre dans la mienne un léger frémissement, & d'avoir, pendant ma marche, les yeux baissés & la respiration haute. J'avois l'air de pressentir ma défaite, & de redouter mon vainqueur. Il le remarqua à merveille ; aussi le traître changea-t-il sur le champ de ton & de maintien. Il étoit galant, il devint tendre. Ce n'est pas que les propos ne fussent à-peu-près les mêmes, la circonstance y forçoit : mais son regard, devenu moins vif, étoit plus caressant, l'inflexion de sa voix plus douce ; son sourire n'étoit plus celui de la finesse, mais du contentement. Enfin, dans ses discours, éteignant peu-à-peu le feu de la saillie, l'esprit fit place à la délicatesse. Je vous le demande, qu'eussiez-vous fait de mieux ?

De mon côté, je devins rêveuse, à tel point qu'on fut forcé de s'en appercevoir ; & quand on m'en fit le reproche, j'eus l'adresse de m'en défendre mal-adroitement, & de jeter sur Prévan un coup-d'œil prompt, mais timide & déconcerté, & propre à lui faire croire que toute ma crainte étoit qu'il ne devinât la cause de mon trouble.

G 3

Après souper, je profitai du temps où la bonne Maréchale contoit une de ces histoires qu'elle conte toujours, pour me placer sur mon Ottomane, dans cet abandon que donne une tendre rêverie. Je n'étois pas fâchée que Prévan me vît ainsi : il m'honora, en effet, d'une attention toute particuliere. Vous jugez bien que mes timides regards n'osoient chercher les yeux de mon vainqueur : mais dirigés vers lui d'une maniere plus humble, ils m'apprirent bientôt que j'obtenois l'effet que je voulois produire. Il falloit encore lui persuader que je le partageois : aussi, quand la Maréchale annonça qu'elle alloit se retirer, je m'écriai d'une voix molle & tendre : Ah Dieu ! j'étois si bien-là ! Je me levai pourtant : mais avant de me séparer d'elle, je lui demandai ses projets, pour avoir un prétexte de dire les miens, & de faire savoir que je resterois chez moi le sur lendemain. Là-dessus tout le monde se sépara.

Alors je me mis à réfléchir. Je ne doutois pas que Prévan ne profitât de l'espece de rendez-vous que je venois de lui donner ; qu'il n'y vînt d'assez bonne heure pour me trouver seule, & que l'attaque ne fût vive : mais j'étois bien sûre aussi, d'après ma réputation, qu'il ne me traiteroit pas avec cette légéreté que, pour peu qu'on ait d'usage, on n'emploie qu'avec les femmes à aventures, ou celles qui

n'ont aucune expérience ; & je voyois mon
fuccès certain s'il prononçoit le mot d'amour,
s'il avoit la prétention fur-tout de l'obtenir
de moi.

Qu'il eft commode d'avoir affaire à
vous autres *gens à principes !* quelquefois un
brouillon d'amoureux vous déconcerte par
fa timidité, ou vous embarraffe par fes fou-
gueux tranfports ; c'eft une fievre qui, comme
l'autre, a fes friffons & fon ardeur, & quelquefois varie dans fes fymptômes. Mais votre
marche réglée fe devine fi facilement ! L'arrivée, le maintien, le ton, les difcours, je favois
tout dès la veille. Je ne vous rendrai donc pas
notre converfation que vous fuppléerez aifément. Obfervez feulement que, dans ma feinte
défenfe, je l'aidois de tout mon pouvoir : embarras, pour lui donner le temps de parler ;
mauvaifes raifons, pour être combattues ;
crainte & méfiance, pour ramener les pro-
teftations ; & ce refrain perpétuel de fa part,
je ne vous demande qu'un mot ; & ce filence de
la mienne, qui femble ne le laiffer attendre
que pour le faire defirer davantage ; au travers
de tout cela, une main cent fois prife, qui
fe retire toujours & ne fe refufe jamais. On
pafferoit ainfi tout un jour, nous y paffames
une mortelle heure : nous y ferions peut-être
encore, fi nous n'avions entendu entrer un
carroffe dans ma cour. Cet heureux contre-

G 4

temps rendit, comme de raison, ses inftances
plus vives, & moi, voyant le moment arrivé, où j'étois à l'abri de toute furprife,
après m'être préparée par un long foupir,
j'accordai le mot précieux. On annonça, &
peu de temps après j'eus un cercle affez
nombreux.

Prévan me demanda de venir le lendemain
matin, & j'y confentis : mais, foigneufe de
me défendre, j'ordonnai à ma Femme-de-
chambre de refter tout le temps de cette vifite
dans ma chambre à coucher, d'où vous favez
qu'on voit tout ce qui fe paffe dans mon cabinet de toilette, & ce fut là que je le reçus.
Libres dans notre converfation, & ayant tous
deux le même defir, nous fumes bientôt d'accord, mais il falloit fe défaire de ce fpec-
tateur importun, c'étoit où je l'attendois.

Alors, lui faifant à mon gré le tableau de
ma vie intérieure, je lui perfuadai aifément
que nous ne trouverions jamais un moment
de liberté, & qu'il falloit regarder comme
une efpece de miracle, celle dont nous avions
joui hier, qui même laifferoit encore des dangers trop grands pour m'y expofer, puifqu'à
tout moment on pouvoit entrer dans mon
fallon. Je ne manquai pas d'ajouter que tous
ces ufages s'étoient établis, parce que jufqu'à
ce jour ils ne m'avoient jamais contrariée;
& j'infiftai en même temps fur l'impoffibilité

de les changer, fans me compromettre aux
yeux de mes gens. Il effaya de s'attrifter, de
prendre de l'humeur, de me dire que j'avois
peu d'amour ; & vous devinez combien tout
cela me touchoit ! Mais voulant frapper le
coup décifif, j'appellai les larmes à mon fecours. Ce fut exactement le *Zaïre, vous pleurez.*
Cet empire qu'il fe crut fur moi, & l'efpoir
qu'il en conçut de me perdre à fon gré, lui
tinrent lieu de tout l'amour d'Orofmane.

Ce coup de théatre paffé, nous revinmes
aux arrangemens. Au défaut du jour, nous
nous occupames de la nuit, mais mon Suiffe
devenoit un obftacle infurmontable, & je ne
permettois pas qu'on effayât de le gagner. Il
me propofa la petite porte de mon jardin ;
mais je l'avois prévu, & j'y créai un chien
qui, tranquille & filencieux le jour, étoit un
vrai démon la nuit. La facilité avec laquelle
j'entrois dans tous ces détails, étoit bien propre
à l'enhardir ; auffi vint-il à me propofer l'expédient le plus ridicule, & ce fut celui que
j'acceptai.

D'abord, fon domeftique étoit fûr comme
lui-même : en cela il ne trompoit gueres, l'un
l'étoit bien autant que l'autre. J'aurois un grand
fouper chez moi ; il y feroit, il prendroit fon
temps pour fortir feul. L'adroit confident ap-
pelleroit la voiture, ouvriroit la portiere, &
lui Prévan, au lieu de monter, s'efquiveroit

adroitement. Son Cocher ne pouvoit s'en appercevoir en aucune façon ; ainfi forti pour
tout le monde , & cependant refté chez moi ,
il s'agiſſoit de favoir s'il pourroit parvenir à
mon appartement. J'avoue que d'abord mon
embarras fut de trouver , contre ce projet,
d'affez mauvaifes raifons pour qu'il pût avoir
l'air de les détruire ; il y répondit par des exemples. A l'entendre , rien n'étoit plus ordinaire
que ce moyen, lui-même s'en étoit beaucoup
fervi ; c'étoit même celui dont il faifoit le
plus d'ufage , comme le moins dangereux.

Subjuguée par ces autorités irrécufables,
je convins avec candeur , que j'avois bien un
efcalier dérobé qui conduifoit très-près de
mon boudoir, que je pouvois y laiffer la clef,
& qu'il lui feroit poffible de s'y enfermer &
d'attendre , fans beaucoup de rifques , que
mes femmes fuffent retirées ; & puis , pour
donner plus de vraifemblance à mon confen-
tement, le moment d'après je ne voulois plus,
je ne revenois à confentir qu'à condition d'une
foumiffion parfaite , d'une fageffe….. Ah !
quelle fageffe ! Enfin , je voulois bien lui
prouver mon amour , mais non pas fatisfaire
le fien.

La fortie dont j'oubliois de vous parler ,
devoit fe faire par la petite porte du jardin :
il ne s'agiffoit que d'attendre le point du jour ;
le Cerbere ne diroit plus mot. Pas une ame

ne paſſe à cette heure-là , & les gens ſont dans le plus fort du ſommeil. Si vous vous étonnez de ce tas de mauvais raiſonnemens , c'eſt que vous oubliez notre ſituation réciproque. Qu'a-vions-nous beſoin d'en faire de meilleurs ? Il ne demandoit pas mieux que tout cela ſe fût , & moi , j'étois bien ſure qu'on ne le ſauroit pas. Le jour fut fixé au ſur lendemain.

Remarquez que voilà une affaire arrangée, & que perſonne n'a encore vu Prévan dans ma ſociété. Je le rencontre à ſouper chez une de mes amies ; il lui offre ſa loge pour une piece nouvelle , & j'y accepte une place. J'in-vite cette femme à ſouper , pendant le Spec-tacle & devant Prévan ; je ne puis preſque pas me diſpenſer de lui propoſer d'en être. Il accepte & me fait , deux jours après , une viſite que l'uſage exige. Il vient , à la vérité , me voir le lendemain matin : mais outre que les viſites du matin ne marquent plus , il ne tient qu'à moi de trouver celle-ci trop leſte , & je le remets en effet dans la claſſe des gens moins liés avec moi , par une invitation écrite, pour un ſouper de cérémonie. Je puis bien dire comme Annette : *Mais voilà tout , pour-tant !*

Le jour fatal arrivé , ce jour où je devois perdre ma vertu & ma réputation , je donnai mes inſtructions à ma fidelle Victoire , & elle les exécuta comme vous le verrez bientôt.

G 6

Cependant le soir vint. J'avois déjà beaucoup de monde chez moi, quand on y annonça Prévan. Je le reçus avec une politesse marquée, qui constatoit mon peu de liaison avec lui, & je le mis à la partie de la Maréchale, comme étant celle par qui j'avois fait cette connoissance. La soirée ne produisit rien qu'un très-petit billet que le discret amoureux trouva moyen de me remettre, & que j'ai brûlé suivant ma coutume. Il m'y annonçoit que je pouvois compter sur lui, & ce mot essentiel étoit entouré de tous les mots parasites d'amour, de bonheur, &c. qui ne manquent jamais de se trouver à pareille fête.

A minuit, les parties étant finies, je proposai une courte macédoine (1). J'avois le double projet de favoriser l'évasion de Prévan, & en même temps de la faire remarquer, ce qui ne pouvoit pas manquer d'arriver, vu sa réputation de Joueur. J'étois bien aise aussi qu'on pût se rappeller au besoin que je n'avois pas été pressée de rester seule.

Le jeu dura plus que je n'avois pensé. Le Diable me tentoit, & je succombai au desir d'aller consoler l'impatient prisonnier. Je m'a-

_____

(1) Quelques personnes ignorent peut-être qu'une macédoine est un assemblage de plusieurs jeux de hasard, parmi lesquels chaque Coupeur a le droit de choisir lorsque c'est à lui à tenir la main. C'est une des inventions du siècle.

cheminois ainsi à ma perte, quand je ré-
fléchis qu'une fois rendue tout-à-fait, je n'aurois plus sur lui l'empire de le tenir dans le
costume de décence nécessaire à mes projets.
J'eus la force de résister. Je rebroussai chemin,
& revins, non sans humeur, reprendre place
à ce jeu éternel. Il finit pourtant, & chacun
s'en alla. Pour moi, je sonnai mes femmes,
je me déshabillai fort vîte, & les renvoyai
de même.

Me voyez-vous, Vicomte, dans ma toilette légere, marchant d'un pas timide &
circonspect, & d'une main mal assurée ouvrir
la porte à mon vainqueur ? Il m'apperçut,
l'éclair n'est pas plus prompt. Que vous dirai-je ? je fus vaincue, tout-à-fait vaincue,
avant d'avoir pu dire un mot pour l'arrêter
ou me défendre. Il voulut ensuite prendre une
situation plus commode & plus convenable
aux circonstances. Il maudissoit sa parure,
qui, disoit-il, l'éloignoit de moi ; il vouloit
me combattre à armes égales : mais mon extrême timidité s'opposa à ce projet, & mes
tendres caresses ne lui en laisserent pas le
temps. Il s'occupa d'autre chose.

Ses droits étoient doublés, & ses prétentions revinrent : mais alors : « Ecoutez-moi,
» lui dis-je ; vous aurez jusqu'ici un assez
» agréable récit à faire aux deux Comtesses
» de P***, & à mille autres : mais je suis

» curieuse de savoir comment vous racon-
» terez la fin de l'aventure ». En parlant ainsi,
je sonnois de toutes mes forces. Pour le coup,
j'eus mon tour, & mon action fut plus vive
que sa parole. Il n'avoit encore que balbu-
tié, quand j'entendis Victoire accourir, & appeller *les Gens* qu'elle avoit gardés chez elle,
comme je le lui avois ordonné. Là, prenant
mon ton de Reine, & élevant la voix : » Sor-
» tez, Monsieur, continuai-je, & ne repa-
» roissez jamais devant moi ». Là-dessus, la
foule de mes gens entra.

Le pauvre Prévan perdit la tête, & croyant
voir un guet-à-pens dans ce qui n'étoit au fond
qu'une plaisanterie, il se jeta sur son épée.
Mal lui en prit : car mon Valet-de-chambre,
brave & vigoureux, le saisit au corps & le
terrassa. J'eus, je l'avoue, une frayeur mortelle. Je criai qu'on arrêtât, & ordonnai qu'on
laissât sa retraite libre, en s'assurant seulement qu'il sortît de chez moi. Mes gens m'obéi-
rent : mais la rumeur étoit grande parmi eux ;
ils s'indignoient qu'on eût osé manquer à *leur
vertueuse Maîtresse.* Tous accompagnerent le
malencontreux Chevalier, avec bruit & scandale, comme je le souhaitois. La seule Victoire resta, & nous nous occupâmes pendant
ce temps à réparer le désordre de mon lit.

Mes gens remonterent toujours en tumule ;
& moi, *encore toute émue,* je leur demandai

par quel bonheur ils s'étoient encore trouvés
levés ; & Victoire me raconta qu'elle avoit
donné à souper à deux de ses amies, qu'on
avoit veillé chez elle, & enfin tout ce dont
nous étions convenues ensemble. Je les re-
merciai tous, & les fis retirer, en ordon-
nant pourtant à l'un d'eux d'aller sur le champ
chercher mon Médecin. Il me parut que
j'étois autorisée à craindre l'effet de *mon sai-
sissement mortel* ; & c'étoit un moyen sûr de
donner du cours & de la célébrité à cette
nouvelle.

Il vint en effet, me plaignit beaucoup, &
ne m'ordonna que du repos. Moi, j'ordonnai de plus à Victoire, d'aller le matin de
bonne heure bavarder dans le voisinage.

Tout a si bien réussi, qu'avant midi, &
aussi-tôt qu'il a été jour chez moi, ma dévote voisine étoit déjà au chevet de mon lit,
pour savoir la vérité & les détails de cette
horrible aventure. J'ai été obligée de me dé-
soler avec elle, pendant une heure, sur la
corruption du siecle. Un moment après, j'ai
reçu de la Maréchale le billet que je joins
ici. Enfin, avant cinq heures, j'ai vu arriver, à mon grand étonnement, M.... (1). Il
venoit, m'a-t-il dit, me faire ses excuses,

_____

(1) Le Commandant du Corps dans lequel M. de Prévan servoit.

de ce qu'un Officier de son Corps avoit pu me manquer à ce point. Il ne l'avoit appris qu'à dîner chez la Maréchale, & avoit sur le champ envoyé ordre à Prévan de se rendre en prison. J'ai demandé grace, & il me l'a refusée. Alors j'ai pensé que, comme complice, il falloit m'exécuter de mon côté, & garder au moins de rigides arrêts. J'ai fait fermer ma porte, & dire que j'étois incommodée.

C'est à ma solitude que vous devez cette longue Lettre. J'en écrirai une à M^{de}. de Volanges, dont sûrement elle fera lecture publique, & où vous verrez cette histoire telle qu'il faut la raconter.

J'oubliois de vous dire que Belleroche est outré, & veut absolument se battre avec Prévan. Le pauvre garçon ! heureusement j'aurai le temps de calmer sa tête. En attendant, je vais reposer la mienne, qui est fatiguée d'écrire. Adieu, Vicomte.

*Paris, ce 25 Septembre 17**. au soir.*

LETTRE LXXXVI.

La Maréchale DE...... à la Marquise DE MERTEUIL.

(Billet inclus dans la précédente).

MON Dieu! qu'est-ce donc que j'apprends, ma chere Madame? Est-il possible que ce petit Prévan fasse de pareilles abominations? & encore vis-à-vis de vous! A quoi on est exposé! on ne sera donc plus en sûreté chez soi! En vérité, ces événemens-là consolent d'être vieille. Mais de quoi je ne me consolerai jamais, c'est d'avoir été en partie cause de ce que vous avez reçu un pareil monstre chez vous. Je vous promets bien que si ce qu'on m'en a dit est vrai, il ne remettra plus les pieds chez moi; c'est le parti que tous les honnêtes gens prendront avec lui, s'ils font ce qu'ils doivent.

On m'a dit que vous vous étiez trouvée bien mal, & je suis inquiete de votre santé. Donnez-moi, je vous prie, de vos cheres nouvelles; ou faites-m'en donner par une de vos femmes, si vous ne le pouvez pas vous-même. Je ne vous demande qu'un

mot pour me tranquillifer. Je ferois accou-
rue chez vous ce matin, fans mes bains que
mon Docteur ne me permet pas d'interrompre; & il faut que j'aille cet après-midi à
Verfailles, toujours pour l'affaire de mon
neveu.

Adieu, ma chere Madame; comptez pour
la vie fur ma fincere amitié.

Paris, ce 25 Septembre. 17**.

LETTRE LXXXVII.

La Marquife DE MERTEUIL à Madame DE VOLANGES.

JE vous écris de mon lit, ma chere bonne
amie. L'événement le plus défagréable, &
le plus impoffible à prévoir, m'a rendue malade de faififfement & de chagrin. Ce n'eft
pas qu'affurément j'aie rien à me reprocher:
mais il eft toujours fi pénible pour une femme
honnête, & qui conferve la modeftie convenable à fon fexe, de fixer fur elle l'attention publique, que je donnerois tout au
monde pour avoir pu éviter cette malheureufe aventure; & que je ne fais encore, fi
je ne prendrai pas le parti d'aller à la campagne attendre qu'elle foit oubliée. Voici ce
dont il s'agit.

J'ai rencontré chez la Maréchale de.... un
M. de Prévan que vous connoiffez fûrement
de nom, & que je ne connoiffois pas autrement. Mais en le trouvant dans cette maifon,
j'étois bien autorifée, ce me femble, à le
croire bonne compagnie. Il eft affez bien fait
de fa perfonne, & m'a paru ne pas manquer d'efprit. Le hafard & l'ennui du jeu
me laifferent feule de femme entre lui &
l'Evêque de...., tandis que tout le monde
étoit occupé au lanfquenet. Nous caufâmes
tous trois jufqu'au moment du fouper. A
table, une nouveauté dont on parla, lui
donna occafion d'offrir fa loge à la Maréchale, qui l'accepta ; & il fut convenu que
j'y aurois une place. C'étoit pour Lundi dernier, aux François. Comme la Maréchale
venoit fouper chez moi au fortir du Spectacle, je propofai à ce Monfieur de l'y accompagner, & il y vint. Le fur lendemain il
me fit une vifite qui fe paffa en propos d'ufage,
& fans qu'il y eût du tout rien de marqué.
Le lendemain il vint me voir le matin, ce
qui me parut bien un peu lefte : mais je crus
qu'au lieu de le lui faire fentir par ma façon
de le recevoir, il valoit mieux l'avertir par
une politeffe, que nous n'étions pas encore
auffi intimément liés qu'il paroiffoit le croire.
Pour cela je lui envoyai, le jour même,
une invitation bien feche & bien cérémo-

nieufe, pour un fouper que je donnois avant-
hier. Je ne lui adreffai pas la parole quatre
fois dans toute la foirée ; & lui, de fon côté,
fe retira auffi-tôt fa partie finie. Vous conviendrez que jufques-là, rien n'a moins l'air
de conduire à une aventure : on fit, après
les parties, une Macédoine qui nous mena
jufqu'à près de deux heures ; & enfin je me
mis au lit.

Il y avoit au moins une mortelle demi-
heure que mes femmes étoient retirées, quand
j'entendis du bruit dans mon appartement.
J'ouvris mon rideau avec beaucoup de frayeur,
& vis un homme entrer par la porte qui conduit à mon boudoir. Je jetai un cri perçant,
& je reconnus, à la clarté de ma veilleufe,
ce M. de Prévan qui, avec une effronterie
inconcevale, me dit de ne pas m'alarmer ;
qu'il alloit m'éclaircir le myftere de fa conduite, & qu'il me fupplioit de ne faire aucun
bruit. En parlant ainfi, il allumoit une bougie ;
j'étois faifie au point que je ne pouvois parler.
Son air aifé & tranquille me pétrifioit, je
crois, encore davantage. Mais il n'eut pas
dit deux mots, que je vis quel étoit ce pré-
tendu myftere, & ma feule réponfe fut,
comme vous pouvez croire, de me pendre à
ma fonnette.

Par un bonheur incroyable, tous les gens
de l'office avoient veillé chez une de mes

femmes , & n'étoient pas encore couchés. Ma
Femme-de-chambre qui , en venant chez moi,
m'entendit parler avec beaucoup de chaleur ,
fut effrayée , & appella tout ce monde - là.
Vous jugez quel fcandale ! Mes Gens étoient
furieux ; je vis le moment où mon Valet-
de-chambre tuoit Prévan. J'avoue que , pour
l'inftant, je fus fort aife de me voir en force :
en y réfléchiffant aujourd'hui , j'aimerois
mieux qu'il ne fût venu que ma Femme-de-
chambre ; elle auroit fuffi, & j'aurois peut-
être évité cet éclat qui m'afflige.

Au lieu de cela , le tumulte a réveillé les
voifins , les Gens ont parlé , & c'eft depuis
hier la nouvelle de tout Paris. M. de Prévan
eft en prifon par ordre du Commandant de
fon Corps, qui a eu l'honnêteté de paffer chez
moi, pour me faire des excufes , m'a-t-il
dit. Cette prifon va encore augmenter le bruit,
mais je n'ai jamais pu obtenir que cela fût
autrement. La Ville & la Cour fe font fait
écrire à ma porte, que j'ai fermée à tout le
monde. Le peu de perfonnes que j'ai vues,
m'ont dit qu'on me rendoit juftice, & que
l'indignation publique étoit au comble contre
M. de Prévan : affurément il le mérite bien,
mais cela n'ôte pas le défagrément de cette
aventure.

De plus , cet homme a fûrement quelques
amis, & fes amis doivent être méchants : qui

fait, qui peut favoir ce qu'ils inventeront pour me nuire ? Mon Dieu, qu'une jeune femme eſt malheureuſe ! elle n'a rien fait encore, quand elle s'eſt miſe à l'abri de la médiſance; il faut qu'elle en impoſe même à la calomnie.

Mandez-moi, je vous prie, ce que vous auriez fait, ce que vous feriez à ma place; enfin, tout ce que vous penſez. C'eſt toujours de vous que j'ai reçu les conſolations les plus douces & les avis les plus ſages; c'eſt de vous auſſi que j'aime le mieux à en recevoir.

Adieu, ma chere & bonne amie; vous con-noiſſez les ſentimens qui m'attachent à vous pour jamais. J'embraſſe votre aimable fille.

Paris, ce 26 Septembre 17**.

Fin de la ſeconde Partie.

www.ingramcontent.com/pod-product-compliance
Lightning Source LLC
Chambersburg PA
CBHW050312030726
47505CB00003B/671